温暖前行

重庆市卫生健康委员会 编

西南师范大学出版社
国家一级出版社 全国百佳图书出版单位

图书在版编目(CIP)数据

温暖前行 / 重庆市卫生健康委员会编. — 重庆：西南师范大学出版社，2021.4
ISBN 978-7-5697-0717-5

Ⅰ.①温… Ⅱ.①重… Ⅲ.①散文集－中国－当代 Ⅳ.①I267

中国版本图书馆CIP数据核字(2021)第048994号

温 暖 前 行
WENNUAN QIANXING

重庆市卫生健康委员会　编

责任编辑：	李　君　吕　杭
责任校对：	李晓瑞
装帧设计：	观止堂_未氓
排　　版：	陈智慧
出版发行：	西南师范大学出版社
	地址：重庆市北碚区天生路2号
	邮编：400715
印　　刷：	重庆市正前方彩色印刷有限公司
幅面尺寸：	160mm×230mm
印　　张：	15.5
字　　数：	230千字
版　　次：	2021年4月　第1版
印　　次：	2021年4月　第1次印刷
书　　号：	ISBN 978-7-5697-0717-5
定　　价：	68.00元

Preface 前言

一路温暖，一起前行

习近平总书记在党的十九大报告中提出："决胜全面建成小康社会、夺取新时代中国特色社会主义伟大胜利。"全面建成小康社会，让贫困人口如期脱贫，是党向人民的庄严承诺。

小康不小康，首先看健康。习近平总书记强调："没有全民健康，就没有全面小康。"近年来，重庆坚持把健康扶贫列为脱贫攻坚的重要举措，精准施策，奋力前行，不断提升医疗保障水平、提高医疗服务能力、加强公共卫生服务，收获了喜人的成绩，涌现了一批可歌可泣的典型人物，书写了不少"鱼水情深"的帮扶故事。

小康不小康，关键看老乡。"全面建成小康社会、实现第一个百年奋斗目标，农村人口全部脱贫是一个标志性指标。"重庆市卫生健康委扶贫集团不忘初心，牢记使命，俯身大地，情系农民，与当地政府一道，打造了"金溪被服""金溪护工""金溪农场"等帮扶品牌，派出的驻村第一书记各显身手、成效卓著、广受赞誉，产生了"背包书记""实干书记""就业书记""田坎书记""电商书记""点子书记"……

小康不小康，还需看担当。习近平总书记强调："要把帮扶作为政治责任，不能有丝毫含糊。"这些年，我们坚持有效动员和凝聚各方面力量，强化东西部扶贫协作，推动社会扶贫重心下沉，谱写了驻乡扶贫、援助西藏、鲁渝携手的新篇章。

今天,我们希望,通过出版发行《温暖前行》,记录这些脱贫攻坚故事,将它们珍藏在书里,珍藏在字里行间,留住这份泪水与汗水、喜悦与收获、感动与温暖……

我们希望,通过出版发行《温暖前行》,大力弘扬扶贫干部"敢教日月换新天"的担当精神、"不破楼兰终不还"的攻坚精神、"俯首甘为孺子牛"的奉献精神。

我们希望,通过出版发行《温暖前行》,进一步推动党群关系、干群关系、医患关系和谐发展,为实现"两个一百年"奋斗目标、实现中华民族伟大复兴的中国梦汇聚磅礴力量。

草木蔓发,春山可望。

奋进在新时代的浩荡春风里,我们,无往而不胜。

目录 Contents

金溪点"金"人	文　猛	001
邬亮和他的同事们	老　村	015
清水村的三桩婚事	汪　渔	025
金溪镇的500天	何　鸿	035
"嘉哥"扶贫记	璞　玉	042
杨医生来啦	常　克	050
余小波：海不扬波的"最美帮扶人"	吴景娅	057
一个村庄的记忆		
——王云川驻村扶贫纪实	李学勤	076
"像温度计一样，把乡亲们的冷暖都装进心里！"		
——记从高校走进清水村扶贫的驻村第一书记李小兵	罗晓红	090
扶贫路上追梦人	喻　芳	100
长春村驻村第一书记的三年奋战	传　飞	112
易文强的"高原红"	陈　英	123
昌都来了个马医生	殷　恕	131
雪梅花开高原上	钱　昀	147
察雅之缘	简云斌	157

| 雪域酬勤当谢君 | 梁　奕 | 169 |

天使情怀：我想高原盛开健康的格桑花

　　——记重庆援藏最美白衣天使付显芬　　龚　会　187

用爱心书写人生答卷

　　——记骨科专家柏明晓博士　　笑崇钟　193

走进大山深处的扶贫医生　　吴佳骏　203

"平原客"情系大巴山

　　——记第三批鲁渝扶贫合作支援开州医疗队队长刘珣和他的同事们

　　　　　　　　　　　　　　　　　　苏发灯　209

从巅峰抵达巅峰　　唐文龙　218

精准"月老"陈高潮　　朱一平　229

金溪点"金"人

◎文　猛

四通八达的公路五线谱一般流淌在山坡沟谷。

远远的太极水库月亮般朗照金溪,满沟近百口亮汪汪的水塘、水池星星般点亮金溪,几百条浪花飞溅的水渠从水库、水塘、水池牵出,流向田野,叶脉一般。

一片又一片森林,云朵般随意飘飞在山沟里,森林之间开阔、坦荡的地方遍是大片大片的桑田、果园、菜园和青瓦白墙的村落……

车声、水声、松涛声、桑叶声,村庄天空之下春蚕咀嚼桑叶的沙沙声,被服厂里缝纫机的沙沙声,村广播时时响起的歌声,共同组成今日金溪之声。

张志坚和他扶贫工作队队员们站在金溪最高的雷加山上,俯瞰美丽的金溪,眼中有泪——这才是名副其实的金溪,这才是我们和金溪老百姓向往的金溪!

一

金溪,一个很美的地名,地名中有山、有水、有富庶。

金溪有山,处处皆山。金溪也算有水,金溪沟谷中流出一条叫"金溪"的水沟,老天下雨的日子,大家呼喊了上千年的"金溪"也能流上几天溪水。连晴的日子,溪水流着流着就消失了,名字叫"金溪",其实连溪也称不上。呼喊了上千年的"金溪",喊不住水,喊不住金,大家只好现实并且逼真地把这方沟谷叫成"筲箕滩"。

祖祖辈辈把这方土地喊为"金溪",喊的是一种希望,喊的是一种梦想,喊的是一种等待!

"金溪",一个名不副实的地名!

金溪,等待着给这方"有穷山,连恶水都缺"的土地点"金"人!

二

2017年9月5日下午。重庆市卫生健康委员会召开党委会议。即将退休的副巡视员张志坚刚坐下,党委书记黄明会拍了拍张志坚的肩膀,要他出去说事,说有个重要的扶贫工作,希望他能够去顶上一年。党委原来安排的夏沛副书记因分管工作多,且生病刚做了手术无法成行。

张志坚参加市里扶贫工作队队长培训时,座位牌上是夏沛,组织部工作队队长任命文件上是夏沛。张志坚心中涌出一个词语:"夏冠张戴"。

这个冠戴在自己头上,他感觉责任重大。黔江区金溪镇,张志坚知道,这个地名将融入自己的人生履历,就像2004年到2007年他支援西藏昌都市农牧局一样,就像1977年他插队山西平陆县三门乡一样。

金溪,会不会是自己最后的"故乡"?

三

  黔江区金溪镇是重庆市18个深度贫困乡镇之一，重庆市委市政府组织了18个扶贫集团，集中优势力量、优势资源对口帮扶这18个贫困乡镇，这是重庆的创举。重庆市卫生健康委扶贫集团由市卫生健康委牵头，人民银行、兴业银行、市场监管局等45个单位组成。显然，金溪镇对市里的扶贫集团很是期待，但是对最后对接到自己头上的卫生健康委扶贫很是失望，因为他们认为，这是一个花钱的部门，不是一个管钱管项目的部门。他们还有一个小心思，一个即将退休的副巡视员做扶贫队长，一个在职位图谱中"打酱油"的领导能够给金溪带来多少实惠？

  扶贫工作见面会上，不见黔江区的领导，就连黔江区卫生健康部门也没有派出一名领导。有为才有位，这是绝对真理！

  张志坚问镇上的领导，金溪哪个地方能够看尽金溪，因为站得高才看得远，站得高才看得清。

  见面会从会议室开到谭家坪，所有的扶贫工作队队员，金溪8个村居两委班子，走进谭家坪，金溪尽在眼前。

  奔着金溪那美丽的地名，大家心中设想的美丽金溪一下远去。群山环抱，山是小丘；沟壑纵横，沟是干沟；村舍散居，地是"鸡窝地"，田是"巴掌田"，在群山之中几乎找不到一片成片的田地。当一方水土养不活一方人的时候，全镇70%以上的群众都外出打工，留在家中的都是望着天空的老人，望着远方的妇女、儿童和望不到幸福前景的残疾人、病人。群众缺水缺粮，缺医少药，干群关系十分紧张，听说市里来了扶贫工作队，群众蜂拥而至，不是来欢迎的，而是来上访的……

  山风吹来，队员们阵阵发凉。

四

脱贫攻坚战，一场没有硝烟的战争！

曾经的手术刀、教鞭、鼠标、办公桌、文山会海，全换成了新的装备配置——一顶草帽、一个背包、一双护膝、两双胶鞋、一个电瓶车。知己知彼，百战不殆。去问村庄的疼，去问村民的苦，去问脚下的路，去问明天的收成。

张志坚带领工作队队员和镇村干部走遍金溪8个村，召开院坝会、田间会，详细了解群众所思、所盼、所忧。

问镇、问民、问地、问天、问苦。不问不知道，一问吓一跳。

全镇耕地面积2.9万亩，摊到1.49万名金溪人手上，人均不到两亩，而且多是补丁一般的坡地。向土地刨食已经没有前景，必须引导群众去耕耘粮食之外的新模式。

全镇8个村中有6个村是贫困村，建档立卡贫困户多达592户2185人，其中特困户89户89人，残疾人513人，低保户366户750人。全镇人均可支配收入比黔江全区低2652元，比全市低4381元，就像没有多少生气的金溪沟一样，真正穷到了沟谷。

张志坚把45个帮扶单位请到金溪，吃金溪饭，喝金溪水，想金溪事，召开了一个"金溪脱贫攻坚头脑风暴大会"，让这些医院的医生、大学的教师、银行的理财手、市场的监管卫士，一起来给金溪把脉、寻药、开处方。一天的头脑风暴大会下来，大家很快找到金溪穷的根在哪里、穷的痛在哪里、妙手回春的药方在哪里，金溪扶贫决战规划初步形成。

决战意图：从"输血"到"造血"，从"漫灌"到"滴灌"，从"阶段性"到"可持续"，从"当下怎样干"到"以后怎么办"……

决战计划："三大战役"——金溪护工、金溪被服、金溪农场。

决战序曲：健康扶贫，筑牢健康防护网。

决战保障：靠山吃山，靠水吃水。

五

心中有路，脚下有路。

"宁愿苦干，不愿苦熬"，这是很早就传遍大江南北的黔江精神，但是，"苦干必须知道怎么去干，苦干必须有力量去干，不能让黔江人苦干之后再苦熬"，这成为张志坚和所有扶贫工作队队员必须解决的难题。

精准扶贫，健康先行，这是卫生健康委扶贫集团的优势，当好金溪健康扶贫的"听诊器"，问准了群众的"身"，就能问到群众的"心"。

扶贫工作队振臂一呼，应者云集，50多名市级疾控专家和工作人员，在扶贫工作队带领下，走村入户，冒着严寒对全镇1.49万名居民健康状况逐一入户调查，准确掌握居民患病情况。这次调查成为重庆有史以来规模最大的健康状况调查之一。

使人疲惫的不是远方的高山，而是鞋里的沙子。对于山区群众而言，鞋里的沙子很多，但其中最硌人的那粒沙是疾病，因病返贫，因病丧志。问病是为治病，扶贫工作队在全面推进金溪脱贫攻坚各个项目的同时，从2017年11月开始，每月组织一至两家市级医院到金溪开展义诊、健康知识讲座、送医送药等活动。几年下来开展健康讲座、送医送药和义诊近100场次，大病救治2000余人次，家庭医生签约1645户5652人，让所有因病致贫的家庭有了对接的医生、对接的医院，为20多个重病群众"一对一"对接好市级重点医院，使他们有了脱贫的信心，有了致富的决心。

市级医院医生医术再高,那也只是金溪的"候鸟",金溪要有身边的医生,有金溪的"留鸟"。多年的知青生活、援藏岁月、农业部门工作的经历,让张志坚能深深地理解群众心中所忧。他请扶贫集团成员单位领导喝茶,中心思想只有一个——众人为金溪拾柴。在卫生健康扶贫集团的45家单位中,流传着一句话——天不怕,地不怕,就怕张队长喊喝茶。"喝茶"的模式为扶贫集团筹集资金6000多万元,在帮助改善金溪道路、饮水等基础设施的同时,工作队"截留"了一笔钱,迁建金溪卫生院,升级改造8个村卫生室,抽调卫生健康系统医生组成流动医疗队,送镇村医生到市区两级医院进修学习,让每一位群众感到安心:医院就在身边,医生就在路上。

时代的一粒灰,落在个人头上,就是一座山。

长春村王华胜自己在家带宝宝陈梦琪,丈夫外出打工。陈梦琪出生仅四个月时,一次感冒后被送到医院。医生治好了感冒,却告诉王华胜,孩子患有先天性心脏病,王华胜觉得"天都塌了"。

张志坚和队员刘忠明带着医疗队巡诊到王华胜家,他们掏出身上所有的钱悄悄放在她家枕头下,他们深深知道,这些只是对这个多难家庭的一丝微不足道的安慰。

建卡贫困户陈正昌家是扶贫工作队最揪心的多病家庭之一:幼子患糖尿病,妻子刘秋平患小脑萎缩症。驻村第一书记田杰向张志坚报告陈正昌家的情况后,张志坚马上联系医院把陈正昌的孩子送去治病,临走时再三叮嘱田杰,让田杰到金溪场上买好菜,到陈正昌家给行动不便的刘秋平做饭,直到陈正昌带着医治好的孩子回家……

每月组织两次医生到金溪免费为群众看病,成为金溪每个月的盛事。每年组织扶贫队员的家属到金溪慰问,成为金溪扶贫工作的"心事"。

扶贫工作队中,除了张志坚是临近退休的人,其他队员都非常年轻,很多队员刚好赶上"全面二孩"政策,家中都有刚出生不久的孩子。

队员们每个月只能回家一次,每次回重庆接队员出发,看着队员们妻子的泪眼,听着孩子一声声"我要爸爸抱,我要爸爸抱"的哭声,张志坚心痛不已。为了让后方的家属理解丈夫的扶贫行动,张志坚每年都郑重地组织所有家属奔赴金溪,让她们看看她们的丈夫在干什么。

长春村驻村第一书记田杰——"草帽书记",一顶草帽走遍山村,让群众"流转土地收租金,进社务工领薪金,入股合作分利金","三金齐收"使群众破天荒地在家门口领到"工资"。

山坳村驻村第一书记刘昶——"经济书记",凭他侦查员的眼光打造"金溪护工""金溪被服",让金溪种上了全新的"庄稼"。

清水村驻村第一书记李小兵——"健康书记",建起全镇最好的村卫生室,问群众的身。打造清水"爱心超市",让群众"爱心奉献",积分领取"爱心超市"的奖品,问群众的心。

平溪村驻村第一书记全克军——"点子书记",组织群众养龙虾、养泥鳅,建设养老院,让群众有了新的收入来源。

桃坪村驻村第一书记陈刚——"田坎书记""爸爸书记",孩子上学,群众看病,种植受阻,他都铭记在心,在群众最需要的时刻来到他们身边。

金溪社区驻村第一书记时杰——"产业书记",帮助群众建成黔江最大的养牛场,用畜牧业带动一方群众致富……

舍小家,为大家,这不是口号,这是每一个扶贫队员用自己的行动、自己的奉献在向时代证明!

六

"短命的吹手夭寿锣,逼得我心碎意乱莫奈何!我的爸啊我的妈,我在你奶根脚下长大……明日就要离开你,不知他家是个啥,内心话向谁去表达……"

土家族的哭嫁婚俗,注定让土家妹子在大喜之日用哭声来告别;金溪的穷山恶水,似乎注定让土家妹子婚后的日子在艰难中度过。

金溪护工,给了金溪的妇女们一条走向欢笑的路。

援藏三年的藏区生活,使张志坚很清楚地知道,缺乏技能是就业和脱贫最大的"拦路虎",扶贫帮困的根本措施莫过于帮助贫困户掌握脱贫技能。

医院护理人员需求在不断增加,护工收入较高,入行门槛较低,即使文化程度不高也可以通过集中培训入行。

扶贫工作队把"金溪护工"的计划告诉群众,动员群众报名。群众并不像他们预想的那样热情。"伺候人啊,不去!""医院天天有病人去世,晦气!"

得找到第一个"吃螃蟹"的人!张志坚把这个任务交给来自重庆医科大学附属第二医院、山坳村"驻村第一书记"刘昶。

刘昶通过调研,发现山坳村有位叫田维仙的村民,在广东某医院当过5年护工,后来在城里开了美容院。

电话打过去,田维仙听说要她回金溪,她坚决拒绝,说自己不仅开着美容院,手底下还管着40多个护工。父亲去世后,母亲也被接到城里,亲戚也因为她的关系,陆续走出大山,她不想再回到金溪那个穷山沟。

张志坚鼓励和支持刘昶不断和田维仙交流"金溪护工"的发展前景,并找田维仙在老家的亲戚帮忙做动员工作,最后还把工作做到了田维仙母亲那里……

一个月后,田维仙回来了。

长春村王华胜第一个报名,她说扶贫工作队帮助她医好了她的女儿,她不能老靠国家靠扶贫工作队,要自己给自己创造稳稳的幸福!

2017年10月,张志坚和刘昶通过协调,带着田维仙、王华胜、余江凤三人到重医附属二院试岗,经过专业的培训和试岗,三人每人每月收入4000元,比在家里种庄稼收入高多啦!

对于山区群众,看得见的幸福才是幸福。

张志坚和扶贫工作队协调扶贫集团和黔江区政府落实培训专家、培训经费和就业渠道,从山坳村起步,发展到金溪镇,再到黔江全区,越来越多的人参加培训,其中不少是亲姊妹、婆媳,甚至还有兄弟。目前金溪开展护工培训292人,其中136人稳定就业,最高月收入8000元以上,平均月收入4000多元。

山坳村喻登惠培训后进了黔江民族医院。医生说:"喻姐行动麻利,人又朴实,病人评价很高!"喻登惠说:"护理病人很辛苦,但收入有保障,村里好多姐妹都出来做护工,没有人再说三道四,扶贫工作真扶到了我们心上!"

水田乡管秋云丈夫身患重病,两个孩子在读书,家里一贫如洗,参加培训后被安排到重医附二院江南分院做护工,她逢人就说:"我做梦都没有想到一个山里女人能有这么高的收入!"

为了打造好"金溪护工"品牌,吸收更多的山区留守妇女加入这个行列,2018年3月,张志坚和扶贫工作队一道,成立了黔江区山之坳康复护理有限责任公司,公司统一组织培训、试岗、就业,实施"金溪护工"的品牌化运营。

七

一切都按照金溪脱贫攻坚的决战计划分步推进……

张志坚和他的扶贫工作队沿用说服田维仙的办法,多方动员,终于说服了在湖北咸丰建了11家服装销售店的老板刘廷荣,让他带领创办金溪有史以来第一家农民自己建起的企业——重庆卫之情服饰有限公司,打造金溪扶贫第二张名片"金溪被服",打出金溪扶贫第二套组合拳,让200多名金溪群众从田间走入车间,为医院生产被服,为学校生产校服,有重庆卫生健康帮扶集团45家单位作为后盾,"金溪被服"一样有不错的前途。

2020年5月19日,我到金溪采访,在卫之情服饰有限公司车间见到了张志坚,继任扶贫工作队队长陈垦说,张队长退休后依然每月都来金溪,虽然此时的他已不再是巡视员和扶贫工作队队长。

2020年4月25日,重庆市卫健委党委书记黄明会来到金溪接他回家,黄书记握着张志坚的手,眼中有泪:"我们安排你到金溪扶贫顶一年,结果一顶就是三年!"

2020年,张志坚把工作队相关工作移交给金溪扶贫工作队继任队长陈垦。58岁的陈垦作为赴湖北孝感的重庆医疗队队长,正月初二带队奔赴孝感,3月23日,随医疗队撤回重庆,隔离14天之后,又接到到金溪任扶贫工作队队长的任务。望着陈垦诚恳的目光,望着队员们深情的目光,张志坚以一种坚决的口气对大家说:"共产党员永不退休,我会永远和你们一起战斗!"

听着车间缝纫机的"沙沙"声,张志坚和陈垦说,这声音像村庄天空下那些春蚕咀嚼桑叶的声音。他们牵挂村庄,牵挂山上那些桑田桑地,那些猕猴桃园,那些水池水渠,那些雨后散发清香的蔬菜、山菌……

张志坚和陈垦从寝室墙上取下草帽,走向村庄。

八

"修路为啥偏偏要调用我家的土地?"

"扶贫投了不少钱,为啥修路还要我们自己出劳力?"

"你们发动我们种菜、养鸡、捡菌,哪个会到我们这穷山沟来买啊?"

……

走在金溪村落,哪家的房门怎么开,哪家有几口人,哪家养猪,哪家养鸡,哪家养蚕,哪片山林长羊肚菌,哪条水渠流哪村……张志坚和他的扶贫工作队都了如指掌,群众那些抱怨、诉求、愿望,永远记挂在他们心中。解放鞋跑烂了,换!草帽戴烂了,换!唯独期望群众早日脱贫的志向,永远不换。

三年中,在扶贫集团45家单位的共同努力下,在黔江区、金溪镇区镇党委政府大力支持下,共硬化村道路7.6公里,改建村道28.9公里,硬化人行便道52公里,完成产业路建设28公里,人行道建设35公里,改建便民桥50座,公路桥9座,全镇各村各组100%通路。

启动人饮安全巩固提升工程,完成太极水库到金溪饮水管道安装15公里,因地制宜修建水池水塘近百口。

易地搬迁群众56人。

全镇587户贫困群众全部脱贫摘帽。

金溪,地"变大"了——

"九山半水半分田"的金溪,一年四季不仅粮食丰收,还收获了城里人喜欢的无公害蔬果,"养"出活蹦乱跳的野生土鸡、土鸭、牛羊……

金溪,地"变脸"了——

同样的一方天,同样的一方地,不只有金灿灿的稻田,绿油油的青纱帐,更有金溪人祖辈没有见过的养蚕大棚、蘑菇棚、蔬菜大棚、放羊养牛的牧场,漫山的水塘、渠堰,漫山的果园、菜园……

金溪,今天的偏旁是绿水青山。

金溪,今天的部首是金山银山。

"金溪农场"在改天换地的金溪应运而生……

扶贫工作队引进吉之汇公司,开发"金溪农场""电商平台",他们用筹集的资金为群众发放鸡苗10万羽,为群众购置猕猴桃、脆红李等果苗,打造"山水金溪"品牌,通过市场化运作,让群众生产的农产品不愁销路，绿色菜绿色果进食堂，爱心菜爱心果上餐桌，皆因有扶贫集团45家单位的强大市场，有3万多名员工的爱心后盾。

金溪，当年有名的"旱码头"，再次重现江湖，成为重庆的"金码头"。

曾经贫瘠的土地上终于长出了让金溪人惊喜的生活。

走进金溪望岭村7组，我们被眼前巨大的钢结构棚架震撼：棚架里面是一大片白花花的蚕子、嫩绿的桑叶和现代化的养蚕设施养蚕大户王少友操纵着移动式蚕台，"蚕保姆"们站在自动给桑车上为蚕苗供给桑叶。

走进重庆市黔江区露菲农业股份合作社养蚕车间，足球场一般开阔的地上全是白花花的蚕子，宽敞明亮的车间弥漫着春蚕咀嚼桑叶的"沙沙"声。合作社成立于2017年12月，现在种桑1000多亩，林下养鸡上万羽，参加合作社的农户103户，其中贫困户11户。

在金溪，像王少友、露菲合作社这样的养蚕大户有10多户。

长春村土地瘠薄，石漠化严重，看着张志坚带领扶贫工作队决战金溪，别的村组羊肚菌、油茶、猕猴桃也搞得风生水起，而四组却是"冰锅冷灶"，曾当过村组干部的滕树文坐不住了。

"不思进取的理由有百条千条，但脱贫的路子只有一条，那就是苦干。人家张队长都快退休的人还领着我们干，他图啥？年轻人出去了不愿回来干，我们就顶上，跟着扶贫队干！跟着张队长干！"

"三个老汉一台戏。"滕树文拉上滕树长、陈正文一块开始了人生第二次"创业"，他们的年龄加起来超过了200岁。滕树文当"总管"，滕树长管财务，陈正文管劳务，各有分工，干起事来一点不含糊。

首先是选准产业。通过从好几种农作物中反复比选，三人认定还是蚕桑稳当有赚头。"黔江本地就有蚕桑加工龙头企业，市场成熟，销路不愁。"滕树长说，"我们这儿还流行一句话，'勤养猪、懒养蚕，20多天见现钱'。"

但集中近400亩地一块种，还算是这三个种地"老把式"的"新营生"。"过去一家一户种桑养蚕,亏了是自己的;如今合在一块搞,亏了是大家的,更大意不得。"

三老汉发展蚕桑的决心,让张志坚看到了群众的热情和这方土地新的希望,他和金溪镇副镇长杨胜前、驻村第一书记田杰一道,主动帮助配套建了产业路、共育室、蚕棚等。

看着蚕桑产业走上正轨,并初步见效,越来越多的农民想参与其中。长春村4组66户农户,以土地入股的形式,成立顺青颉农业股份合作社,抱团发展蚕桑产业。

清水村1组田建是个残疾人,多年一直在新疆放羊。家乡脱贫攻坚的滚滚热潮,让他回到家乡,找到张志坚和清水村驻村第一书记李小兵,寻求脱贫良方。工作队帮助他通过金溪镇的"蚕桑贷"无息贷款25万元,流转村里的土地,建设养蚕大棚,还发动队员捐款9万多元在田建的养蚕大棚和蚕桑地之间的小溪上建起爱心桥。从40亩蚕桑地到今天300多亩蚕桑地,再加上蚕桑地林中散养的"月子土鸡",如今的田建不但每年个人纯收入有10多万元,还解决了村里10多个人的就业,更为让田建没有想到的是,今年3月自己居然娶上了媳妇。

放眼金溪,15000亩蚕桑长势喜人,每年1.5万担蚕茧,综合收入4000万元,每户每年均增收2.2万元……

"沙沙沙,沙沙沙……"这是风中桑叶声,这是蚕嚼桑叶声,我们听着,总感觉像是金溪"印钞机"的声音。

一茬儿一茬儿的庄稼,在土地上一轮一轮地翻新我们的生活。土地就像农人的百宝箱,只要我们找对了打开的钥匙,白花花的银子就撒满一地。

望岭村2组龚福锦对香猪养殖情有独钟,在他的黔江区班森养殖股份合作社,有存栏香猪420多头,每年销售乳猪200余头,肥猪200余头,种猪400余头,新的4000多平方米养殖场即将建成,未来的收成将是今天的三倍。龚福锦与周围群众形成互惠合作关系,让养猪群众高枕无忧,让种地群众种出的南瓜、玉米、红薯销路无忧。

金溪社区孙章文是个退伍军人,回来后一直在社区服务,家乡的山林让他看到养牛的前景。给群众跑腿不如带群众跑步,在扶贫工作队和镇政府的支持下,他大胆贷款投入700万元,建起金溪历史上最大的家庭养牛场。金溪优质的草场,现代化的养牛技术,让金溪牛真的"牛起来",名声大振,供不应求。为了解决更多的群众就业和继续扩大养牛规模,作为农业农村部表彰的致富带头人,孙章文开始建设自己的牛肉加工厂……

"我们的家乡在希望的田野上,炊烟在新建的住房上飘荡,小河在美丽的村庄旁流淌,一片冬麦,一片高粱,十里荷塘,十里果香……"金溪沧海桑田的巨大变化让我们感恩的人很多,就让我们先记住张志坚、陈垦和他们的三批扶贫工作队队员的名字——

张志坚、陈垦、蒋冬云、邬亮、刘忠明、冉嘉、王世臣、向渠、王云川、时杰、陈刚、全克军、田杰、刘昶、王晋、沈鹏、杨进庸、余小波、李小兵、彭中全、张捷……

他们是金溪的点"金"人!

作者简介:文猛,中国作家协会会员、重庆市万州区作家协会主席

邬亮和他的同事们

◎ 老 村

在中国的扶贫征途中,一个都不能掉队,少一个都不行。

这是一个寒风凛冽的日子,当扶贫工作队联络员邬亮和驻村第一书记王云川,把春节慰问的袋装大米和一桶色拉油,送到金溪镇清水村贫困户田景松的手中时,对方紧紧握住他们的手,十分激动地说:"感谢你们,你们真是活菩萨啊……"邬亮回应道:"我们不是活菩萨,这是党和政府给你们送来的温暖。"当日,邬亮他们组,按计划翻山越岭,不辞辛苦,一共慰问了9户人家。送完最后一份温暖时,已是掌灯时刻。

驱车沿着乡间凹凸不平的公路,一路颠簸着返回镇上驻地时,邬亮他们已累得腰酸背疼,大汗淋淋。此刻,他们才长长地松了一口气,心里想,今天总算又办了一件实事。

为了使读者能看到更多生动而精彩的故事片段,在这里,我不得不把镜头拉回到三年前,去追溯那些已成为过往,然而,又扣人心弦,令人终身难以忘怀的美好记忆。

要讲好这个故事,我首先得做个背景交代。

金溪镇位于黔江区西南面,全镇辖区面积84平方公里,管内有8个村(居)51个村居民小组,计5257户1.49万人。其中典型的贫困村6个,贫困人口达2185人,贫困发生率为1.93%。该镇自然环境恶劣,被称为"筲箕滩",意思是地形地貌呈"筲箕"状,山地、深丘居多,土质保水保肥差。地块零碎,被村民们称为"鸡窝地、巴掌田",很难形成较大规模集中连片的产业示范带,农业生产效益不高。此外,基础设施薄弱,产业支撑不足,故金溪镇被列为重庆市18个深度贫困乡(镇)之一。

写到这里,我想,读者们不难理解金溪镇为什么贫穷了吧!

五一节后第一天上班,邬亮的工作日程安排得满满的,上午下午都有会,无法脱身。他来电说,很抱歉,计划没有变化快,只好约两天后上午十点见面。可那天,他还是没能准时赴约,而是叫我先采访王云川,说他是扶贫工作队驻黔江区金溪镇清水村的第一书记,其事迹很典型很突出,值得挖掘。还说,已订了一个清静的茶坊雅间。我和王云川到后,按事前预约,他送来好几份资料和新闻图片,诸如扶贫工作阶段性小结,发表的报纸剪辑,等等。同时,还用手机微信,传给我不少资料。他向我解释说,邬亮一向很准时的,现在医院里临时有急事,实属情况特殊。一小时后,邬亮出现了,我们才开始聊起来。

一阵寒暄过后,便转入了正题。这时,我有意识地对邬亮进行了一番打量。他,身着一件鱼白色短袖衬衣,显得很帅很精神,四十出头,中等身材,板寸平头,一张国字脸上,镶嵌着一双炯炯有神的眼睛,眼里时时放射出健谈而不失稳重、豁达而不失原则、谦和而不失睿智的光芒。总体感觉,属儒雅型领导。这就是他给我的第一印象。

下面,我就摆一摆邬亮和他所在的扶贫工作队队员们的龙门阵。

2017年9月,美丽山城,烈日当空,热浪滚滚。有一天,邬亮正在办公室忙碌着。忽然领导找他谈话。大意是:为深入贯彻党中央和市委有关脱贫攻坚的重要指示精神,全面落实市委市政府做好贫困地区脱贫攻坚工作的决策部署。市卫健委积极整合资源,准备成立扶贫工作队。组织上考虑再三,经过慎重研究,决定抽调他去担任扶贫工作队的联络员,希望他去之后,好好协助队长工作,请他把手头工作交代一下,尽快出发。

邬亮愣了一下,他万万没有想到党组织会选派他去扶贫。此刻,面对组织的信任,领导的重托,邬亮来不及多想,就表态道:"坚决服从组织决定,我人年轻,但请领导放心,我会珍惜这次难得的锻炼机会,协助队长,团结队员,踏实工作。"也就是说,他不认为这是一个烫手的"炭丸"。

晚上回到家里,当邬亮一五一十地把白天的事说了之后,爱妻一脸的不高兴,说:"你去扶贫,一拍屁股走了,儿子每天上学的接送由谁管?更何况,现在还是小学升初中的关键时期。"邬亮早有预案,他笑着安慰道:"瞧你那点觉悟,别急别发火嘛,办法总比困难多。我细想了一下,我下去后,你在家拖一个孩子,确实很辛苦,干脆在渝中区孩子学校附近租间房子吧!免得你每天从龙头寺到主城来回跑上跑下的,实在不行,拜托双方父母多操点心。"她听了觉得在理,就没再多说什么,只是说:"我知道你把事业看得比什么都重要。"紧接着,邬亮又见机说道:"你想啊,这些年,要不是组织的关心,个人的勤奋努力工作,我会成长,会有我们家现在的一切吗?人生,有所得,先要有所舍。舍得舍得,就是这个理儿。这是一种思想境界。再说,人生多点磨砺好,经历阅历是人生的宝贵财富。"斯时,妻子脸色由阴转晴说:"好了好了,别贫嘴了,我照顾好儿子就是了,你就放心地去吧!"

小家庭问题解决了,邬亮干起工作就没了后顾之忧。

这次抽调邬亮下基层担当扶贫重任,名为锻炼,实为严峻考验。这次下去,他能担起这一副沉甸甸的担子吗?他能协助队长搞好纷繁复杂的工作吗?能当好"润滑剂"似的联络员吗?

记得工作队进驻金溪镇的第一天,就面临住宿的难题。镇上安排了废弃不用的,原属镇计生服务站的两幢房屋给工作队当宿舍。当时屋内的状况是:蜘蛛网密布,地面潮湿,时值炎热盛夏,没有空调,只有电扇。镇上领导说:"这几间房,很久没住人了,没想到你们来得太快了。回头，我找人把墙粉刷一下，添点设备。"工作队张队长说："我们是来吃苦工作的，不是来享受的，房子随便处理一下就行了。明天上午，与镇委镇政府领导班子碰头后，下午就按事先分工，把六位驻村第一书记送到各村去，具体事宜由联络员小邬全权负责。"邬亮答："好，我这就去办。"

当食宿简单安顿好之后，接下来，工作队遇到的大难题是，两眼一抹黑，对当地的情况所知甚少。如何扶贫？如何攻坚？如何精准扶贫？不是说一句话那么容易。这次过来前，邬亮他们只是从市政府相关纸质资料上得知，该镇有清水村等6个深度贫困村。究竟如何做，如何有计划有步骤、分阶段、有条不紊地进行工作，就需要在工作队深入各村各户调查研究的基础上，再听取镇领导介绍情况，然后撰写出一个切合实际的操作性强的扶贫攻坚规划。只有这样，才能有的放矢，精准扶贫，达到预期的效果。否则，就只是纸上谈兵。

当问及联络员的职责时，邬亮沉思片刻，毫不掩饰地打了个比方，说："就好似一颗螺丝钉，一点'润滑剂'。换言之，就像一个舞台上跑龙套的，整天跑腿打杂，陷于没完没了、零零碎碎的烦琐事务之中。上情下达，下情上报，始终处于工作的中间环节，稍有不慎，就会出差池。也就是说，要将上面的宏伟蓝图不折不扣地变成具体的条条款款，贯彻落实到工作队队员和6个驻村第一书记的头脑中去。之后，还要把下面的贯彻情况如实汇总上报。这就是联络员。"

邬亮又饱含深情地说："金溪镇是个典型的老少边穷乡镇，占人口总数82%的是土家族，汉族和苗族只占18%。要切实做好扶贫工作，既要尊重当地人的风俗习惯，又要耐心疏通引导他们因地制宜。一句话，就是必须与当地村民打成一片，同呼吸，共命运，心连心。"

他话锋一转，又说："队长张志坚年近花甲，是副厅级领导，是工作队的'领头雁'，核心人物。他为人正派，思维超前，身体硬朗，作风扎实。到位不久，他就针对眼下扶贫现状，紧密联系实际，提炼出了工作队的'六字'精神:忠诚、担当、奉献。

"平日里,他轻车简从,严于律己,率先垂范,吃住在乡镇,生活上从不搞特殊化,从不给乡镇干部群众添麻烦。真有'老骥伏枥,志在千里'的雄心壮志。他还常在工作例会上对年轻干部们讲:'中国脱贫攻坚,是崭新时代一个伟大的创举,是一项前无古人的浩瀚而系统的工程,其意义非凡,令世人瞩目惊叹,你们有缘,恰逢其时,赶上了好时光。当你们变成我这把老骨头时,蓦然回首,一定会为今天的辛勤付出与默默奉献,感到由衷的骄傲和自豪!'一番推心置腹的话,令年轻人热血沸腾,干劲倍增。此外,他还在勤政为民上对队员们高标准严要求。"

邬亮还说:"清水村的驻村第一书记王云川,五十多岁,是全市第一批驻村书记中年龄最大的一位,可他从不要组织上照顾,一心扑在工作上。平时,他总是走村串户,在田间地头与老农们拉家常,嘘寒问暖,尽可能帮助他们解决生产生活中的实际困难。对一时解决或回答不了的问题,他就及时整理上报。"

邬亮总在说别人如何优秀,如何令人钦佩。其实,他在联络员岗位上也做了大量卓有成效的工作。

人非草木,孰能无情

黔江地处茫茫武陵山区,那年冬天,下起了霜雪,倍添了几分寒意,整个山区都笼罩在一片阴冷之中。

一天深夜,邬亮在金溪镇工作办公室,全神贯注地赶写一份工作简报。忽然,爱妻给他打来电话,先是亲切问候:"天凉了,给你新买的羽绒服穿了吗?少抽烟少喝酒少熬夜,多多保重身体。"随后她又说:

"今晚辅导儿子作业,有一道算数练习题,我怎么算都没算出正确答案来,如果你在家,肯定是张飞吃豆芽——小菜一碟。"听到这儿,邬亮心里酸酸的,眼帘潮润了。他分明从她含蓄的话音里听出了深深的思念和牵挂。于是,他安慰道:"快了,快了,团圆的日子不会太远,眼下,我必须尽力把手头的事情做好,做到极致。亲爱的,话又说回来,我们家现在的生活,比起大山里村民们的生活,不知要强好多倍。自古忠孝难两全,你懂的。"妻子道:"我知道了……"

是啊,邬亮心里有些话在电话里没法讲出来,当他下乡亲眼见到不少空巢老人和留守儿童长年累月没有家人陪伴时,心里很不是滋味。而自己的长辈、儿子现在的生活,比他们幸福多了。

采访中,笔者翻阅到一份主题鲜明、思路清晰、数据翔实的工作小结。字里行间,我看到了工作队,看到了邬亮他们这个优秀团队,在金溪镇脱贫攻坚的奋斗足迹,可以说,这是每一个队员智慧和心血的结晶。

日前,金溪镇脱贫攻坚工作正在有条不紊地推进,规划的136个项目,已经开工115个,其中已竣工33个,总投资近四亿元;592户贫困户均已做到精准识别,一户不漏,一户不错。其扶贫工作在18个深度乡镇中排名靠前,受到上级好评。

邬亮的姓名,我没有考证过,为何父母给他取单名"亮"字?深层含义是什么?我想,亮字与姓氏邬字的谐音'乌'组合,就别有一番寓意,可能是愿他像一块乌黑闪闪发亮的煤,燃烧自己,照亮别人。

还有,关键时刻,邬亮总能想出好点子。为了切实调动工作队每个队员的工作主动性、积极性和创造性。队长采纳了联络员邬亮提出的建议,适时组织队员家属到脱贫工作地参观。家属组团来金溪镇探亲,激发了队员们巨大的政治热情和旺盛的工作干劲。大家异口同声道:"队领导的人文关怀,有人情味的管理,就是我们无穷的工作动力,工作再苦、再累、再难,也豁出去了!"邬亮从家属们开心爽朗的笑声中,看到了理解与支持,更看到了扶贫工作的期望。

没有规矩,不成方圆。工作队到位以后,及时拟订了驻乡工作队和驻村第一书记的工作职责和任务,并张贴上墙。

有了制度,不能光挂在墙上,如何接地气,如何落地生根?

有一次,邬亮下村,听到驻村第一书记反映,清水村村主任处事不公,很霸道,一意孤行,一户按扶贫标准本该建卡的农户没建卡,而不该建卡的则建了卡,其他村委成员对这事意见很大。于是,他及时为驻村第一书记王云川撑腰,并和镇上领导一起,及时召集村支两委们开会,严肃地再次阐明党中央和地方各级政府的有关政策和贫困户的建卡标准和条件,要求他们对于该建的没建、不该建的建了的情况,必须马上纠正。他还语重心长地说:"同志们,我们得扪心自问,千万不能叫真正有苦难的老百姓寒心啊!"事后,邬亮将此情况向队长报告后,队长伸出大拇指肯定了一句:"小邬,你做得对。"

事隔不久,此事得到了妥善解决,让村民们看到了真正的"公开公平公正"新气象。

常言道"吃得亏,打得堆",吃亏是福。在工作队期间,为凝聚人心,邬亮经常把私家车拿来公用,别人借车后,他也从不收油钱,还诙谐地说:"黔江区委只给我们配了一台小车,整天走村串户哪够用啊。没事,你们只要不嫌我车破,就用呗!"还有,工作队原则上规定,每位队员每月准返一次家,特殊情况除外。邬亮有时会利用在镇上过双休日的机会,自己掏腰包,请同事们吃顿火锅或到农家乐打牙祭,队员们都说他是贴心人。邬亮说:"人是有思维有灵性的高级动物,人心都是肉长的。寂寞的乡村夜,约几个同事聚一聚,人之常情,这也是我这个联络员联络感情的工作方法之一嘛!"

据悉,该工作队的事迹,相继被《中国人口报》、人民网、新华网、华龙网、《重庆日报》、《重庆晨报》、《重庆卫视》等十多家新闻媒体深度报道百余次。2018年,该工作队还因成绩优异,被重庆市评为先进集体。

铁打的营盘，流水的兵

2017年，在去扶贫之前，邬亮就已被任命为重庆市第六人民医院党委书记，但领导说，在一年扶贫工作结束后，也就是2018年10月，再正式到岗到位。光阴似箭，一眨眼一年就流逝了。过去的一年，邬亮勤奋踏实地工作，没有辜负上级的重托，收获满满。眼下就要离开，心里五味杂陈。

那天下午，邬亮站在金溪镇的高处，俯瞰他曾战斗过的地方，真有些留恋，有些依依不舍。看到乡村的山山水水，看到山在悄悄变青，水在渐渐变绿，他还仿佛看到了村民们那一张张灿烂的笑脸。也许，这就是扶贫的阶段性成果。斯时，他蓦然回首，一切的一切，就像放电影一样，在脑海里闪现。他又回想起了与同事们一道同甘共苦、和谐相处、奋力拼搏的三百多个日日夜夜，那些战斗的场景好像就发生在昨天。大家都舍不得他走。邬亮含泪说："扶贫工作还没有结束，我会回来的。"

重庆市副市长屈谦，在阅读黔江区金溪镇脱贫攻坚《工作简报》第三十一期（总第八十一期）后遒劲有力的批示：一年来，工作队的同志们坚持一线主动作为，与当地干部群众一起，做了大量工作，辛苦了。希望回到本职工作岗位后，持续关注扶贫工作，确保如期实现目标。（时间落款是：2018年10月27日）这份批复，毋庸置疑，是对全体队员艰辛付出的巨大鼓励和鞭策。领导的认可，老百姓的口碑，就是自己的荣耀。

邬亮从扶贫一线、扶贫主阵地上撤下来了，从某种角度上讲，他肩上的担子更重了，由原来的市卫生局组织人事处副处长成为独当一面的医院党委书记。还可以说，他手中的权力更大了。可是，他说："职权是党和人民赋予的,只能用在为人民服务上。"王云川也从金溪镇清水村驻村第一书记岗位撤下来了,担任市第六人民医院扶贫办公室主任。

虽然,他们人不在金溪镇了,但心却时时刻刻牵挂着。

2018年11月1日,该院党委书记邬亮、院长刘永生、副院长郭罗勇携医疗保险管理科、科技教育科等职能部门工作人员及内分泌代谢科、心血管内科、康复医学科、职业病与中毒医学科医护专家一行13人,赴清水村开展"结对帮扶,送医送药"健康扶贫活动。针对该村田景松等9名精准帮扶对象,院党委确定了由6名院领导和工会负责人、团委书记及医疗保险管理科科长王云川,共同组成帮扶小组,实行一对一对接,充分发挥医院资源优势,工作干得风生水起。

冰冻三尺,非一日之寒

经过脱贫攻坚,眼下,金溪镇究竟发生了哪些翻天覆地的变化呢?或者说,又有哪些值得村民们高兴的事呢?谈及金溪乡镇的变化,邬亮侃侃而谈:"积极支持产业发展。主动协调利用资源,因地制宜,引进中蜂养殖项目;支持当地无抗生猪产业发展,调剂600万元启动资金,确保10万头无抗生猪基地如期开工;协调市银行业协会向金溪农户捐赠3万羽鸡苗,3万米养鸡栅栏,切实帮扶当地村民脱贫。"

再一个是,积极联系"绿叶义工"志愿者组织,选派工作人员深入金溪镇开展精神扶贫。筛选出10名有创业背景、创业成效的有志青年(注:目前全镇在外务工人员近千人,其中市内打工的300余人,本镇就业的50多人),成立返乡创业青年联盟,发挥示范作用,以"扶贫扶志"为指导思想,引导和动员他们返乡建设新农村,振兴乡村经济,建设自己美好的家园。此外,他们还在乡村乡规民约的基础上,组织开展家风家训主题活动,截至去年底,已走访537户农民家庭,为近两百户村民梳理了家风家训。

邬亮说,衣食住行,是人生存的基本需求。而对荣誉的需求,对精神的需求,才是最高层次的需求。一个人有了精神的需求,就等于有了骨气和灵魂。他还常用南丁格尔精神——"爱心,耐心,细心"来勉励自己以医者仁心的情怀对待工作。

我想,扶贫,就犹如号脉,如果脉号准了,就不愁药到病除。而今天邬亮他们的工作,就实实在在地佐证了这一点。

据悉,工作队未到金溪镇扶贫前,村民人均年收入7168元,到2019年,村民人均年收入已上升至13221元。也就是说,老百姓的经济收入在成倍数增长,而幸福指数,也在节节攀升。

本篇在收笔之前,有几句感叹,与君共勉:今天邬亮和他同事们所做的一切,都是透过迎春望暖的理想,永葆为人民的初心,以高亢激越的韵律,用心血饱蘸着激情,谱写着有关古老乡村、有关热土的动人篇章!其最终目的,是让山民们大声呼唤泥土和草绿色的芳香,从而真正走上脱贫致富的康庄大道!

作者简介:老村,原名丁有成,重庆市作家协会全委会委员,重庆市散文学会副会长

清水村的三桩婚事

◎ 汪　渔

一

田井会从小身体不好,不能干重活。

他一直希望,通过诚实劳动挣钱,娶妻生子,了却父母的遗愿。

听说沿海一带能够打工挣钱,田井会便央求乡邻把自己带出去见见世面。

他文化水平不高,工资也不高。多年以来,他走南闯北,除了混嘴之外,钱包仍没鼓胀起来。

一晃,年近五十了。

他很凄惶,想到了叶落归根,于是回到了清水村。

清水村隶属于黔江土家族苗族自治区金溪镇。

黔江土家族苗族自治区,地处武陵山区腹地,集革命老区、民族地区、边远山区和国家扶贫开发工作重点县于一体。

金溪镇是重庆市18个深度贫困乡镇之一。

清水村山高坡陡,土地贫瘠,500来户中六分之一是贫困户。

乡邻口中,一向流传"人不出门身不贵,火不烧山地不肥"。

田井会发现,尽管自己出了远门,然而不但身份没显贵重,反而觉得人家打量自己的时候,眼光带有异样。

在边远乡村，一个男人，不能成婚，就叫"光棍"。

有人看"光棍"的眼神，跟看常人有些区别。

田井会感到很郁闷。

朝看太阳升，暮看溪水流。闲愁一上来，他只能唱唱土家族的《单身歌》。

单身苦来单身苦，衣服烂了无人补。

飞一块来搭一块，如同山中麻老虎。

……

歌声很忧郁。

忧郁的歌声传到了田建的耳朵里。

田建在清水村有几百亩桑园。桑叶用于养蚕，桑树林下，种有辣椒，养有跑山鸡，这叫山地立体农业。一年四季，除草、采叶、养蚕、喂鸡……全都需要帮工。

田建跟田井会讲："你要不嫌弃，就到我这里务工。至于待遇，包吃，工资80块钱一天。"

田井会家里只有三间旧板房，夏天透热，冬天透风。煮饭吃饭也随自己心情，有一餐无一餐的。去田建那里既能解决吃饭问题，还能在家门口把钱挣了，他当然愿意。

桑园没有多少重体力活，田井会大多能够胜任。

田井会本是实诚人，干活认真，田建很认可他。

干了一段时间，田井会认为时机成熟，便向田建提出"调动"申请，从邻村"调"个人来。

那个人叫赵桂花。跟田井会一样，她也是个贫困户，寡居多年。

田井会一开口，田建就明白了他心里的"小九九"。这样的事，田建乐见其成。

赵桂花很快被"调"进了桑园。能够"吃饭不要钱，按时拿工资"，她突然感到原来还有这样的好差事。田井会不断展开感情攻势,对她的照顾体贴细致,她突然感到原来世间还能这样过日子。

一颗本来紧闭的心,变得湿润温暖起来。

在这对有情人眼里,桑园,就是他们的伊甸园。

2018年,他们两人在桑园务工的现金收入达到两万元,双双脱贫。

田井会借势向赵桂花提议,自己的三间旧板房,已完成宅基地有偿退出,政府给了补偿。她要是愿意,就加上这两万元工资,他们一起在居民安置点买套房。

表面上的意思,居民安置点交通方便,集中供水供电,基础设施配套齐全,还距离桑园不远,比他们各自的住地不知好多少倍。

实质上的意思,不就是向对方求婚吗?

2019年的春节到了。

新春佳节里,田井会和赵桂花搬进新居,成了一对新人。

两口子表示,要登门感谢田建。

田建说:"其实,你们真正应该感谢的并不是我。我也是受人恩惠,才有今天。"

二

田建想感谢的到底是谁?

他说,必须感谢李小兵。

因为没有李小兵,就没有桑园。没有桑园,就没有前面后面的故事。

田建兄弟姊妹5个,因家庭贫困,17岁时,他便辍学了。为有一技傍身,他到县城学会了开车,考取了大货车驾照。

1993年,他在新疆务工,发生了车祸。

车祸发生后,田建在医院昏迷了10多天。醒来时,他发现自己左眼已被摘除,眼眶里空空荡荡;左手截肢,袖管里空空荡荡。

尽管命运多舛,但他坚忍不拔,从未停止追求幸福的脚步。

残疾之后,一位朋友介绍他到矿场务工。矿场老板不相信他能干重活,田建就用一只手铲砂石给老板看,动作干净利索。

他有过两次失败的婚姻。

第一次,他用车祸赔偿金开了一家商店。其间,经人介绍,娶了老婆。不久,商店不景气,老婆也与他离婚了。

第二次,还是经人介绍,田建再娶了老婆。老婆向往城市生活,田建却不能在城市买房,最后也分开了。

后来,因为条件符合,田建被确定为建档立卡贫困户。

李小兵邀约田建谈心的时候,引用了那句老话:勤喂猪,懒喂蚕,二十八天出现钱。

田建说:"我晓得。"

李小兵说:"清水村有片现成桑园,稍加管理,就有成效。"

田建说:"我晓得。"

李小兵说:"我知道你从小闯荡江湖,见多识广,能说会道,从来不向命运低头。更重要的是,你有养蚕经验,在别的地方养过蚕。"

田建说:"我晓得。"

李小兵说:"既然你都晓得,那就开干呗!"

田建说:"不急,我也有三个问题。第一个,几百亩老桑园,全需嫁接改良,要钱;搭建蚕棚,要钱;这么大的桑园,够养几百张蚕,得请帮工,要钱。"

李小兵说:"我负责,帮你协调扶贫贷款。"

"第二个,蚕茧生产出来,卖不出去怎么办?卖得出去,价格没保障,怎么办?"

李小兵说:"我负责,已说好39元一公斤,公司保底收购。"

"第三个,你看连通老桑园那座'桥',不过是横在水上的三根木棒。一个人自重100多斤,加上背负的桑叶100多斤,一脚踏上去,就会棒翻人落,怎么办?"

李小兵明白他的意思:这是在考验自己有无能耐架桥。

前两个问题,李小兵事前做了功课,心中有底。但架桥是大事,不能当场表态,于是连夜向重庆市扶贫集团工作队队长张志坚报告。

张志坚有军人作风,加之有援藏经验,当即判断:这个田建,是要干事业的架势。于是立即动员扶贫集团成员单位,募集资金10万元,迅速建起了一座钢筋水泥人行桥。

桥一修通,田建意识到:李小兵他们,是干实事的架势,自己不能"拉稀摆带"。

清水村蚕桑扶贫项目紧锣密鼓上马了。

河的这边,老桑树实施分步改良,嫁接成只长桑叶不长桑葚的优良品种;河的那边,很快搭建起一排简易蚕棚。

为实现经济效益最大化,李小兵请来专家,指导田建发展山地立体农业,开发"桑—椒""桑—鸡"模式。先后两年,李小兵为他送去鸡苗2500羽。

2018年,田建在清水村发展桑园150亩,辣椒130亩。用工2000人次,发放工资16万元。

2019年,养蚕110张,出栏跑山鸡1300只,纯收入26万元,扶贫贷款偿还大半。用工3000人次,发放工资24万元。

2020年,桑园增至270亩,养蚕200张,出栏跑山鸡1100只,扶贫贷款全部偿还。用工4000人次。

田建的产业越来越步入正轨,李小兵变得越来越"多事"。他提出新的"课题","怂恿"田建把创业的故事讲出来。

田建说:"台下神侃,我不怕。上台去讲,我不敢。"

李小兵就教他,怎么打草稿,怎么做动作,怎么发感慨。

田建开讲了。

对村里的贫困户,讲完自己的故事,他就说:"扶贫先扶志,脱贫贵立志。如今政策这么好,大家千万不能只是等靠要,我们要自己把自己当人。"

对金溪中学的学生,讲完自己的故事,他就说:"扶贫先扶智,治贫先治愚。你们千万要念好书,如果没文化,啥都干不成。"

……

他的感悟发自内心。

他说:"李书记与我非亲非故,从前素不相识,却那么巴心巴肠地帮我。如今我有了点做事的能力,对乡里乡亲,理应帮助……"

村里的贫困户,但凡愿意到桑园务工,他必优先安排。一来二去,已带动50余人脱贫致富。

前不久,看到一辆小货车翻倒在村里,他觉得公路太窄,于是出资4000元,挖走土石几百方,拓宽了那段村道。

2019年,田建被黔江区评为"最美脱贫户",被重庆市评为"重庆好人"。

2020年5月20日,李小兵和田建又在桑园见面了。

李小兵打趣他:"田总,今天是个特殊日子,你有表白对象没?如果没有,我愿意给你当介绍人。"

田建"白"他一眼:"如今时兴自由恋爱,我才不要介绍人嘞!"

原来,李小兵他们经常用新媒体推介清水村,田建学到了一招:发抖音推介自己。光膀子运送桑叶,发一个;出栏跑山鸡,发一个;上台演讲,发一个;开会领奖,发一个……

2月的一天,田建接到一个电话:我能去你那里看看你吗?

电话里的人是重庆市彭水苗族土家族自治县的一位女士。

她坦言,关注田建已久,他尽管身有残疾,然而勤奋进取,乐于助人,她很喜欢。

见面之后，田建也很喜欢她。"她一来，就帮我全盘打理蚕桑产业，既勤快又能干。"

因为都喜欢摆弄蚕桑，有共同语言，有事业基础，有灵魂交流，田建相信，这回他遇见了爱情。

他用一首土家情歌表达自己的心意：

核桃不怕棒棒敲，金子不怕火来烧。
牛皮蒙鼓经得打，高粱做酒经得烤。

他告诉李小兵，他们已经商定，清水村宣布脱贫之日，就是他们喜结连理，完成婚事之日。

三

李小兵结识田建，纯属偶然。

那时，作为重庆医药高等专科学校团委干部，他正在与同事加恋人徐一商量国庆节结婚的事。

然而，电话说来就来：重庆市健康扶贫集团向定点扶贫乡村派出驻村第一书记。因为原先安排的同志临行前突发状况，希望他能顶替上去。

第二天一早，李小兵赶到重庆市卫健委参加行前动员会，徐一在学校帮他准备行李。

那天上午 11 时，会议结束。

领导说："各位，脱贫攻坚，时不我待。接送你们到任的汽车就在楼下，请大家上车。"

来不及回校取行李，李小兵赴任了。

他被安排到清水村任驻村第一书记。

到任伊始,2020年脱贫攻坚决战决胜任务摆在眼前。

时间表、任务表、路线图、作战图扑面而来,压力巨大。

他主动和徐一沟通,自己确实应接不暇,婚期只能推迟。

为方便进村入户,李小兵花4300元买了一辆摩托车。摩托车的后座,载过行动不便的村民,也载过鸡苗、猪苗、桑树苗。

若回重庆主城,他就骑着摩托,15分钟,从清水村到达金溪镇;再坐汽车,50分钟,到达黔江火车站;再坐火车,3小时30分钟,到达重庆火车站;再转两次轻轨,1小时30分钟,到达重庆医药高等专科学校宿舍。

如此繁复的旅程,注定李小兵不能经常回到重庆主城。

他的心头,免不了淡淡的忧伤。

毕竟,距离不一定产生美,但一定能造成生疏隔膜。

何况,当年的他已经31岁,女朋友也已28岁。

卓有成效的扶贫工作,让清水村的"光棍"们都花好月圆了,李小兵说什么也不会让自己身边的幸福悄悄溜走。

他擅长做思想工作。他说服徐一,自己回主城不容易,但你有寒假暑假,无论如何,你要来清水村,看看这片不一样的天。

2018年,寒假中的徐一,来到了清水村。

她碰上了李小兵最忙碌的一天。

李小兵一直寻求清水村农副产品的"公司化运作",亲手打造了扶贫电商平台,命名"田园生活馆"。

春节临近,"田园生活馆"生意火爆,田建他们的跑山鸡供不应求,第一次送货,当天就宰杀、打理、发货325只。

那天早上7点多,李小兵就带领招募的村民杀鸡小分队开工。流水线上,人人紧脚忙手,个个全力以赴。所有工作结束,已是第二天凌晨2点。村民和李小兵脸上不但没有倦容,反而全是开心的笑容。

田园跑山鸡售价120元一只,意味着清水村村民当天即可进账近

4万元。

有时,徐一也会坐上摩托车后座,跟随李小兵他们开展节前慰问。天空飘着雨夹雪,道路泥泞,不得不多次下车推车。所经之处,村民全都热情招呼:"李书记,李书记,快进屋来喝杯茶!"

感动之余,徐一掏出手机,拍了一组照片,取名《泥泞》。

村里条件有限,李小兵他们都是自己买菜,自己煮饭。徐一发现,厨房从不关门,里面有不少鸡蛋。于是好奇地问:"不怕鸡蛋丢失啊?"李小兵告诉他:"鸡蛋蔬菜,不但不会少,有时反而会增多。那是村民们悄悄送来的。"

那个寒假,让徐一完全明白了李小兵在村里工作的意义。

"原来,造福社会可以如此直接。"

"他在村民中竟有如此魅力。"

"群众是如此的淳朴。"

后来,只要有空,徐一就到村里。因为喜欢平面设计,她先后为清水村设计了许多宣传海报,在网络上发布。

2019年,徐一的摄影组照《泥泞》参加重庆市庆祝新中国成立70周年征稿比赛,一举获奖。同年,李小兵被黔江区评为"最美帮扶人",被重庆市人民政府授予"促进民族团结进步模范个人"。

目前,金溪镇及清水村的贫困发生率已降至0.07%。

脱贫攻坚的"主战场",正变为乡村振兴的"示范地"。

眼看清水村脱贫在即,驻村第一书记的任期将满,然而,李小兵并未停止忙碌。

他还在为清水村产业的"公司化运作"继续奔走。

"即使我离任了,只要公司在,村民的致富链条就没断,这就相当于留下了一支搬不走的工作队。"

"李书记,你都33岁了吧?徐一30岁了吧?你们什么时候请吃喜糖?"

2020年5月20号,当李小兵打趣田建的时候,田建反手"将军",打趣了李小兵一下。

李小兵拿出手机,点开视频,播放了一首土家情歌。

这是徐一在清水村采风的成果。

口劝哥哥你莫忙,有情地久天又长。

为妹好比一坛酒,哥哥不到不开缸。

视频播完,李小兵脸上是满满的幸福。

他爽快承认:"我们两个的想法,跟你们两个的想法高度一致。我跟徐一商量好了,清水村脱贫之日,就是我们的大喜之时。"

作者简介:汪渔,原名汪应钦,全国报纸副刊年度精品(一等)、重庆新闻奖(报纸副刊)一等奖获得者

金溪镇的500天

◎何　鸿

　　2018年初秋的一个雨后,跋涉了几里泥泞的山间小路,沈鹏和重庆市卫生健康委扶贫集团金溪工作队的几名队员一起走进海拔近千米处的一户高山村民家中。外面雨停了,堂屋顶上还滴着水,独居老人递来一个挂着蛛丝网的脏木凳,沈鹏很自然地坐了下来。他坐下一看,老人坐着的那张床顶上斜牵着一张格纹旧塑料布,刚好可以遮挡住瓦缝的滴水;地面有一道新锄的水沟通到墙角,可以让屋里的雨水流出去。

　　身为工作队联络员的沈鹏既难受又惊讶,内心感到了一份沉甸甸的责任,没想到在主城之外的群山连绵处,还有贫困程度如此之深的人家。一了解,原来老人患病多年,家里一直比较困难,儿子儿媳不得已都去外地打工。前阵子连续刮风下雨,屋顶开始漏水,老人不愿意麻烦别人,想等儿子回来再修整瓦顶。当天,沈鹏和驻村第一书记立即联系帮扶单位落实好房屋修缮问题。

　　回来后,沈鹏更加坚定了自己的想法:金溪镇山高水薄,是全市深度贫困乡镇之一,500多户贫困家庭中,劳动力大多外出务工,独居老人不在少数,扶贫工作不能靠一时的雪中送炭,还是要以科学化、市场化的理念,扶持创立乡镇企业,找到经济的活水源头,让更多的人在家乡就业,在家乡致富。

关键是找对路子，锲而不舍干下去

什么是真正的贫困？什么是真正的农村？随工作队进入金溪镇后，沈鹏才接触到具体的扶贫工作。翻过一个个山坡，踩过一道道田坎，遥远而陌生的山区印象逐渐清晰。

从市级机关部门的恒温办公室到大山深处的偏远村镇，从繁华都市到偏远山村，工作面对的服务人群、价值理念、思维模式，自然会有一些差异。沈鹏跟随工作队进驻金溪镇不到10天，就因为帮助一个贫困村修桥的事遇到了不同观念和意见的冲撞。夜深人静之时，沈鹏开始反思自己是否真正理解和掌握了基层工作的路子。

"我们不缺豪言壮语，关键是看有没有找对路子，有没有锲而不舍干下去。"在认真学习习近平总书记关于扶贫工作的重要论述时，沈鹏觉得许多论述都能与工作中遇到的情况——对应，甚至自己在村里遇到的困惑也在其中找到了科学有效的解决方法，不禁有些小激动。

沈鹏很快调整好自己的心态与工作方法，在扶贫工作队队长张志坚的支持鼓励下，沉心静气地研究金溪镇扶贫工作面临的具体问题，进一步加强队伍的建设与管理，把基层党建与脱贫攻坚有机结合，协调扶贫集团成员单位与各村常态化、制度化开展主题党日活动；创造性地开展了"我从习总书记那儿学到扶贫一招"主题学习活动，组织大家深入学习习总书记扶贫论述及各项脱贫攻坚政策要求，让每个工作队成员现场分享扶贫经验和学习心得。"扶贫工作的现实感受能够在学习中兼容，得到相应的思想指导，大家也感到自己做得有意义、有价值。"

为了把扶贫工作落到实处，沈鹏主动联络几位驻村第一书记，带领工作队队员一个村、一个村地走访贫困户，到他们家里看一看、坐一坐，了解他们的具体需求，坚持做雪中送炭的扶贫工作，帮助制订帮扶措施，在全市率先推动市级帮扶单位与贫困户结对帮扶，推动筹措资金352万元，解决和改善贫困户"两不愁三保障"的实际问题。

在沈鹏的努力下，工作队通过"支部带领、党员带头"，充分挖掘和培养支部党员中的农村致富带头人，组织驻村第一书记上党课和开展各类主题活动共300余次，实现了脱贫攻坚与基层党建的"双推进"。

"三金"能够自己活下去，才算真正的成功

2019年的第一场瑞雪洒向贫瘠的金溪镇时，一个蕴含生机与活力的现代化电商平台也在群山之间闪亮登场。它就是由"黔江金溪扶贫"公众号演变而来的原创电商品牌——"金溪农场"。熟悉沈鹏的人们注意到，为了做好"金溪农场"品牌宣传，平日里矜持内敛的他竟带头在电商平台上镜亮相，舍"身"取"利"，做起了活广告。

作为第二批工作队进驻金溪，沈鹏发现之前创立的"黔江金溪扶贫"公众号几乎停止了运营。和同事对接后，才知道原来的公众号以扶贫公益为目标，只有土鸡蛋一种产品，销售全靠帮扶单位的干部职工献爱心来购买；加之运输包装不规范，产品质量问题频发且售后服务跟不上，渐渐就走不下去了。为了拉动金溪镇经济，沈鹏和扶贫工作队队员一起出主意、想办法，经过甄选，决定邀请具有电商运营经验的公益队员叶子来金溪镇创业。沈鹏和同事们倾注大量心力，带着创业团队重新设计、创立了"金溪农场"电商品牌，引导村民们"挖掘"金溪土特产，搭建食材供应链，高山肾豆、老鹰茶、农家酱菜、红薯干、盐竹笋，一桩桩、一件件，点点滴滴，聚沙成塔。在沈鹏的主导下，金溪农场的品牌定位、供应板块、运输物流及售后服务等走上了专业化、市场化道路，构建了良好的品牌形象。沈鹏还带领电商团队讲故事，不光

是把山里的好东西分享出去,还要把山里人家收获的喜悦分享出去,实现资源交换、市场共赢。

理想很丰满,然而现实很骨感。由于产品的市场竞争力低,2019年7月,金溪农场进入非常艰难的瓶颈期,品牌的自我认同降低以及持续的亏损让创业团队开始动摇。"在金溪农场最无助和焦虑的时候,沈鹏坚定地站出来,向创业团队传递出他对项目的信心和决心。"金溪农场的叶子掌柜说,"他说,做有价值的事,就要经得起打磨,耐得住寂寞,扛得了责任。不要否定自己,金溪'三金'缺一不可。我们扶贫产业不是卖惨,要的是市场共赢。沈鹏对金溪农场的帮助和影响是巨大的,他的态度和话语犹如春风拂面,平和中有一种坚忍,这种品质在潜移默化中,沉淀成金溪农场的价值观。"随即,沈鹏带领工作队将解决黔江脆红李滞销的重任交给了"金溪农场"。他自己快速响应,起草文件,开展"爱心有李"认购活动,联动40多家成员单位,5天完成销售脆红李45吨。在这个过程中,金溪农场的服务得到了市场的认可,同时电商团队找到了那份初心——实现社会责任。

扶贫需要开创产业,创业重在落地见效,负责联络管理工作的沈鹏始终思路清晰地扶持发展金溪产业。2018年12月,在山坳村驻村第一书记刘昶的建议下,沈鹏亲自谈话、说服了山坳村退役军人刘廷荣创办金溪被服厂。为了让被服厂落地开花,沈鹏积极协调落实生产场地、税收优惠等政策,直接指导企业建立管理机制、设计产品、建设市场渠道等;还推动成立"金溪被服"扶贫车间,并将其打造成为全市标杆示范扶贫车间。刘廷荣的被服厂很快成了金溪'三金'的龙头。沈鹏又不断鼓励回乡创业带头人走进金溪村镇学校,向山区孩子讲述自己的返乡创业故事,引起较大反响。目前,金溪被服厂带动61名当地群众在家门口实现就业,其中32人为贫困户或残疾人。根据岗位不同,贫困户每月可获得1800~3500元的务工收入。扶贫集团成员单位在同等条件下优先采购金溪被服,仅市级各医疗机构已实际完成订单 500 余万元，达成意向性订单 1400 余万元。

2019 年 8 月 19 日，全国驻村帮扶工作培训班在黔江召开，金溪扶贫工作队提供了 4 个高质量现场参观点，沈鹏代表工作队负责全程讲解，此举得到了国家扶贫办公室副主任夏更生及参会的各省市扶贫办代表的高度称赞。在沈鹏和工作队同事们的共同努力下，金溪镇成功打造了以产业扶贫、就业扶贫、消费扶贫为重点的"三金"扶贫品牌，得到社会各界的一致肯定。沈鹏感慨地说："我最大的愿望，是'三金'能够自己活下来，长久地创造效益，这才是高质量扶贫，才算真正的成功。"

500 个日夜，形成更"接地气"的思考

"爸爸，你——终于回来了！"2019 年 8 月 27 日上午 10 点，重庆市妇幼保健医院拥挤的产科病房外，8 岁的沈楷哲上前对着沈鹏一个劲儿地说，"妈还没等到正式病床，爸，您快去看看！"

开车 5 个小时风尘仆仆赶到的沈鹏，一眼就看到刚刚生产、脸色苍白的妻子蜷缩在临时床位的被单里，心头生生地疼起来。作为医护系统的干部，沈鹏完全可以一个电话为妻子"搞定"一张病床，但是他没有。特别是在金溪镇经历一年多的驻乡扶贫，在山间行走，在田边栖居，承担着使命，履行着职责，接触了乡村的贫困和奋进，观察了乡村的山水和人文后，回到城区的舒适生活圈，沈鹏更不愿为自己和家人搞特殊照顾。

时间回到当日凌晨 4 点，沈鹏接到妻子打来的电话，立刻感到有些不寻常。妻子问："怎么办？我突然肚子有些疼。这深更半夜的，去不去医院？"沈鹏马上想到，妻子这次是二胎，会比头胎生得快，就隐隐有些担心。但在电话里，他还是沉着地轻声对妻子说："现在这个情

况，我没在你身边，比较稳妥的还是立即去医院。"他又安慰妻子说自己早有预感，特地开了车来，可以收拾一下马上出发回重庆陪她……妻子沉默着挂掉电话。儿子楷哲也醒了，懂事地帮着外婆准备待产包和水杯等必需物品，又陪着妈妈出门打车去医院。

无论是卫健委还是金溪扶贫工作队，在沈鹏接到组织通知到金溪扶贫时，所有人都不知道沈鹏的家里正面临诸多困难——沈鹏父母年迈体弱、行动不便，而住在一起的岳母因患重症已经做了数次手术，需要休养照顾；平日里妻子工作繁忙，家里操持都需要沈鹏挑大梁；而儿子楷哲正读小学三年级，学业也需要辅导……这扶贫任务一来，小家庭紧张而有序的生活节奏全部被打乱。沈鹏默默接受了组织的安排，经过几天张罗，为家里找好了保姆，才告诉妻子自己要到金溪镇扶贫的事。妻子惊讶地望着他，良久才说："你放心干好工作，家里不还有我吗？"

二孩的预产期是 2019 年 9 月初，按照驻乡扶贫周期一年的规定，沈鹏预计好妻子生产的时候，自己差不多就能回来，陪伴她度过最难熬的时刻。然而因为工作需要，第二批扶贫工作队全体人员继续留驻金溪镇迎接新的工作任务。沈鹏心里暗暗着急，但自己担负着联络重任，更不能缺席。整个孕期，沈鹏连一次产检也没有陪过妻子，这个周末他特地赶回家跟妻子承诺，自己一定会在她生产的时候陪着她。

凌晨 5 点，沈鹏告假，开车从金溪镇出发，借着星光往回赶，一路上担心着妻子那边的状况。7 点车过武隆，前方豁然一片霞光灿烂，岳母打来报喜电话。眼前壮丽的景观似乎在庆贺新生命的到来，金色的朝霞甚至让沈鹏联想到金溪蓬勃的未来，驾车疾驰中的他禁不住心潮澎湃、热泪盈眶。

2020 年春节前夕，新冠肺炎疫情暴发，刚回家休假的沈鹏知道所在单位负责全市药品及物资供应管理，现在一定是最忙的时候。大年初一，他就主动回到单位，和同事们一起战斗，组织抗疫物资，每天工作到深夜两点才回家,第二天早上8点又到单位开始"战斗"。2月10日,心系金溪疫情的沈鹏特地组织了一批抗疫物资,和扶贫工作队队员一起奔赴金溪镇,送到物资缺乏的金溪父老乡亲手里。"我们就盼着有一点儿口罩,真是雪中送炭!"疫情中的工作队急山区农民之所急,受到金溪镇老百姓极大的拥护。

如今,沈鹏已经离开驻乡扶贫岗位回到卫健委机关工作。500多个日日夜夜,金溪镇有足够的理由和时间,驻扎到沈鹏的内心。此后的他每拟定一份文件,制定一项政策,都有了更加具体的思考和实在的感受。现在的他似乎更加满足,也更加懂得了从城市社区到偏远山区人们的痛楚与欢欣。

作者简介:何鸿,冰心散文奖、中国冶金文学奖(报告文学一等奖)、长征文艺奖获得者

"嘉哥"扶贫记

◎ 璞　玉

离开金溪已经有一年多了,冉嘉的思绪总会回到那个小山村。游荡的白云在山间流连,悠闲地俯瞰着劳作的人们,谭家坪山上,草坡碧绿,野花多得数不清。那些夏夜,月光如水,充满着栀子花和桑叶的芳香,林间果园里有萤火虫照亮,驻地小河边有不断吹来的习习凉风……冉嘉仿佛又闻到了花香、韶华和晚风。

有人说,人如一朵花,有无自己的果实,全靠自己是否投入地去吸收大自然的营养。这句话适合冉嘉。脱贫攻坚是主战场,更是熔炉,磨炼着他的意志,也激发着他的力量。一年的扶贫经历,让他感到生命前所未有的充盈,内心也变得更加辽阔和宽广,坚忍又顽强。

一

冉嘉,来自重庆市卫生健康委疾控处。38岁那年,他成了重庆市卫生健康委扶贫集团驻黔江区金溪镇工作队的一名队员。一头银色的发,一张微笑的脸,走到哪里都很显眼。

位于黔江区西南部的金溪镇,地处大山深处,基础设施落后,产业基础薄弱,是重庆市委市政府确定的18个深度贫困乡镇之一。下辖

8个行政村,其中有6个深度贫困村。

大千世界,生命的轨迹千姿百态,但每个人的轨迹,总离不开情怀的影响。因为从小对乡村的喜爱,对基层工作的向往,冉嘉曾多次申请下区县挂职锻炼,没想到,阴差阳错,来到黔江,和金溪结下了不解之缘。2017年9月8日,冉嘉随扶贫工作队来到金溪镇。驻队伊始,冉嘉对当地的生活充满无限的遐想,绿水青山,不仅可以供养心灵,与陌生的生命交际,还可以遇见另外一个自己。

可是,刚到工作队,有队长、联络员,有驻村第一书记,冉嘉似乎觉得自己无足轻重,有些气馁,感觉自己规划设计的扶贫蓝图无法施展。

"千锤百炼的钢最硬,风吹雨打的松最挺",单位领导送行时的话犹在耳边。"谁说工作队队员的位置就不重要呢,我就要做最硬的钢,最挺的松!"很快,冉嘉就调整心态,充满斗志。

他暗下决心一定要按要求打好规定动作、自选动作、健康扶贫"三张牌"。可是,不到一周,他就知道了理想和现实的差距。

他的第一张牌,即"规定动作",就是做好协调、联络、保障工作,为工作队和驻村第一书记们做好后勤服务。

工作队的住房是原镇计生服务站废弃的老房子,破旧不堪,面朝公路,背靠山崖。一到晚上,大货车、摩托车驶过的声音,此起彼伏,让人辗转难眠。下雨的晚上,临山的一面,洪水一股股地往屋里灌,厕所堵塞、阳台渗水;夏天,苍蝇肆虐,蚊虫叮咬,停水停电更是家常便饭。连续一周,工作队13人,几乎全部失眠。

冉嘉从小在渝中区长大,虽是独生子女,但父母并不溺爱,从小品学兼优,淳朴诚实,从小学到研究生,再到参加工作,一切都顺顺当当。他学习的专业是预防医学和公共卫生管理,工作期间,也是一心扑在专业上,对后勤保障这一块显得不是那么得心应手。

面对这一切,冉嘉看在眼里,急在心头,一时不知该怎么办。

"你不能解决问题,你就是问题",这是工作队队长给他的建议。

碰到问题就把矛盾上交，这不是冉嘉的个性。于是他静下心来，列了5大类10个问题，然后一项项梳理，一个个解决。人手不够，就自己干，换玻璃、刷墙壁、淘粪池……冉嘉忙得不亦乐乎。让大家感到惊喜的是，他还和队员们一起，在驻地阳台上栽了很多花。

一勤天下无难事。夏天的夜晚，再也不是蚊虫、苍蝇满天飞，工作队驻地变得窗明净几，花香阵阵，俨然一个温馨的家。

很快，冉嘉就成了这个团队中的"大管家"，承担着后勤管理工作，他尽心尽力地照顾着每一位队员的生活，队员们不管年龄大小、职务高低，都喜欢称他为"嘉哥"。在工作队，谁屋子里有小毛病，一个电话，他立马就到，从来没有一个"不"字；队员们不经意间一句"我屋里灯泡坏了"，正在吃饭的冉嘉撂下碗筷立即就往外跑，替队员们将问题解决；他还将队员们需要的生活用品一一记下来，然后第一时间补齐后送到队员手中。在驻队工作人员眼中，冉嘉成了名副其实的"暖男"。

扶贫工作无小事。接下来，他最重要的工作是就是沟通、协调。

扶贫集团45个成员单位、市卫生健康委、黔江区委区政府、金溪镇党委政府、6个驻村第一书记等都是他需要直接面对的，两个月下来，他俨然成了驻队"外交官"。除每月按时上报工作台账外，冉嘉耗费精力最多的是账务管理。工作队的生活经费、工作经费、扶贫集团的项目经费等，烦琐而重要，尤其扶贫专项资金是党员干部不能触碰的"高压线"，每一笔资金的流向，都必须跟踪监管。对财务一窍不通的冉嘉，只好认真向市卫生健康委财务处的同事请教。每次回重庆，他的第一件事不是回家，而是去财务处。在他的起草下，工作队制订了一系列财务管理办法，一年下来，无一例差错。

二

　　冉嘉的第二张牌是"自选动作",作为扶贫工作队队员,他没有忘记自己的初心,那就是让老百姓过上好日子。冉嘉是个行动派,他选择从一个个善举出发。

　　如何让大山深处的老百姓脱贫致富,让金溪也成为有梦想的地方?驻村干部的第一课是调研,冉嘉开始和驻村第一书记们一起走访,或是唠家常,或是讲政策,或是讲解卫生健康知识,开"院坝会"成为一项常态化的工作。冉嘉从不惧山高路远,他走遍了全镇的贫困家庭,用脚丈量着金溪的山山水水,和村民的心越来越近,感情也越来越深。

　　贫有千种,困有百态。一番走访后,冉嘉对老百姓致贫的原因有了更深刻的认识,他决心从自己力所能及的事开始做起。于是,他充分调动资源,认识了绿叶义工组织成员张海峰,并将金溪镇的情况向这位志愿者朋友做了详细介绍。

　　绿叶义工是一家民间非营利性公益机构,致力于推动地区志愿服务的开展和为困境青少年儿童提供救助与成长服务,在山区贫困学生资助、孤残儿童保障、农民工子女成长、灾难救助与社会志愿服务等领域开展了大量的公益活动,是重庆极具知名度和影响力的民间公益组织。

　　功夫不负有心人,在冉嘉的积极倡导下,该组织开展了一系列爱心捐赠活动。还有捐赠鸡苗活动,得到了老百姓的拥护,为他们的可持续发展打下了基础。首期捐赠活动,绿叶义工志愿服务组织与重庆市银行业协会为金溪镇捐赠1万羽土鸡苗,并在金溪镇6个深度贫困村开展"爱心一万米"志愿服务活动,为养殖鸡苗的农民捐赠1万米鸡舍栅栏。

扶贫点亮心灯,致富温暖人心,在冉嘉的倡导下,还成立了"金溪返乡青年创业联盟"。"我心中有一个声音在问我,难道认真读书或出门打工真的是为了逃离这个生我养我的大山吗?这个时候我内心坚定的答案是:'不,我要让故乡成为有梦想的地方。'"返乡创业青年张航介绍,他们曾经离开家乡,只因为家乡的土地不养人,他们现在返回故土,只因为故土生活蒸蒸日上。

张航经历最初返乡的迷茫后,在重庆市卫生健康委扶贫工作队的帮助下,通过网络众筹和银行业协会的捐赠,筹集到3万羽鸡苗,3万米鸡舍栅栏,计划可以带动100户以上村民进行规模化养殖。

培养当地养殖大户,帮助他们建立电商平台,找朋友援助价值几万元的冰储展示柜……冉嘉的路子越来越宽,只要是为了村民,他不惜动用所有的私人资源。

在驻村中,冉嘉发现村民们养鸡的积极性很高,但是一旦遇到鸡瘟,村民们要么束手无策,要么大量使用抗生素。冉嘉看在眼里,急在心头。他深知,频繁使用抗生素,就会残留在鸡肉和鸡蛋里,人食用后,就会造成人体如肝、肾、胃肠道等脏器的损害,若动物食用的是四环素、土霉素、青霉素等抗生素,则毒性更大。

问题就是号角。预防医学专业毕业的他,觉得这就是自己的责任,这个问题必须马上解决,刻不容缓。

为了扶贫工作,冉嘉全家总动员。他软磨硬泡,通过在市科委工作的姑姑,几经周折,请来西南大学87岁的畜牧兽医专家冯昌荣,并请自己年近70岁的老父亲全程作陪。"老教授87岁了,跋山涉水过来,我怕有啥闪失,让父亲陪同,心头要放心些。"冉嘉做事从来都认真细心。

老教授感念于父子俩的真诚,毅然到金溪实地走访,上培训课,现场开处方,并运用自己在中草药防治病症方面的科研成果,配制出防治鸡瘟的制剂,在降低成本保证鸡质的前提下,成功将这一难题拿下。

就在老教授到来的第二天,冉嘉因工作劳累,肾结石发作住院。老教授非常感慨,认为这样全身心投入工作的小伙子很少见。当即留下了家中座机电话,欢迎冉嘉随时打电话咨询。

"以前抗生素治疗几百只鸡一次得花近千元,现在全村2000只鸡利用中草药预防,一季度才花200元。"清水村驻村第一书记王云川激动地说,"村民们都很感激冉嘉。"

三

冉嘉心存壮志,他的第三张牌是"健康扶贫"。作为卫生健康部门的同志,冉嘉觉得,健康扶贫,是自己的分内之事,必须走在最前面。

提起老百姓的健康问题,冉嘉从金溪镇的赶场天说起。

金溪场镇虽然不大,一支烟的工夫可以走到头,但赶场天却特别热闹,卖油粑粑的、绿豆粉的、烟叶子的等,常见的、稀奇的在这里都可以碰见。而每逢赶场天,冉嘉就会特别关注桥头上那个卖药酒的中年人,人称张四毛。一到赶场天,他就将自家或用蛇或用蝎子或用人参等泡的各种药酒,一字排开,声称便宜的可以壮阳生精,滋肾养肝,贵的可以包治百病,抗老延年。冉嘉常见一些群众从荷包里抠出皱巴巴的三四十元钱,打上一二两药酒,满心欢喜而去,期待着药到病除。

每当这个时候,冉嘉就觉得心痛。他不否认,有的药酒对腰肌劳损、肩颈疼痛有缓解作用,但更多的时候是花冤枉钱。比如,有的明明是高血压引起的头痛,但他们偏偏听信那些偏方,喝药酒,不去医院。他还看到有的游医摆出所谓的"祖传秘方——无痛拔牙",用没有做任何消毒处理的工具在病人的嘴里来回拨动。如果发生交叉感染,后果不堪设想。如此种种现象,在农村早已司空见惯。而冉嘉却上了心,开始陷入深深的思考。

一个月后,他决定开始行动。冉嘉向领导提出一个大胆的想法,对全镇所有户籍人口进行健康状况普查,找准"病根"拔"穷根",为健康扶贫破解难题。

说干就干,干就要干好!得到领导的同意后,冉嘉铆足了劲,跑上跑下,写材料,着手调查。他每天马不停蹄,穿梭于15个调查组之间,常常晚上8点钟才回到宿舍,然后是挑灯夜战直到12点才汇总完毕。原本需要一个月时间的调查,他仅花了一周的时间,就完成了全镇6524人面对面的调查。

"这次入户调查非常辛苦,到茶林盖的时候,由于路面积雪打滑,冉嘉差半步掉进万丈悬崖。"清水村驻村第一书记王云川说。

对自己的事,冉嘉从不上心。他关心的是调查中又发现了新的问题,那就是贫困户对健康扶贫政策大多不了解,常常是多头申请,报销比例只占50%~60%,而国家规定如果所有政策到位的话,实际报销比例可以达到90%。

必须从机制体制上解决这个问题。调查完后,没有来得及休息,他立马分析、总结,很快将这些调查结果向黔江区委区政府报告,并提出独到的"政策整合打包、一站式办理"新理念,删除无形的门槛,让政策畅通;同时,针对多发疾病和群众健康素养低的问题,还组织编写了《金溪镇健康教育绘本》。

因此,为进一步解决群众"看病贵"的难题,扶贫工作队和黔江区卫健委通过反复考证,一是全面落实基本医保、大病保险、民政医疗救助、扶贫济困基金、健康扶贫基金、精准脱贫保险、健康扶贫政府兜底救助等7项医保政策;二是设立区级救助基金1000万元,对贫困患者自付比例仍超出10%的部分,再次进行兜底救助,确保贫困人口看病就医总费用自付部分控制在10%以内;最后是做好"一对一"重病救治,慎重选择贫困户中疾病负担确实较重、所患疾病疗效确切的进行救治。

这些政策的整合、出台,冉嘉功不可没。

扶贫工作千头万绪,近一年来,冉嘉参与了扶贫工作的大小事情,从陪市领导调研、向上争取资金,到参加基础设施建设、修路、改厕、易地搬迁、新建、改建乡镇卫生院、村卫生室,等等,伴随健康扶贫从"新生"到"美好",产业发展从"输血"到"造血",冉嘉与扶贫攻坚同频共振,成为乡村振兴的见证者、开创者和建设者。

"安心走自己的路,会有人看见你的光",这是冉嘉对自己的勉励。如今,他已经回到市卫生健康委疾控处工作。疫情期间,学预防医学和公共卫生管理的冉嘉,被任命为重庆市卫生健康委疫情防控组副组长,负责全市重大和聚集性疫情的现场处置指导,并结合现场发现的情况给防控措施提出调整建议。

跑綦江、上开州、下巫溪……全市哪个区县有拿不下或拿不准的疫情,冉嘉就奔赴过去。往往是从几百公里以外的区县赶回,来不及好好休息,然后又马不停蹄开赴更远的地方。能挑千斤担,不挑九百九。从2020年1月底到4月初,冉嘉每天都处于高度紧张和忙碌的状态,但他秉持扶贫攻坚持久的实干精神、顽强的担当精神,沉着、冷静地处置一切。

"心中有点子,手上有刷子。"这是工作队对冉嘉的评价。而已进入不惑之年的冉嘉,经历过扶贫攻坚和抗击疫情两个"大熔炉"的锻造,变得更加从容、温暖、坚忍、达观和开朗。人生的路途上,他走着走着,便遇见了一个更好的自己。

作者简介:璞玉,《健康报》驻重庆记者站特约记者

杨医生来啦

◎ 常　克

本文的主角叫杨进廉。

不过在讲杨进廉之前，得先说说龚万秋。

对于龚万秋来说，那次从黔江到重庆主城治病，实在有太多的不敢想。

那天，直到都走下站台了，龚万秋仍然不敢相信，医院会派人来火车站接自己。虽然在出门之前，杨进廉医生一再说，医院已安排好了。

2018年12月11日下午5点多，重庆火车北站南广场，入冬的寒风贴着脸刮人，生冷得很。龚万秋睁大眼睛东张西望，满脸的不安甚至惶恐。

在繁华的重庆主城，他举目无亲，根本找不着北，他现在唯一的身份就是建档立卡贫困户，一个来自偏僻山区的"老病号"。

曾经有一段时间，龚万秋痛苦到不想活了。在重庆市黔江区金溪镇望岭村2组，谁都晓得龚万秋倒霉得很：2012年7月5日，因为不慎从高处摔下来，腰椎粉碎性骨折，右趾骨粉碎性骨折，在当地医院做了腰椎内固定术后，基本上丧失了劳动能力，落下残疾。平时遇上气候变化，腰背部疼痛难忍，走两步都要扶着墙根，一到夜里更是翻来覆去睡不着，用他自己的话说，若不是带着两个娃儿，早就各人走了。

走了，这话在黔江当地的意思，就是寻短见。

黔江历来是全国有名的老少边穷地区，在重庆，有一段民间俗语流传了几十年："养儿不用教，酉秀黔彭走一遭。"意思是，把小孩子放到最穷的山区去摸爬滚打一回，他自然就会听话懂事。"酉秀黔彭"分别是重庆的四个贫困县，其中黔指的就是黔江，可见黔江之苦。问题是，黔江的苦中苦，不在别处，偏偏就在金溪镇——此地乃重庆18个深度贫困乡镇之一。

话题又回到开头，正在龚万秋忐忑之际，一位中年护士快步向他走来，护士脸上的笑容，犹如冬日里飘香的蜡梅在绽放。

她叫孙雪梅，是重庆市中医院的护士。离她不远处，专程来接龚万秋的一辆救护车等候已久。

一边是远山的患病贫困户，一边是素不相识的医护人员来接站，然后送往医院住院治疗。近两年，几乎同样的情景，不断地在重庆火车北站南广场重现——

金溪社区9组，5岁小男孩吴世东患右侧腹股沟斜疝，在父亲吴天杨的陪同下，到达重庆火车北站南广场，巧的是，同样是在2018年12月11日这天，重庆医科大学附属儿童医院专程将这名来自贫困户家庭的小患儿接到医院住院，由外科主治医师袁亮主管，确定手术方案后，由董欣竞副主任医师亲自主刀，术后效果很好。12月14日，吴世东小朋友病况好转出院，回到黔江老家继续服药治疗。

56岁的田维祥、28岁的吕纯相、53岁的喻登位、29岁的喻江怀、41岁的王友菊，这五位肝炎病人，分别来自金溪镇的5个村组，都是建档立卡贫困户。2019年4月18日，他们结伴乘坐火车到达重庆火车北站南广场，重庆市公共卫生医疗救治中心肝病科护士长陈世容早已等候在此。住院后，由肝病科主任赵学兰亲自询问，医院协调专门通道进行病情检查，很快制订了诊疗康复方案。

几天后，他们笑吟吟地回到黔江，按医院专家们的叮嘱，继续治疗和调理。

这样的稀奇事，到底有怎样的来龙去脉？

这么多人，而且全是黔江偏远山区的贫困户，一拨接一拨的，到距离他们村镇300多公里的重庆主城治病，并且都由各个医院派救护车专程来接，这背后，究竟有怎样的故事？

到这儿，就得说说杨进廉了。

杨进廉是重庆市中医院的一名主任中医师，擅长高血压、冠心病等常见疾病治疗，30年来救治过成千上万的患者。

如果是在农村的田间地头遇上杨进廉，会以为他就是一个地地道道的庄家汉子。略黑的脸颊，说话憨厚，总是带些笑意，浑身沾满泥土味儿。用杨进廉自己的话说，他本来就是农民的儿子，只不过年轻时考上了医科大学，从农村到了大城市，成了一名白衣战士。

2018年9月，在杨进廉52岁这一年，他再次回到农村。不是老家重庆市大足区，而是重庆赫赫有名的贫困山区，黔江的金溪镇，他的工作，是作为重庆市卫生健康委扶贫集团驻金溪工作队队员，参与全镇的健康扶贫工作。

实际上这项工作是从2017年9月份就开始的，在此之前，已经有来自重庆市卫生健康委扶贫集团成员单位的10位干部赶赴金溪镇扶贫。杨进廉至今还记得重庆市卫生健康委副巡视员、扶贫工作队队长张志坚说的一句话："我们的任务就是要啃下因病致贫、因病返贫这块最难啃的硬骨头，为脱贫攻坚、乡村振兴提供保障，同时这也是金溪脱贫致富的关键。"

杨进廉明白，上级领导选派他到金溪，就是要选一个有医学背景的，懂医学的，敢于突破旧框框的人来从事健康扶贫这一块工作。金溪镇的建档立卡贫困户有592户，2185人，因病致贫、因病返贫的占60.1%。这是个什么概念？这就意味着从此以后，他每一天的工作与生活，都离不开崎岖而陡峭的山岭。更何况，镇里的五保户、低保户、残疾户，还有其他边缘户，都是他重点关注的对象。

金溪有一个别名,叫筲箕滩。筲箕,就是指这里兜不住水。在85%以上属坡耕地的特殊地理环境下,金溪这个名字,让人联想到溪水对于此地的金贵。说起来,金溪距黔江城区约21公里,不算特别远,但路窄、坡陡、急弯多,一句"九山半水半分田"的民谚,说出了金溪的贫瘠与无奈。被列为重庆市深度贫困乡镇之一,金溪可谓"实至名归"。

杨进廉到了金溪,完全不用过渡,跟回到老家一样。他内心深处的善良与敦厚,再加上医者仁心,在这里工作如鱼得水。

杨进廉每一次走进村子,听得最多的一句寒暄就是:"杨医生来啦!"

见过杨进廉的村民,都说杨医生心肠好。

这一点,龚睿的爷爷奶奶感受最深。几乎可以说,杨医生就是龚睿的救命恩人。

先拿重要的讲——龚睿的腿伤如果继续恶化下去,就是脓毒血症、败血症无疑,那是要命的!

时间回溯到2019年3月28日的下午。那天,杨进廉带着扶贫医疗工作队照例下乡走访。经过清水村1组时,偶然看见一位女孩在自家门前露着大腿晒太阳,大腿上,隐约能看见一处伤疤。杨进廉毕竟是医生,职业的敏感催促他赶紧趋前。

女孩名叫龚睿,19岁,智力低下,生活不能自理,父母亲都不在身边,平时跟爷爷奶奶生活。祖孙三人,均为建档立卡贫困户。爷爷叫龚正仁,奶奶叫田维芝,都已70多岁,且身体不好。

一边攀谈,一边仔细检查,杨进廉发现女孩左大腿上果然有个明显伤疤,比碗口还大,伤疤的里里外外都有黑色结痂,还间杂有肉芽和脓液,散发出一股难闻的异味。看上去,之前好像敷过什么药。

杨进廉问:"你们给娃儿敷过药啊,是什么药?"

龚正仁答:"就是一些土草药,没得啥子效果。"

杨进廉语气变得严肃:"老人家,这个伤很严重哦,不抓紧治疗,有可能出现脓毒血症,甚至败血症,会有生命危险的。"

龚正仁耷拉着头,叹口气说:"没办法嘛,哪有恁个多钱医哦。"

杨进廉耐心解释:"村里驻村第一书记等干部早就宣传过了,政府对所有建档立卡贫困户都有特殊医疗救助政策,这可是好政策,你们要用够用足啊!"

杨进廉提到的这个特殊医疗政策,就是重庆市政府针对建档立卡贫困户疾病的七重保障机制,住院治疗个人承担费用占所有医疗费用的比例小于10%。

病情严峻,刻不容缓。从那天起,杨进廉安排村医对口上门巡诊,然后很快把龚睿接到镇医院、区医院就诊,进行初步伤口清创和跟进治疗。

经过杨进廉的协调,2019年4月18日,重庆市人民医院选派有丰富经验的外科医生专门从主城到龚睿家上门诊疗。医院副院长饶英带队,医院社会服务处处长梅现红来了,门诊外科副主任医师李长富来了,还有相关医护专家,都来了。他们从遥远的重庆主城赶赴金溪镇,为龚睿带来生命的希望。

那一天,龚睿家的院坝热闹得很,龚正仁、田维芝两位老人高兴得眉开眼笑。龚睿因为智力原因,虽然说不出更多的话来表达感激之情,但她看到这么多医生为她忙前忙后,开心得咧嘴直乐。

5月底,龚睿的腿伤创面愈合。后续治疗,情况良好。到如今,已完全康复。

在金溪,杨进廉走遍了每一个村组。只要看见他来,大伙心里就觉得踏实。

建档立卡贫困户任昌明老人82岁,患有高血压和骨质增生,在海拔1100米的雷家山住习惯了,怎么劝都不愿意下山看病。他心里有数,杨医生和村镇干部每隔一段时间都会带着药品,上山看他。

但老人家不知情的是,每一次上山给他做诊治的人,也有难处。

2019年4月15日的下午,天下着蒙蒙细雨,杨进廉和两位年轻干部照例上山探望任昌明老人。下车之后,还要攀爬500多米的山路,刚走了一段,杨进廉突然觉得心头难受,站立不稳,大口大口喘气,呼吸很不顺畅,疑似出现了高原反应。还好有两位同伴赶紧帮忙,他才慢慢缓过劲来,然后坚持走到任昌明家,把当天的病情询问、体格检查、开处方、煎服药注意事项等工作做完。

心肠好的杨医生就是这样,虽然自己也很疲惫,也有身体不适的时候,但若有一天不到乡下走一走,心头就不踏实。

"心肠好",这三个字的背后,流露的是他对贫困山区深深的关注,表达的是他对贫困户浓浓的温暖,付出的是他作为医生的拳拳真情。杨进廉心肠好到什么程度?有一个数字,让人既震惊,又佩服——

不到两年时间,经杨进廉协调安排到重庆主城诊疗救治的建档立卡贫困户,居然达到40余人次!

并且,联系收治的医院达到20余家,这又是一个令人难以置信的数字,在此有必要列出其中一部分:重庆市中医院、重庆市人民医院、重庆医科大学附属第一医院、重庆医科大学附属第二医院、重庆医科大学附属儿童医院、重庆市公共卫生医疗救治中心、重庆医科大学附属永川医院、重庆医科大学附属大学城医院、重庆市第六人民医院、重庆市第十三人民医院、重庆市肿瘤医院、重庆市精神卫生中心、重庆市急救医疗中心、重庆市妇幼保健院、重庆医科大学附属口腔医院……

在金溪镇,杨进廉和村民的结缘,是从贫困开始的,但出发点,则是一位优秀共产党员内心的责任,用群众的话说,就是杨医生心肠好。在这里,心肠好是一种善良,是一种坚忍,是一种内心对他人的真诚体贴;在这里,心肠好就是贫困户对一位城里来的医生的最高赞赏。

短短一年多时间,包括到金溪镇卫生院、到黔江中心医院、到重庆主城各大医院治疗的建档立卡贫困户,有1378人次之多,临床痊愈率达到85%以上;在脱贫致富的路上,这些昔日的贫困户不仅重新恢复了劳动能力和生活能力，更增添了对美好生活的信心。比如患先天性心脏病的女童陈梦琪，比如患胆囊结石和肾结石伴尿路感染、高位截瘫长期卧床的陈清洁，比如患冠心病、不稳定型心绞痛和高血压、高脂血症的何继怀，比如患睡眠呼吸暂停综合征的黄油琼，等等，那是长长的一串名字，更是穿越曾经的病痛、正向着心中幸福生活奔跑的山里人。

杨进廉随便就可以说出他们当中任意一个人的身体状况，他们曾经的愁云密布到如今的春暖花开，这样发乎于心的情怀，点点滴滴都像溪水般清澈。

龚万秋的感激之情同样发乎于心，和曾经得到过帮助的所有贫困户一样，这是心与心的照应与贴近。

在入住重庆市中医院后，医院专门为龚万秋成立了诊疗小组，成员有骨科主任卢卫忠主任医师，主治医生陈愉，护理长胡志芬，等等，大家反复研究手术方案和康复措施，做好了所有手术及治疗准备。一周后，龚万秋病情明显好转，于2018年12月19日，顺利出院。

临别时，龚万秋坚持要给医院送锦旗，并且一送就是两幅，分别写的是"医术精湛，精心护理""医术精湛胜华佗，医德高尚暖人心"。

现在，龚万秋在黔江一家公司上班，每月有2000余元收入，休息时间还兼一份临工，每月又增加收入近1000元，同时还要照顾读初三的儿子。这样的生活对他来说，真的犹如重生。

时不时地，杨进廉会去看看龚万秋，看看痊愈了的贫困户，一见面，就会听到那句熟悉的问候："杨医生来啦！"

简简单单的一句话里面，是生命的原野上，花正香，山正绿；是山村里每一天的日子，正郁郁葱葱。

作者简介：常克，重庆市散文协会副会长

余小波:海不扬波的"最美帮扶人"

◎吴景娅

重庆有三千万人口,这个数字宛若大海般浩浩荡荡,无边无际。把余小波撒在里边,就像一滴水回它的家。在摩肩接踵的人群中,你或许难以一下子把那个叫余小波的人识别出来。

偏偏余小波又有着人淡如菊的天性:他会在风口浪尖上去冲锋陷阵,但绝不吼叫,更不会在风口浪尖上去出风头。他是一位喜欢沉默的战士,打完胜仗,众人在恣意欢呼,他或许就是那个独自蹲在一边静静享受的人。

所以,他说他在黔江区委、区政府举办的2020年春节团拜会暨"最美帮扶人"的颁奖典礼上,在流光溢彩的大舞台上,接过"最美帮扶人"奖牌的瞬间,很是诚惶诚恐。他老在叩问自己:"我没做什么啊,竟得到这样的荣誉?"他反而不自在了,只是想必须再多做些什么,才能回报授予他这份荣耀的人——他生命里永远相连、惦记的乡亲。就像一滴露珠为清晨的倾力,一粒种子为土地的奉献!勿因善小而不为,一个人的善的确势单力薄。但积小善,细水长流的小善,便能让大德高耸入云。余小波不是与生活讨价还价的人,他只愿意低头播种、耕耘,吭哧吭哧地做事。至于能收获什么,他觉得那不是他脑子中该转悠的事情。如果每个人种瓜前都要计算着能否抱回一个大南瓜,甚至是大金瓜,每个人都精明地思考自己每一步的得失,这个世界还有谁去干事?其实,这个世界的伟业大都不是精明透顶者干出来的,而恰恰是"傻乎乎"的人干出来的！每一桩恢宏的事业，当然需要振臂一呼的领袖，但更需要万千默默担当的"垫脚石"。余小波便把自己定位为"脱贫攻坚"伟大事业中的垫脚石与螺丝钉。他不以自己角色的渺小而沮丧，而以自己能参与这项对人类、对中国而言都是可歌可泣的传奇伟业而骄傲。当然，所有传奇的书写都会融入悲欣交集的情节。辉煌的背后，都会涌动着大大小小的牺牲，它们像河流中必然埋伏着的漩涡与暗礁。好吧，余小波这个"最美帮扶人"的故事，就从他离家远行讲起吧。因为一个时代的沧桑之变，如同蝴蝶在遥远的地方扇动翅膀，它会波及一个人、一个家庭的生活甚至命运……

一、他毅然奔赴边远山区，后顾有忧……

2018年9月，初秋刚登陆"火炉"山城重庆，清凉之风刚让倍受酷暑之虐的主城区市民稍微舒爽之时，有人却要远行了。

作为重庆市卫生健康委扶贫集团驻黔江区金溪镇工作队的第二批工作队队员，余小波踏上了特殊的长征之路。从重庆北站坐火车到黔江近四个小时。辗转从黔江区汽车站乘坐客车到金溪镇又是一个多小时。山路弯弯，蜀道之难，人与车都在上天入地的险峻中如老鹰般盘桓，时空变得无边无涯……何以忽略当前？唯有思念。其实，余小波一路上都在想念家人，离他们每远一公里，他的心便被紧紧揪一下。唉，那真是老的老，小的小，一大家子都需要依靠他的人：老父亲已七十多岁了；大女儿正上初二，接下来便是初三冲刺的关键时刻；小女儿才一岁半，最需要人细心照料；妻子是一家市级医院的临床护士，平时工作的苦与累都已到了临界点……他本来是家人可以靠一靠的那座大山。然而从现在开始，他会在很长一段时间里从一个合格的儿子、父亲、丈夫的位置上离职。他问自己，是不是有点儿狠心啊？但他又想起离家时家人眸子里闪烁的光芒：平和、温暖而坚定，没有他事先设想的悲悲切切。仿佛都在告诉他："你是去为国家办大事，放心地走吧，我们会好好的！"

好父亲！好妻子！好女儿！他心中感慨万千：他的亲人都是最实在、心地最善良的人。位卑未敢忘忧国，一听说还有山区的乡民过着苦日子，他就觉得能去帮一把是一把，那是自己该有的良知与责任。比起这些仍在贫困线上挣扎的乡民来，自己家里的难处可能就不算什么了，多累一些，多扛一下，也就过去了……

可以说，家人的支持是他毅然奔赴边远山区参与扶贫的最大原动力！热心助人，希望每个人都能脱贫，本来就是他们的家风。因为从小生长于重庆垫江乡村的他，也曾体悟过贫穷、偏远带给他的灭顶之灾。

1998年正月十三，19岁的他永失母亲。那一天。他正在舅舅家玩耍，浑然不知厄运即将降临到他的头上。天快黑了，46岁的母亲还在崖边劳作。由于刚下雨不久，那地方土质松软而垮塌，母亲不慎摔下深渊。母亲在下面一声声呼救，由大声到渐渐微弱，直至晕过去……

在外村务工做打石匠的父亲，晚上8点回到家后发现没有人，便通知余小波回家并发动邻居四处寻找。好不容易把母亲找到时，已是晚上9点。那时没有"120"急救车，连去最近的乡镇卫生院也需要车，深更半夜，去哪里找车？只有把母亲背回家，请赤脚医生做简单处理，打算第二天一大早，带上母亲搭乘最早的客运班车到县城医院去医治。

深夜10点，母亲一直喊疼，赤脚医生给母亲打了止痛针后，母亲便昏睡过去。没有想到，这竟是他和母亲的最后诀别！他永远记得人生中那黑暗的时刻，他紧攥着母亲的手腕，一直把着脉，片刻不放。他听见有"嗵嗵嗵"的声响如同火焰在燃烧，一种希望在升腾。"嗵嗵嗵",他乞求这种声音不要停息,哪怕它大得那样可怕,像惊雷一样在他耳边炸响,也乞求它千万别停息……

直到凌晨4点,他和父亲发现同床的母亲一直都没有响动,再一看,母亲早已安详地走了。他听到的那些"嗵嗵嗵"的声音,其实是他自己的心跳声。母亲已永远地走了,他再也没有母亲了。19岁的余小波,伤心地号啕大哭,撕心裂肺地大哭……

失去母亲的他一夜长大,从男孩成为男子汉……若干年来,有一个念头一直在他心中:假如那时他的家乡不那么贫困、偏远,假如那时农村的医疗条件好一些,他的母亲哪会这么年轻就离开人世!……那时他就清醒地意识到,贫穷是他人生的敌人,他家人的敌人,中国人的敌人,人类的敌人……所以,他以后一路走过来的奋斗都是为了让自己和他人去摆脱贫困的围追堵截。

他努力学习,参加大专自学考试,在涪陵农校中专毕业前已经获得大专毕业证。为了改变农村的面貌,他选择去垫江永安镇政府工作,历任村镇规划建设员、团委书记、办公室副主任、垫江县交通局办公室副主任。2011年他参加公务员招录考试,又由垫江来到大渡口区综合行政执法局,后又到区纪委、区经信委工作过;2014年又参加公务员遴选,来到了重庆市计划生育协会,也就是现在这个单位……这期间他从没放弃过一件事:继续深造。于是他在职读了法学、建筑工程管理学并获得双本科学历。他深信,知识能改变一个人的命运,一个社会的风气……

这些年来,他获得了一种本领,无论多委屈、多艰难,总会默默地坚守阵地,不轻言放弃!他考入大渡口区综合行政执法局当了一名普通城管后,曾在偏远的跳磴镇一干就是两年多……或许,这在别人的眼中不值得,不划算。但他觉得所有的磨砺、所有的经历都是光阴的恩典。并且,上天并没亏待他这个老实人,已把他最希望拥有的赐予了他——曾经,他在主城区,眺望那夜色中崇山峻岭般无边无际的楼房,以及万千盏如铃铛般欢唱着的灯光。他唯一的愿望是,在这个大都市里有一间房屋属于他与家人,有一盏灯能给他与家人带来安定、宁静与温暖……现在,命运之神已听到他的祈祷,给他与家人带来属于他们的房屋与灯光,他们非常幸运。他感恩身处的伟大时代!正因为如此,他觉得自己必须再次出发,走向尚在贫困中的穷乡僻壤,这是他要在自己有限生命中必须完成的使命之一,也是他对时代、社会、命运的回答与回报!

二、一年零七个月、584户、300万电商销售额、300多套校服……一滴水的脚印辛苦却坚定……

这些数字不是天文数字,神秘而深奥,令人读不懂,它们都与余小波有关。如果非要用一些形象的东西去比喻,它们便是:余小波在黔江的一年零七个月,在黔江区金溪镇度过的日日夜夜,人们最基本的需求……

虽然去之前,余小波对金溪镇有着资料上的了解。但面对这个乡镇的贫困,仍很吃惊,更感到自己来扶贫来对了,来得及时。这的确是脱贫攻坚中的一块硬骨头,他不来啃,谁来啃?他天生便是喜欢挑战的人。

金溪,虽离黔江区中心才20多公里,但仿佛是另一个世界。金溪的地形呈"筲箕"形状,山高坡陡,人均耕地面积仅有1.45亩,且85%以上属坡耕地,其中田1.11万亩、土1.84万亩,真正的"九山半水半分田",老天爷耍着性子不赏饭吃,一方水土难养一方人。2014年年底,金溪的总收入仅占全区0.61%,农民人均纯收入比全区平均水平低838元,6个村居被确定为新一轮贫困村,建档立卡的贫困户便有592户2185人,贫困人口比例远高于全区平均水平,人均可支配收入低于全区贫困户的2652元、低于全市4381元。20%的贫困户未通公路,其内生动力也严重不足,"老弱病残"人口特征明显,因病致贫率高达62％,文盲半文盲占比高达10.9％,高中以上文化程度仅占7.8％。贫困程度深、减贫成本高、脱贫难度大便是金溪镇的现状。金溪哪里有哗啦啦的金子在流动?它被确认为重庆市18个深度贫困乡镇之一。

余小波经常看到许多山民背着底窄口大的背篼,深夜从家里出发赶到场镇,又至深夜才返回家中,千里迢迢,跋山涉水,只是为卖一点点自家种的农产品或山货。这能赚多少钱啊?那种无奈又黯然的眼神像山峦一般压在余小波的心坎上;再比如养蚕,在他的家乡垫江,早已实现了机械化,蚕农们哪需要起早贪黑来伺候那些"小祖宗"?但金溪的养蚕人仍沿袭传统的方法,累死累活。脱贫致富仍只是传说……

一年零七个月,人生中短暂的时光,对人类漫长的成长历史而言更只是火花一闪。但余小波与他们的驻乡工作队、驻村第一书记们,却在这短短的时间中,走遍了金溪镇的8个村,592户贫困家庭一一访到。他还记得2019年的春节,他们一行人走了两小时,爬上金溪镇最高的雷加山去慰问一贫困户。那路真是天路啊,陡而险,还冰霜交加。如果一脚不慎,滚下山来,后果不堪设想……

但就是因为走访到了每一个金溪的贫困户,他渐渐在心里绘制了一张详细的扶贫地图,更准确地在这张地图上标识出自己的位置,找到突破口,为金溪镇脱贫使上了自己的劲!

首先,他把自己定位为一座交通畅通的桥梁。

帮助像金溪镇这样深度贫困的地区脱贫,岂能靠一己之力,一方之力?必须是大家共同作战,其中必须得有人能沟通协调各方。余小波便是这样的角色——

他要协助工作队队长和联络员做好重庆市卫生健康委扶贫集团45个成员单位来金溪开展扶贫的遍访、回访工作,与驻村第一书记做好无缝衔接,确保成员单位来金溪开展活动的圆满完成。做好成员单位帮扶活动开展情况的台账记录,推动成员单位与贫困户"一对一"建立爱心结对帮扶机制,做好成员单位和各级领导与金溪镇贫困户之间的信息交流和反馈,及时地把金溪镇及贫困户所有的信息和需要解决的问题向成员单位报送、传输。

这些工作与忙碌,全不是显山露水的,全不是轰轰烈烈的,全不像诗歌或图画般的美与抒情,那么琐碎、庸常、鸡毛蒜皮。但它们却是扶贫中必须有的环节,必须有人去做,热心肠、无怨无悔地去做!

金溪镇有福,遇上了余小波这样甘为垫脚石、螺丝钉、润滑剂的人!这样的人并不好当啊,或许做了一大堆事情,却未必报得出辉煌的账单来。但余小波从不这样想,他没有时间去盘算个人得失,他在快马加鞭!因为,他把自己的第二个角色定位为驻村第一书记身旁任劳任怨、眼明手快的助攻手。

在脱贫攻坚这个国家行动中,进驻到每一个贫困村的驻村第一书记无疑是跳跃起来,"呼"的一声,决绝扣球的主攻手。但得有人替他们传球、观察全场。

只要工作队的领导与驻村第一书记需要,余小波绝不会说"不",加班到深夜也会高质量完成各类文件和相关材料的撰写,认真核实相关数据,让工作队领导与驻村第一书记能在第一时间掌握有用的、必需的情况,对症下药,提前安排经费开支。

他更不以自己身处"副驾驶"的位置就当一天和尚,懒懒地敲一天钟敷衍了事,他时刻把自己送到头脑风暴的中心去上天入地,围绕工作队脱贫攻坚的工作积极出点子、想办法,日常工作中加强与工作队长、联络员、各驻村第一书记的沟通协调,对工作中存在的薄弱环节或漏洞给予提醒,促其尽快解决,及时研究帮扶工作有关事宜,确保扶贫工作的每一环节顺利进行。

这些似乎只用几行文字便能描述的事情,做起来并不比攀登喜马拉雅山容易多少。

比如，2019年8月，当地的脆红李熟了，丰收在望，但让人欢喜，也让人忧。好多农家都眼巴巴地指望着一年一季的脆红李给他们带来哗啦啦的银两来改善生活……余小波、驻村第一书记和工作队的每一个人，谁读不懂这些乡民渴求的眼神？！他们积极联系各家帮扶成员单位，发起"脆红有礼爱心购"去吸引消费者。不久一切都敲定。买家在约好的地方，等着他们用车送脆红李过去……万事俱备，东风却不听调遣，事先说好的运输车偏偏出了问题！酷热天，脆红李不能错过"嫁"出去的吉时，买家也不能傻等。余小波与他的领导、战友们急得心都要跳出来了，只有去过五关、斩六将，逢山开路，遇水架桥，才把这一批脆红李送到它该去的"婆家"。那真是一场惊心动魄的大戏啊，现在回忆起来，余小波还会心有余悸。在他们的扶贫工作中，这样箭在弦上、迫在眉睫的事太多了，哪个环节天不时、地不利、人不和都会全军覆没。

想想吧，余小波他们接手时金溪商城线上线下的交易额才6万元多一点。从6万到300万是不是一个神话？但这300万不是一口气吹出来的，而是余小波和他的战友们这般如履薄冰、想方设法、积沙成塔一步步干出来的——为了促使"金溪农场"增加销量，帮助农户更好地销售农产品，余小波组织了在重庆市卫生健康委扶贫集团45个成员单位巡回开展金溪农产品推广体验活动。每次活动他都会认真策划，考虑如何布展以及许多琐碎的细节，让金溪的农产品花红柳绿地去打动千百个消费者的芳心，才使金溪农场电商平台的影响力、知名度渐渐有了大幅度提升。可以说金溪电商平台交易额能突破300万元的大关，余小波功不可没，里面蕴含了他太多的智慧、汗水：他们在金溪设立收购点，建立冷冻库，专门开辟了贫困户农货板块，并联系好快递进驻金溪镇，山里的货可以青翠欲滴、新鲜亮丽地到达主城，一解村民们几百上千年来农货难以出山的忧愁。

提起金溪被服厂，这个对于金溪镇而言很重要的企业，也留下了余小波奔波的足迹：他负责这一扶贫车间的宣传、文化打造工作，起草商业合同、订单函去帮助被服厂拿到更多的订单，解决更多贫困户的就业问题。尤其是2020年新冠肺炎疫情稍有缓解后，他便积极去帮助该厂的复工复产，那又是一系列需要细致又耐心地开展的工作。他与厂里负责人一道，严格把控开工的安全关，将口罩、红外线测温仪、洗手、吃饭等问题一一落实。开工的第一天他便对20多位工人进行了安全培训，并做好尚未复工工人的心理安抚，解释清楚为什么要分批复工，这是为大家的安全与健康着想，也是科学抗疫的需要。

因为他们来自重庆市卫生健康委扶贫集团，身靠着多个有医疗背景的成员单位，所以余小波与他的战友们觉得一定要用好自己独有的优势，来帮助当地老百姓"脱病致富"。或许是地处高寒山区，不少的山民都患有肺结核，还有些山民已病入膏肓，却一拖再拖……金溪镇长春村王华胜的女儿心脏有严重问题，却茫茫然不知该怎样去就医。余小波和驻长春村第一书记田杰了解这一情况后，迅速联系上重庆医科大学第一附属医院。把孩子送到医院后，由专家仔细诊断和会诊，亲自做了手术……看着现在活蹦乱跳的孩子，不善言辞的王华胜总会喃喃地对人说："感谢驻乡工作队和驻村第一书记！他们都是好人，大好人……"

为什么我的眼里常含泪水？
因为我对这土地爱得深沉……

虽然余小波与诗人艾青不是一个时代的人，但艾青用胸膛写出来的澎湃诗句，余小波也在用自己年轻的热情抒写着——他从心灵深处爱上了金溪这片土地，总想为它多尽一份孝，多管一些"闲事"。所以他给了自己第三个定位："爱管闲事"的扶贫队员。

一次聊天中，当地金溪镇中心学校校长提到现在学生校服穿了好多年，都已破旧。前些时间，有一个红樱桃公益组织捐赠了400多套。

但对全校八百多名学生而言,还差300多套。也就是说还有300多位学生只能眼睁睁地看着别人穿着崭新的校服站在操场上,参加升国旗仪式或校级大会。

说者无心,余小波却是听者有意。他被深深地刺痛了!作为两个孩子的父亲,将心比心,他完全能体会到那些穿着破旧校服的孩子们的感受……他想起大女儿穿着漂亮的校服来去匆匆的样子,她可能从没有去纠结过一套校服意味着什么。校服,重庆主城区的孩子,可能都不会对它有所敏感,去感慨万千。穿破旧了自然就换新的,有什么难度?而且绝对是全校统一,谁还缺一二套校服穿?!但对于边远山区的孩子,要穿上校服并不那么容易,一般都得靠别人的捐赠,所以全校各个年级甚至各个班,款式颜色往往都不一样……正因为校服来之不易,对学生们而言愈是寓意无限——它意味着他们蓬勃向上的精气神,他们与山外的孩子一样充满希望的人生……校服不再只是单纯的物质,已升华为精神的标志:它会让孩子们高傲地昂起自己的头,成为认真学习拼搏的某种动力。

余小波开始行动了!他把自己的想法给派出单位市计划生育协会的领导做了汇报,也得到了领导的大力支持。在他的积极倡导下,市计划生育协会向金溪镇中心学校捐赠了价值7万元的校服。这些校服设计得非常漂亮,由红白蓝三色组成,很像天空、大海和孩子们红彤彤的小脸。孩子们穿在身上,活泼又美丽!

余小波心里还有他的"小九九"。他指定这些校服由金溪被服厂生产,在解决学生校服难题的同时,又帮助解决了被服厂的订单难题,实现了双赢。嘿嘿,多"狡黠"的余小波。目前这300多套校服已经生产完毕,待学校有重大庆祝活动时,孩子们就能穿上崭新的校服。余小波对这300多套校服用心用情之深,外人未必能真正了解或理解。但对他自己算是一种交代了,更重要的是对那些孩子是一种交代。离开金溪镇时,他还没来得及看见这批校服穿在孩子们的身上,然而他可以想象,在蓝天白云的大山深处,一群精灵般的孩子穿着崭新的校服在阳光下奔跑、嬉闹。笑声翻山越岭直抵他的耳畔,他们的兴奋与自豪就是那校服中红彤彤的色彩,光芒四射,锐不可当。他这个扶贫队员,他这个当父亲的人真的好欣慰!

三、跟着余叔叔逛嗨重庆城的孩子们哪里知道:余叔叔的小女儿正发着高烧……

扶贫必须扶智,是余小波与市卫生健康委扶贫集团几批赴金溪所有扶贫干部的共识。大家都意识到授人以鱼,不如授人以渔。外部的"输血"只能解一时之急,只有金溪人具有了脱贫的迫切感、智慧,千方百计地想办法,而不是消极地"等、靠、要"、守土安贫和悲观失望,这片土地才能生龙活虎,才能生命之树常青。

怎样才能让那些文化程度不高、视野不够开阔的山民动起脑筋、动起手脚来呢?余小波与驻村第一书记以及所有的战友们都想到了:观念!意识!必须首先改变乡民们的观念意识!

怎样去改变?

余小波想出了能让乡民们接受的方法:讲脱贫致富、创业致富的故事,让"宁愿苦干、不愿苦熬"的黔江精神在这片土地上催生新芽,吹绿人们的心田。

在工作队领导的支持下,他在金溪镇中心学校组织开展了"脱贫故事、扶贫故事、创业故事"的宣讲活动,从每个村选出一个致富能手来登台讲述自家的致富之路、致富经验……比如清水村乡民田建外出打工失去一只手,垂头丧气回乡后,却在扶贫工作队的帮助引导下,承包了20亩地种辣椒,还承包了300多亩桑园养蚕,请了10多位村民帮忙。不但自己在致富路上飞奔,还帮助了乡邻。另一位致富能手杨胜雨,最初所养的鸡全死了,捶胸顿足地痛苦了好一阵子。后来,他也是在扶贫工作队的帮助下,重整旗鼓,请畜牧站的技术员加以指导……现在已是当地远近闻名的畜业大户。

对每个宣讲者,余小波都事先与他们多次沟通,梳理修改他们的演讲稿,为其做PPT。并且,在选择宣讲的场地上,他也有思考:为什么是金溪镇中心学校?他希望是"小手带大手、小手促大手":许多村民的孩子都在中心学校读书,孩子和他们的父母共同来听自己乡邻致富的故事,孩子回家后便会与父母有所互动,有所促进。更重要的是,孩子是这片土地未来的主人,他们应该了解与体会到父辈为改变自己与家人命运所付出的汗水,所经历的辛酸,所具有的不屈不挠的斗志。这些种子现在就播下,才能润物细无声,让这些金溪未来的公民在心理上时刻准备着;当他们成人后,才能对这片土地有责任心以及努力耕耘的动力和能力……

这样宣讲的效果的确事半功倍,深入人心。朴实的村民不爱听许多大道理,只看摆在眼前的真金白银。眼见着自己的乡邻在扶贫工作队的帮助下,一步一洞天,哪里还坐得住?奋斗吧!不能等,不要靠,更别怨气冲天了。富不富,先得拿出自己的精气神!

这一个个发生在身边的故事的宣讲,的确激发出当地干部与乡民们脱贫的干劲,形成了聚力发展的火热氛围。

余小波与工作队的战友们还清醒地认识到,贫困地区之所以贫困,如孤岛般的封闭也是其重要原因之一。他们要做的工作便是让孤岛与大陆紧密相连:金溪的人要多走出去了解外面的翻天覆地;也要让外面的人看到金溪的一日千里……

于是,余小波积极加强与国、市、区主流媒体的合作,主动向外界介绍、推广、宣传金溪扶贫的成熟经验和变化,在多个市级媒体开设了金溪脱贫攻坚宣传专栏或专版,对金溪的扶贫工作进行了全方位、多维度的深度报道:组织拍摄了《第一书记们的一天》《走进金溪》《书记代言》等微视频,联系重庆卫视、重庆日报等对金溪的"三金"品牌(金溪护工、金溪农场、金溪被服)进行专题报道,让金溪这个名字穿越千山万水,愈来愈多地为世人知晓,知道它是个好山好水好地方,人们能干又善良。通过不懈努力,目前金溪的扶贫宣传已呈现出全面深入、新颖生动、广泛认可的局面,金溪镇成了全国驻村帮扶工作培训班现场的观摩点,各级领导都对重庆市卫生健康委扶贫集团的帮扶工作给予了高度肯定。

余小波还嫌自己做得不够,还要眼观六路,耳听八方。听说重庆卫视少儿频道要举办 2019 年"少儿新年晚会",他马上意识到这又是一个宣传金溪的好机会,而且能让金溪的孩子走出大山,站在主流媒体的大舞台上讴歌推广自己的家乡,其意义不仅仅是去表演一个节目,那是让少年的他们在学习担负振兴家园的重任——少年强便是金溪强,便是中国强!

他亲自编写了《精准扶贫看金溪》的内容,又从金溪镇中心学校挑选出五男五女皆为贫困户子女的小学生认真排练。录节目的那天,从重庆如何租车去金溪接孩子们,如何保障安全,如何衔接节目组,如何安排食宿,如何在完成录制之后带孩子们去逛逛重庆的网红地,他这个余叔叔要操的心只能用四个字去形容——殚精竭虑!

他得细致又周到地设计好每一步!每一步都不能有丝毫的闪失。他真是如履薄冰啊!

老天开了一个玩笑,那天他小女儿发起了高烧,烧得有点吓人。他还得抓紧金溪的孩子们还没到达重庆的那几个小时,冒着大雨抱着小女儿去儿童医院打吊针。然后,在孩子们出现在录制现场华侨城时,他的身影也必须同时出现。

他是超人吗?他真像!

但他其实就是孩子们心目中热情似火、可亲可爱的余叔叔,以及自己女儿眼里并不那么合格的父亲。

那天,金溪的孩子闪闪发亮:昂扬的身姿,铿锵的声音,灿烂的笑容在舞台上吸引了现场所有人的目光,金溪真的宛如翻腾着金色水花的小溪流进人们的心灵……

余小波在台下比孩子们更像孩子:激动、兴奋、难以自禁……这些乖孩子,第一次上这么大的舞台,那样自信满满,真不愧是大山的孩子,山一般的从容而淡定,他必须为他们点赞!

到现在,余小波手机里仍保存着孩子们的这段表演视频。拿给别人看时,他嘴角扬起自豪又幸福的弧线,笑得那样可爱,完全是慈祥父亲的模样……

录完节目,他像一位真正的父亲似的,耐心又慈爱地带着孩子们去吃火锅、坐轻轨,然后逛令外地游客挤破头的网红之地——洪崖洞,再慢慢溜达至解放碑……那个夜晚所有的经历、旅程对这10位金溪的孩子几乎都是第一次……如果把人生比作长途旅行,每个第一次都是一扇门,有人帮你推开,让你看到新鲜世界的模样、新鲜人的面孔,嗅到新鲜的气息,然后你的眼睛就会拥有更多角度来打量世界,你对自己的未来也会多一些判断与抉择。

这些生长于贫困家庭、所谓输在了起跑线上的孩子们好幸运,在他们人生的某一天,有一双手帮他们推开一扇扇门,有一个叫余小波的叔叔带着他们从解放碑走过,从一个全新的世界走过……也许,在未来,这些长成参天大树的孩子中间,会有人一回眸,想起这一天的某个细节,内心感慨不已,充满感激……其实,哪需要等到将来哦,就在那一天坐车回宾馆的路上,孩子们笑逐颜开,幸福无比,已情不自禁地唱起了《感恩的心》。

把孩子们安全地送到住宿的宾馆后,已是深夜,余小波推开了自己的家门。那一刻疲惫与愧疚同时袭来,尤其是后者。这一年多里,欠了家人多少债,他是丝丝缕缕铭刻在心。每次回家,他都是匆匆来去,还得趁着小女儿睡着了悄悄"溜"走,实在不敢去听那稚嫩的声音哭闹着找爸爸。他也不敢仔细去瞧父亲日益苍老的面容和妻子操劳的身影……更别提大女儿了,她正处在初升高的节骨眼上,很需要父亲的陪伴……

可以这样毫不夸张地说,余小波不是一人投身于扶贫工作中了,而是搭上了全家人。他们家里的每一位成员都是中国扶贫伟业中的一砖一瓦……

最初,余小波他们工作队的"扶友"们都是周五晚上回重庆主城的家,周日坐中午十二点多的火车返回金溪……后来这一群丈夫、父亲们商量,干脆坐晚上8点40分的火车。虽然到金溪镇会是第二天凌晨,但能挤几个小时来与家人多待一会儿,他们自己累点又算个啥?!

每次离家前,妻子总会叮嘱:"到了金溪无论多晚,一定给我发条信息回来。""那边山路弯弯,让司机开慢点儿哟!"大女儿会对他说:"爸爸您各人在那边吃好点,不要太累!"两三岁的小女儿更是萌萌地去回答别人的问话:"我爸爸又去扶贫了,坐着火车,呜……"

身后是亲人,身前也是亲人,余小波真正体味到古人所言的"忠孝两难全"的含义。

坐在火车上,他家窗外的那轮月亮也仿佛一路追随而来,像一个陪着他行走的亲人。他望着它,会禁不住微笑,那是想起大女儿太争气了,竟考上了重点中学高中的实验班。

四、暖男、知心兄长、周到后勤、有技术含量的炊事员……每种称呼都是他以心换心获得的……

在采访余小波的过程中,你很容易发现一个现象:谈自己的时候,他是三言两语的简洁,但只要一谈起金溪镇的驻村第一书记们、他们工作队的"扶友"们,就滔滔不绝。他会给你介绍谁是"实事书记""点子书记""背包书记""就业书记""电商书记""爸爸书记"……说他们才是最辛苦、奉献最大的人,他们日常吃住都在村里,难得回一趟镇上。

从扶贫事业而言,从兄弟情而言,保障他们工作的顺利开展,以及在生活上无后顾之忧,自己所做的都是应该的,分内的。

"我们工作队这些人能一起来扶贫,一起走到金溪,也是难得的缘分,既是兄弟,更是同道之人,当然要彼此关照、爱护……"他说,作为一名驻乡工作队队员,可能没办法像驻村第一书记们那样去冲锋陷阵,却可以努力做好驻村第一书记的后勤保障工作,让他们能够全力以赴地开展脱贫攻坚工作,这是为脱贫攻坚出力,也是他这个兄长当仁不让的职责。

去年夏天,金溪的高温天气来袭,山坳村驻村第一书记刘昶却整天关着窗。房子里闷热得如同蒸笼一般,晚上在这儿怎么睡得着觉?他仔细观察才发现,刘昶的窗子正对一座养猪场,在盛夏,恶臭袭来可想而知。于是,刘昶的窗是开也不是,关也不是。他本人也不吭声,不愿给工作队添麻烦,只有夜夜辗转难眠。余小波还发现,像这样苦熬高温的人还不止刘昶一个。他着急了,第一时间向工作队领导反映了该情况,并建议给他们的房间装上空调。在获得批准后,他与另一名工作队队员王晋多方奔走、比对和挑选,最终选择在一家性价比较高的空调店购买了空调,及时地为这些战斗在一线的驻村第一书记们安装。除了夏天的降温设备,冬天他又为他们准备了烤火炉。要打好仗,武器装备、后勤保障一样都不能少。人的状态便是最好的武器,他不能让前线冲锋的人疲惫上阵。

"小波确实替我们想得周到,帮助我们解决了很多生活上的困难,也让我们驻村第一书记安心扎根在村里工作。"刘昶这样说。

不仅如此,余小波还想到驻村第一书记们平日总是走村串户的,十分辛苦。一个人住在村里,伙食方面往往都是应付一顿是一顿,长此以往,身体会被拖垮的。因此,为了改善大家的伙食,他与工作队的另外两名队员杨进廉、王晋商量,决定运转起工作队食堂。他还经常充当炊事员,给队员们做饭,让驻村第一书记们回来打打"牙祭"。如果遇到周末他没回家,更会把所有没回家的队员召集起来,坐在能坐十五六人的大圆桌上吃"团圆饭"。他一直牢记工作队领导的交代:让冲锋陷阵的驻村第一书记们吃好吃饱。

那个放置着大圆桌的地方就是他们这些远离家人的"扶友"们共同的家。他做的回锅肉、泡椒鸡杂总会让"扶友"们唇齿留香,记忆深刻。一顿饭下来,他们除了犒劳了胃,也在为精神充电,彼此交流各村的扶贫消息、经验,提出问题,研究对策,学习、宣传有关扶贫工作的新政策、新要求,畅谈建议……他们的饭吃得意味深长,工作效率也高。

"小波既是炊事员,又是宣传员。每次周末回到驻地都有可口的饭菜在等待着我们,饭后大家还能一起畅谈一周来在村里的扶贫工作心得,让我们感觉到了家的温暖,有他在工作队,真好!"金溪社区驻村第一书记时杰仍念念不忘他们在一起的好时光。

多好啊,这些三四十岁的年轻人汇集在一起,为扶贫事业奉献他们的青春。他们在其中不但收获了艰辛却美好的成长岁月,也收获了人生难得的真挚友情……

就在采访的过程中,余小波不断接听着金溪那边某位驻村第一书记的电话:他家里有事,要麻烦小波兄长帮忙照顾……

采访快结束时,已是20点40分。余小波下意识地看看手机上的时间,深情地说:"我的那些'扶友'们又踏上前往黔江金溪的火车了……"他在惦记他们,更在祝福他们。

五、"文明最初的标志是一段愈合的股骨。"中国的扶贫是人类历史上的史诗,余小波投身其中自豪无比!

经过重庆市卫健委扶贫集团45个成员单位的通力合作,全力以赴,精准扶贫,黔江区金溪镇这三年有些什么样的变化呢?

如果说以数字来对比是枯燥乏味的,以套话来概括是粗糙平庸的,那么余小波他们工作队只用两件事就四两拨千斤,以小见大地把金溪的变化生动地呈现在你面前。

第一件事,贫困户态度的转变。他说,最初扶贫工作队到一些贫困户家中,往往会遭遇冷眉冷眼。板凳都不会递一条,更别说倒一杯水……他们根本不相信这些干部是来帮他们脱贫的,也不相信自己有能力站立起来,走上小康之路。他们眉头紧锁,牢骚满腹,消极等待……后来,他们悄悄观察,发现这些扶贫干部如果在哪家吃饭,总会付哪家饭钱;扶贫干部与当地村干部彼此团结,紧密配合,奔来跑去总在为他们出主意想办法……人都是以心换心的,他们的心底也开始波澜起伏了,找到村干部和扶贫工作队讨主意:我可以喂鸡养鸭,我有何等手艺特长……变消极为积极。人的变化是脱贫攻坚的基石,没有人意识的改变、状态的改变,其他的不过是毛毛雨与干渴土地的关系,救得了一时,救不了一世。

第二件事,养蚕人再不起早贪黑以传统的方式去伺候那些"小祖宗"了,全部采用自动化、智能化高科技设备,包括给桑园打药也是用人在控制的小飞机,仿佛打一场轻松的游戏,就完成了沉重的劳作。余小波说起,笑眯了眼。

一年零七个月的金溪扶贫,余小波是相见时难别亦难,他与那片土地已情定三生,有了无法稀释的缘分。他前脚还没回到重庆市计划生育协会群众工作部,就被抽调到重庆市卫生健康委做健康促进工作,他做的事情仍是与扶贫相关的健康扶贫工作,包括金溪的许多扶贫项目仍在继续推进。他说,人家都说他既有前线扶贫的实践经验,现又在市级部门继续从事健康扶贫理论研究,就把他当成了"扶贫专家"。而这一称号让他好有压力,这是要让他去挑起一座山啊。然而他又觉得这是无法推开的一座山:现在他每天一早便在办公室忙起,晚上九十点钟才能回家,仍是忙碌得顾不了一家大小。但健康扶贫这一方面还任重而道远:重庆县、乡、村三级医疗机构服务能力建设还需提档升级,区县这级还有一个县未创建"二甲"医院;乡镇卫生院至少有一名全科医生的标准未达到百分之百;村级卫生室还需要进一步规范化,村医中执业助理医师的比重与全国比起来,还偏低……

余小波怎敢停歇,喘口气?他真恨不得把一天掰成两天来过,指望时间能给他开一扇后门……

"每个时代都有属于它自己的伟大时刻。多年后我能对自己的孩子说,我参与了这个时代最伟大的事业;多年后我也能对自己说,我没有愧对自己美丽的青春……"这些话似乎缺乏点慷慨激昂、如雷贯耳的豪壮,太朴实了,就像不扬波涛时的海洋一样,平静得不可思议。但我们却可以从这静水流深中感受到海洋的力量,从容、谦和,却从来都蕴含着排山倒海的勇敢与战斗力!

曾有人问20世纪美国著名人类学家玛格丽特·米德,人类文明最初的标志是什么?她的回答是"一段愈合的股骨"。

她说,在远古,如果有人断了股骨,就无法生存,会被四处游荡的野兽吃掉。因此,一段被发现的最早的愈合股骨,表明有人将受伤的人带到了安全的地方,并且花了很长时间跟他待在一起,照顾他,让他慢慢康复。所以,在困难中帮助别人才是文明的起点。

中国上下五千年,古老而年轻。新中国也走过了七十多年,沧海桑田,此刻正值春暖花开。细数中国的历史,仁人志士们流汗、流血、牺牲的历史,就是前赴后继率领大众摆脱贫困的奋斗史。今天的中国怎样才算得上强国?不仅在于大楼有多么高耸入云,高铁有多么飞驰如电,更体现在民生细节的合理与周到,以及对弱势群体的扶持、爱护、包容上,这才是一个泱泱大国的温度与格局,每个公民的福祉。

目前,国家层面已在扶贫问题上作出了宏伟的部署,积极行动,揿下了倒计时;而我们每个公民都应该是拉纤人,才可能是战果的分享者。余小波懂得这一切,所以他不推开山一般崇高的责任,他继续在黑暗中默默拉纤,不吭一声……

作者简介:吴景娅,冰心散文奖获得者

一个村庄的记忆
——王云川驻村扶贫纪实

◎李学勤

清水村有一条河叫清水河,清水村是不是因清水河而得名,无典可查。

这条河实在称不上河,小溪沟似的时断时续,干瘦枯寂,像清水村的长相。

重庆市黔江区金溪镇清水村是个瘠苦之地。这片地处武陵山腹地的山地,土地稀薄,人烟稀少,平均海拔 800 米,最高峰可达海拔 1300 米。村民以土家族为主,土家族、苗族、汉族混居。村里坡耕地占 85% 以上,碛沙石地占 80%,"鸡窝地""巴掌田""九山半水半分田"形象地概括了清水村的贫瘠的地形面貌,古时的穷窝盲地,现在的老少边穷,一直以来都是黔江区有名的深度贫困村。

进村印象

2017 年 9 月 8 号,52 岁的王云川,戴着大红花到清水村任驻村第一书记、村扶贫队队长。他是重庆市委组织部任命的 88 个驻村第一书记中年龄最大的一位。王云川和清水村像是缘分注定,他瞒着妻女报名下乡脱产扶贫,在审查报名者简历时,卫健委组干处邓志根的笔尖在王云川的名字旁慎重地打了一个勾,他相信王云川有老骥伏枥之志,毅然批准了他的下乡请求。

进村那天,天空下着小雨。王云川在挎包里塞了几件换洗衣服,坐上了去清水村的汽车。出发前,妻子抱怨说:"你五十几岁的人了,图个什么?"女儿则担心父亲年岁大了,吃不下农村那份苦。望着亲人担忧的目光,王云川心里有说不出的感动,但他的脚步却义无反顾地踏上了去清水村的行程。

汽车在陡峭的盘山公路上爬行,车轮碾压在泥泞的车辙上,像一个醉汉摇晃的脚步。与对面开来一辆满身泥点的农用车狭路相逢,汽车喘着粗气,东挪西让,折腾了近四十分钟,才与农用车错开,重新上路。那天是赶集天,狭窄的街道都是熙熙攘攘、喧闹不已的人,没有人理会汽车的到来,驾驶员只好不停鸣笛,赶集的人用眯成缝的眼睛斜瞄一眼,眼光里夹杂些反感,极不情愿地让出几步。汽车在人群中蜗行牛步。

穿过乡场,路窄得几乎只够摆下四个车轮,路旁的小河飘着些塑料口袋,岸边堆放着几处花花绿绿的生活垃圾,衍生物模糊了河岸的界限,河水缓慢地流动,像老人浑浊的泪水,有人介绍说:"这就是村里的清水河。"王云川的心一阵紧缩,他暗想,他能把这条路变宽,把这条河变清吗?

然而,清水村的情况远远超出了王云川的预想。

清水村辖区面积8.47平方公里,耕地面积3973亩,村里共有443户1842人,为6个村民生产小组,坡地普遍呈45度角,竹笋似的山丘上住着乡民。恶劣的自然环境,使这个村因病、因残、因学、因灾致贫的现状严峻,其中,因为不健康的生活方式而致病、致残、致贫的村民占了建档立卡贫困户人数的一半以上。村民们喜好高盐煮食,患高血压、眼疾、肢残、行动障碍、意识障碍疾病的村民不在少数，全村共有86户320人贫困，其中因病致贫31户76人，因学致贫18户64人，因残致贫9户36人，因其他原因致贫28户88人，残疾人及严重精神障碍人数达56人。脱贫前，村里贫困户人均年收入不到3300元，除去生产劳动成本，这些贫困户可支配收入少得可怜。2015年，中共中央国务院明确提出精准扶贫战略后，数以千万计的贫困家庭被纳入国家档案和国家关怀。随着扶贫工程的深入，2017年，实现贫困县脱帽的黔江区脱贫工作转入攻坚克难阶段，因病、因学、因灾返贫等贫困户清零工作成为当前最难啃的骨头。

眼前，清水村令人揪心的事还真不少。

吃水：村民传统的做法是在房前屋后刨个土坑，坑里渗出带泥的黄汤沉淀下来便是村民的饮用水。

看病：村民需要下山步行到镇卫生院看病拿药，一个来回就是一天，残疾人更是痛苦不堪。

交通："晴天一身灰，雨天一身泥"，偏远闭塞，进出两难，外面的生活用品难以走进农家，村民的土货很难运出大山。

土地：村里青壮年弃乡外出，剩下老弱病残孤守望着一亩三分地，撂荒的土地越来越多，土地已不再是农民的希望。

观念：现有劳动人口中，老弱病残孤寡占比极大，老旧木板民居年久失修，危房改造、退耕还林迫在眉睫，异地安置与传统居住观碰撞激烈。

健康：恶劣的自然环境和不良生活习俗严重影响村民的身体健康，全村患高血压等基础病比例高于本镇其他地区。

涉及困扰着这个村的医疗、文化、环境、道路交通等林林总总的问题像横在面前的大山，挡住了清水村致富的脚步……

"山歌好唱难起头，木匠难修转角楼"，怎么帮助村民拔穷根甩穷帽，精准扶贫的支点应该架在哪里？王云川感到了肩上担子的分量。

穿解放鞋的驻村第一书记

驻村第二天,王云川开始了走村串户的村情摸底。

他脚穿一双解放鞋,身背一个黄背包,一手拿长刀,一手拄拐杖。长刀是拿来对付路上的荆棘的,背包选黄色是为了耐脏,解放鞋便于长途跋涉,对于这身装备,王云川自嘲地说:"这是扶贫干部进山的标配。"

苕把沟,人烟稀少,泥土上挖出的路坑坑洼洼,是全村海拔最高的地带,也是清水村最远的居住地。

苕把沟住着清水村六组的61户村民。从村委会出发,步行到苕把沟最远的人家来回一趟需要七八小时。由于地势偏远,山高坡陡,难得有人造访。长期做基层工作的经验告诉王云川,群众的意见得不到及时反馈,就会让他们对政策产生误解,因此,他把走访的第一站定在了苕把沟。

九月的烈日炙烤着山野,几根玉米桩焦渴地站在山梁上。一大早,王云川顺路探望了中岭山在家的几家农户后,快晌午时分,来到苕把沟李家院子。院子的李家大哥爬上房顶晒苞谷,突然发现一个穿解放鞋的人朝自家院坝走来,他明白是驻村工作队的同志来了,虽然有几分窃喜,但想起从前自己的问题反映无门,李家大哥心里忽然生出来一股怨气,他迅速下楼拿扫帚斜挡在大门外,转身躲了起来。下面有人亮着嗓子热情地喊道:"李大哥,我是新来的驻村第一书记,你在家吗?我是来看你的。"一遍,两遍,三遍,李家大哥听得真切,就是赌气不吱声。

来人又说:"李大哥,我知道你在家。你有什么困难摆出来,我们一起来解决吧!"站在门背后的李家大哥只是静静地尖着耳朵听,任凭来人顶着盛夏的太阳站在光秃秃的院坝里。

来人正是王云川。

其实王云川远远地看见李家大哥在房顶上晒粮食，知道他在家。他明白，村民闭门不见，一定是有原因的。王云川选择了理解和等待。就这样门里门外持续了二十多分钟，仍然没有进展。此时的王云川听到隔壁的房子里有响动，他急忙过去打招呼，原来是外出打工的李家老二回来收粮食。王云川自报家门，很快和李家老二攀谈起来。一番嘘寒问暖，李家老二和王云川热络起来。躲在家里的李家大哥听到阵阵笑声，忍不住移开扫帚抬脚走过来。他眼前这个身体健硕、方额大眼的中年男人，竟满面笑容地上前握住他的手说："李大哥，我是驻村第一书记王云川，我来看你了！"王云川的真诚让李家大哥一扫脸上的乌云，他把憋在心里的话全都说给了这个陌生的、脚穿解放鞋的驻村第一书记听。

这样的经历对于王云川来说不止一次。

脚上沾满泥土，才能走进老百姓的心里。

王云川把家访作为基本功，不分田间地头，村里村外，不管白天黑夜，不计闭门冷眼，他用脚丈量着清水村的一山一水，在驻村期间完成了全村 86 家贫困户的走访工作，实现了 100% 的访贫率。他的工作笔记本上密密麻麻的圈圈杠杠，记满了受访村民的家庭状况、经济条件、诉求建议，甚至细到张大娘没有过冬的棉鞋，田大爷差一副老花眼镜。尽管自己脚上的解放鞋穿烂了几双，却以真情打开了一扇扇紧锁的心门。

淳朴的老乡用自家的粗茶招待这个新来的驻村第一书记。一杯温吞水泡出的茶，茶叶浮了一层，王云川双手接过来，一口一口地呷。炒菜的铁锅烧水泡出的茶，茶水上飘着油花花，王云川不嫌弃，端过来有滋有味地品。在一次走访途中，由于山路崎岖，王云川从摩托车上摔下来，锁骨撕裂，驻镇工作队领导知道情况后，心疼地督促王云川和每一个扶贫队员购买了意外保险。渐渐地,"穿解放鞋的驻村第一书记"成了王云川在清水村的代号。

冬去春来,春风吹拂下的清水村活泛起来。

洋芋花含着新生的喜悦,阳雀鸣叫着停落在山水之间,村民的脸色转晴了,木楼的门敞开了,王云川的心舒展了。

这"走"出来的感情,使王云川和扶贫队队员们摸清了清水村的自然条件、资源禀赋、经济现状和扶贫难点,他们会同村领导班子梳理出清水村产业扶贫、消费扶贫、健康扶贫三驾马车并驾齐驱的组合方案,清水村吹响了新一轮扶贫攻坚的号角。

七个鸡蛋的故事

清水村的冬季是个几乎没有收成的季节。

从11月开始,村民们都蹲在自家的火炉旁消磨着寒冷的日子,可在这个寂静的时节,王云川和他的扶贫队员们却气喘吁吁地在山上山下跑:

产业路的修建一刻也不能停;

撂荒的土地得在开春前开垦出来;

干燥的冬天,不出门的冬天,有些人必须特别"关照"。

七十多岁的聂恒洋,曾参加过边境保卫战,立过个人三等功,回村务农时由于眼睛受伤,几乎丧失视力,儿子外出打工无力照顾父母,老两口靠山坡上几分瘦土求生,病残孤让这个家庭苦难重重。聂家离村镇很远,知道情况后的王云川,每次回城探亲前都要去一趟聂家,看看老两口缺什么东西,回村时,又总不忘把自己掏钱买的药品和生活用品给他们送去,一来二去,老两口对他有了家人的感觉。

2017年冬,村里的扶贫产业路修到了聂恒洋的家门前,聂恒洋第一次舒心地笑了。他思忖着把屋后撂荒的那块坡地开出来栽些桑树,再种上猕猴桃和其他生态果蔬,憧憬着自家的果蔬装在小三轮车上"突突突"地运往城里的景象,残疾的双眼似乎清晰地看到了眼前光明的远方。那天晌午,嗖嗖寒风也没能阻挡聂恒洋站在门口等候,他知道在后山查看产业的王云川要路过他的家门。时间滑过十二点、十三点、十四点,终于,王书记的脚步声近了,聂恒洋摸索着截住王云川,坚决要请吃一碗"粉"。王云川实在不忍拒绝,勉强答应下来。这"粉"是用绿豆制成的一种像面条一样的、当地特有的居家主食。按当地习俗,一般待客的"粉"只在碗面上放几片腊肉即可,如果在"粉"下面卧两个荷包蛋,就是对客人的最高礼遇。不一会儿,聂恒洋老伴端来一碗热腾腾的"粉"递到王云川手上,王云川吃着吃着,从碗里翻出一个鸡蛋,紧接着又翻出一个,那天他一共翻出七个鸡蛋。此时,王云川落泪了,他知道,老两口平日里一个鸡蛋也舍不得吃,总是积攒起来拿到场镇上换钱打油称盐。这冬天的土鸡蛋,一个可是要值两元钱啊!这七个鸡蛋,对于他们是一笔多么大的财富啊!而他们对扶贫干部的情分又是多么深厚啊!

回到村里,王云川把这件事情向扶贫工作队做了汇报,他动情地说:"我们为群众做一点事,老百姓都记在心里。""请组织放心,扶贫路上再苦再难,我也绝不叫苦,绝不喊累,唯有这样,才对得起清水村那一双双期盼的眼睛啊!"

驻村扶贫,一把汗,一脚泥,日晒雨淋,蚊叮虫咬,说不辛苦,那是假话。按照工作纪律规定,王云川在一家农户搭伙,一个月800元,吃好吃歹随农家。一次遇到住家户忙收割没有时间做饭,王云川搬了一整箱方便面回住所,一吃就是一个星期。三伏天,借一凉板床,泼上几盆凉水算是物理降温;寒冬里,没有空调,脚不歇步是最好的保暖。

常常可以看见王云川戴顶草帽,挽起袖子,绑紧裤腿,在田间地头,摸爬滚打,俨然一个地道的村民,人们打趣道:"我们的王书记比农民还农民!"

五十多岁的人,"抛妻弃子"异乡打拼,忙的是村里的事,冷的是自家的门。妻子有情绪,女儿不理解,他索性把妻女接来让她们看看清水村的风物人情,让家人加入他的扶贫事业。血性男儿,一副铁肩膀,一副软心肠,谁不想老婆孩子热炕头?这些苦王云川心甘情愿去接受,因为他能读懂村民眼睛里的语言,因为他记得对组织的承诺,因为他能感受出这片土地的温度。

一个眼神的温度

当生活举步维艰的时候,任何语言都显得苍白。

四十多岁的焦连海,原本有个幸福美满的家,十年前,妻子生下小儿子后去世了,扔下嗷嗷待哺的婴儿和正在长身体的大儿子给他。多舛的命运让家里一贫如洗,不久,大儿子远走他乡,焦连海拿起一根棒棒谋生。渐渐地,焦连海对生活失去信心,过着有一顿无一顿,过一天算一天的颓废生活。前年夏天的一场暴风雨,吹垮了他的房子,焦连海成了无家可归的人。按照扶贫政策,焦连海交几千元就可以拎包入住带装修的安置房,王云川多次登门动员,焦连海就是不同意搬迁到生活条件好的安置房。

有心的人,总会发现需要自己的地方。

经过走访,王云川得知焦连海的不到十岁的小儿子一个人在镇上生活、读书,便专门抽时间去看望孩子。走进低矮的棚房,王云川的眼神定格在趴在一根巴掌宽的长板凳上写作业的孩子身上,当孩子蓬乱的头发、褴褛的衣衫进入他的视线时,王云川的眼睛瞬间湿润了。不到五平方米的出租屋凌乱不堪,几乎没有下脚的地方。看见有人进来,孩子抬起脏兮兮的脸,一双充满疑惑的眼睛怔怔地盯着他。王云川一把拉住孩子的手,带孩子到餐馆饱餐了一顿。以后,每次回镇上只要有时间,王云川就去出租屋等孩子放学回家,把买来的食物递到孩子手上。他带孩子去超市,给他买学习用品。看到孩子稚嫩的脸上露出少有的笑容,王云川的心舒坦了。

王云川不知道焦连海是否知道这些背后的事,到他离任的时候,焦连海还没有搬出已成危房的家。

前不久,王云川再回清水村,得知焦连海搬进了新居,孩子再也不用驼着背在长板凳上写作业了,王云川释怀了。

人之相交,贵在知心;人之相助,贵在救急。

村里贫困户杨光明在扶贫队和村干部的帮助下,终于搬出了贫瘠的山区。生活生产是否安置妥当?王云川还是有些放心不下。一大早,王云川推开了杨光明虚掩的院门,却发现他拿着个脸盆到邻居家接水,王云川惊问为什么。原来几户老住户不同意他家接水源,他们只好在河沟里挑水洗碗抹桌子,在较远的邻居家接一点水饮用。得知情况的王云川,眼里忽起焦虑,心里充满内疚。做好事不留尾巴,才能让群众有获得感和幸福感,王云川挨家挨户动员,晓之以理,动之以情,讲清扶贫解决的水源应共享的道理,终于有一户邻居愿意和杨光明家分享水源,但必须自己买引水管道,可杨光明建新房用尽了家里的全部积蓄,无法解决眼前的问题。看到杨光明既高兴又作难的表情,王云川二话没说,自己掏出500元到镇上买来材料递到杨光明手上。当山泉水一滴一滴流进干涸的水缸,杨光明的眼睛泪花闪动,当着大伙面给王书记深鞠一躬。

不是家人的"家人"

2020年1月17号,已经结束驻村工作的王云川冒着刺骨的寒风,驱车赶往贵州,他是专程去看望清水村三组村民朱甲斌的。遵义红花岗区一公路施工段,还没有铺设沥青的路面有些磨脚,朱甲斌肩上扛一卷塑料膜,迈着大步朝王云川迎面走来。他并没有在意面前这个人,听到王云川喊他的名字,那么熟悉的声音,像家乡吹来的山风,朱甲斌愣住了。王云川快步上前,卸下朱甲斌肩上的东西,拉着朱甲斌嘘寒问暖,随后,递过去一个写满市六院(即重庆第六人民医院)捐款员工名字的红包,接着又递给他一个装着药品的袋子和两包花花绿绿的年货。工友们围上来问朱甲斌:"你兄弟看你来了?"朱甲斌望着王云川,含着泪使劲点头。

谁能想象,这个干事勤快、手脚利索的朱甲斌几年前是一个几乎丧失劳动力人。

五十多岁的朱甲斌祖祖辈辈都生活在清水村那个"天干渴死人,雨天烂地里"的穷山沟,家里有一双儿女。女儿出嫁后,他和儿子、老伴一起土里刨食。为了养家糊口,壮年时的朱甲斌外出做泥水工,粉墙搓沙是一把好手。挣钱虽然不多,一家人吃饱穿暖却没有问题。三年前,朱甲斌忽然怪病缠身,成天头昏脚闪人打晃晃,打工不行,农活也干不了,只能躺在床上度日。

为了治病,朱甲斌辗转了多家医院,花光了家里仅有的一点积蓄,病却越来越严重。家里的顶梁柱倒了,妻子放下手上的农活照顾他,田土荒在坡上,小儿子外出打工还养不活自己,一家人生活日渐艰难。躺在床上的朱甲斌常常默不作声地望着天花板,他不知道命运的风会将把自己吹向何方,带到哪里。"听天由命吧!"朱甲斌擦一把眼角的泪,无望地想。

驻村的王云川探访到朱甲斌的情况,他知道,这是个可能因病致贫的"边缘户"家庭,如不及时救助,会面临更大的困难。治穷先治病,救人先救心,在王云川的张罗下,朱甲斌住进了重庆市第六人民医院,住院费不够,他带头发动爱心捐赠,解决了朱甲斌住院期间医保以外的4000多元医药费和出院后半年的用药费用。病情复杂,医院书记、院长组织专家会诊,确定了医学治疗与心理疏导相结合的诊治方案。朱甲斌住院治病期间,王云川像家人一样关爱着这个从大山里走来的病人,常常抽出时间陪伴在他的病床前,给他做心理引导,帮助他重树信心。

半个多月的住院治疗,让基本恢复健康的朱甲斌感受到了人间真情。出院那天,王云川望着一步三回头的朱甲斌,那颗牵挂的心还是无法放下,他转身来到院党委书记邬亮办公室,请求组织批准他对朱甲斌的特殊帮扶。邬亮拍了一下王云川的肩,表示赞同。就这样,朱甲斌成为王云川不是家人的"家人"。

为了朱甲斌一家的生活,王云川拜托一个拐了几道弯的亲戚给朱甲斌夫妻找到一份身体能胜任的工作,又拜托一个朋友将朱甲斌的儿子介绍到外地工作。一家人的生活有了着落,笑容重返朱甲斌的脸上,这个感人故事也在大山窝窝传扬开来……

山路弯弯,扶贫的路被汗水拉长。这条扶贫路上,有多少次付出,就有多少次感动……

清水村的村民都记得那些促膝谈心的夜晚,记得泥泞路上访贫问苦的脚印,记得每一位扶贫干部的切切心意,更记得撂荒的山坡上长出的一串串希望……他们不会表达,他们只想给这些为老百姓吃苦的扶贫干部一块腊肉,一篮鸡蛋,几粒山核桃。可藏在背篓里的鸡蛋背了几趟还得背回去,压在箩筐里的腊肉,送了几回还得挑回去。

有一个聪明人朱科洋,勇敢地当着众人的面,将鸡蛋放到王书记的车上,让熟知清水村乡俗的王云川无法拒绝,但是,从此,王云川每年春季都会去场上买60羽鸡苗送到朱科洋家,冬天,朱科洋家的鸡仔长到三四斤,王云川又拿出高于市场的价格将山鸡买回来,这一来一去,让朱科洋家有了一笔不小的收入,朱科洋动情地说:"政府的扶贫得人心,党的干部又回到了清水村!"

王云川常说扶贫是他的志向,这个农民的儿子有着绿叶对根的深情。王云川乐意做清水村的义务推销员,为了销售村里的农副产品,他建了好几个微信群,不时在群里发布养鸡户的情况和鸡的放养照片,动员身边人以购买的方式参与消费扶贫。猕猴桃熟了,李子熟了,土豆开挖了,年猪杀了,王云川都要在微信群里吆喝,让大家慷慨解囊。而重庆市第六人民医院的同事们也是站在王云川身后的英雄,他们在院党委的领导下一呼百应,找点子,结对子,访贫问苦,上门义诊,送医送药,捐款捐物,建立对口医疗帮扶体系,为清水村建设一流村卫生室提供职业支持,让清水村病残贫困户和村民得到实实在在的健康呵护,这个集体以医德仁心默默展示了扶贫攻坚的群体力量。

爱心拉长的扶贫路

2018年10月,王云川完成了他驻村第一书记的使命。

汽车绕着大山向山下开去,风吹动着树叶,远处,一双双不舍的眼睛,那些淳朴的笑脸,勤劳的背影,屋后山鸡的欢跳,远处升起的炊烟,成为王云川心里温暖的记忆。

清流叮咚的清水河,挂着田野韵律美的彩绘小道,整洁静立的村卫生室,蜿蜒于农家小院的产业路,山坡上黄澄澄的苞谷地,挂满枝头的猕猴桃,像是排着队来告别,王云川望一眼看不到尽头的大山,不觉泪眼蒙眬。

山川留意,岁月留情,这一方山水,这一处风土,嵌入王云川的心里,成为他往后的牵挂和寄托。

回到派出单位的王云川,被任命为扶贫办公室主任。他保留着清水村每一个人的电话,他记得回清水村的每一条小路,每一张面孔,每一个眼神……

精准扶贫让清水村幸运地牵引了无数扶贫的目光,清水村不再贫寒。

国家精准扶贫战略在这里强势推进,无人问津的穷山沟逐渐有了人气,一拨一拨的扶贫干部被派往清水村,他们挽起袖子,打着赤脚和村民们同吃同住,心甘情愿地将自己变成清水村的村民。他们带来思路,带来资源,带来文化,带来健康理念,带来精神食粮,更带来了国家对民生的深切关怀。建蚕房、引水源、搭鸡舍、修道路、建新房、立家训,扶贫干部王云川们和村班子协同奋战,建成重庆市一流的村卫生室;建立村级医疗健康帮扶体系;村里通过退耕还林、土地流转、开发产业基地,组建村民互助合作社,拓展公路13公里,开拓村产业路51公里,开垦撂荒地300余亩,流转土地1200亩,培育猕猴桃种植基地70亩、羊肚菌基地100亩、蚕桑基地1030亩,培养跑山鸡养殖户27家,同时汇入金溪镇"三金"平台,打好产业扶贫、消费扶贫、健康扶贫的"王炸",共同打造金溪农场、金溪被服、金溪护工品牌,多层面多渠道提高村民收入,使所有的村民享受到扶贫成果。村里2018年人均年收入7168元,2019年人均收入达13221元,两年下来,清水村仅存一户因病返贫的贫困户,"一村一策""一户一方"的精准脱贫方略让绝大多数贫困户甩掉了贫穷的帽子。

出门能挣钱,在家能养蚕,蔬果不愁卖,电商在眼前。

如今的清水村,河水清了,路好走了,活儿好找了,回乡创业的多了,村民脱贫致富、振兴乡村的信心有了,沉睡的乡村醒了……

五月的清水村仰着脸在笑:

她看着艺术村街的美图在笑;

她望着绿油油的庄稼在笑;

她听着蚕宝宝沙沙沙的咀嚼声在笑;

她守着将要收割的季节在笑;

她对着扶贫路上那些明知艰苦,却要逆行的扶贫干部在笑;

……

千年苦寒地,如今成为当今时代深度脱贫攻坚、造福一方的见证,成为千万个美丽乡村致富路上蜕变的缩影,成为中国政府脱贫承诺的回音壁!

清水村笑得自豪,笑得敞亮,笑得山高水长!

作者简介:李学勤,中国散文学会会员,重庆作家协会会员,重庆散文学会副会长

"像温度计一样,把乡亲们的冷暖都装进心里!"
——记从高校走进清水村扶贫的驻村第一书记李小兵

◎罗晓红

一、打开心结

2018年9月20日,这个日子一直刻在李小兵心上——自信满满、准备一展抱负的他,结结实实地吃了一通"闭门羹",像被人从背后猛然偷袭一掌,懵了。

这一天,李小兵跟着村支书去拜访贫困户何宗谷。村支书刚介绍道:"这是市里面新派来的驻村第一书记李小兵同志……"恼怒的何宗谷便吼了起来:"管你哪儿来的第几书记,我没得啥子好说的!"门"砰"的一声关上了。接下来又走访了几家贫困户,充斥在李小兵耳里的尽是"驻村书记能干啥事嘛?门口这条公路晴天一身灰、雨天一脚泥。要是生了病,'120'急救车都开不进来,他能解决吗?""你一个书记还没办法安排人免费帮我家粉刷一下墙,这点事都做不到还是上面派来的驻村第一书记,有啥子用嘛!""问我有啥子困难也没得用,你们就是走个形式,做个过场……"怎么会是这样?!李小兵感觉脑袋里一团乱麻,彻夜难眠。这一幕幕,像放电影似的,在他眼前一遍又一遍地晃来晃去……

帅小伙李小兵30岁出头,单眼皮、鼻梁挺直、嘴角微微上扬,笑起来给人春风扑面的感觉。这位浑身洋溢着书生气息的阳光大男孩,原本是重庆医药高等专科学校的团委办公室主任,2018年9月11日晚上8点左右,正在办公室加班的李小兵,接到了一通改变了他人生轨迹的电话。

电话是学校组织宣传部负责人打来的,问他是否愿意参加脱贫攻坚,到黔江区金溪镇清水村担任驻村第一书记。从小长在镇上、生活在城里的李小兵,对农村生活非常陌生,除了带领大学生们去贫困村开展过暑期"三下乡"社会实践活动外,其他的可以说是一窍不通,毫无经验可言。更何况,他正打算和相恋多年的女友走进期盼已久的婚姻殿堂。想到这些,李小兵有一丝犹豫。但如果不去,李小兵又不甘心。经过一番思想斗争,李小兵还是决定接受组织的委派,去黔江扶贫。

第二天上午,重庆市卫生健康委召开2018年扶贫集团工作总结会,李小兵背个背包兴冲冲就去参加会议了。会议一结束,大家就乘坐大巴直奔黔江。"这么快就出发啦?我行李都还没来得及准备!"背包里只带了一个笔记本和一支笔的李小兵,心情复杂地踏上了扶贫之路。

没有准备就是最好的准备,一切都可以按未知的模样去创造、去改变。在车上,看着连绵的群山从窗外掠过,李小兵对未来莫名有了一些憧憬:既然什么都没带,那就一切从零开始,放手一搏吧!

就这样,李小兵来到了清水村,成了金溪镇扶贫干部中最年轻的驻村第一书记兼驻村工作队队长。

清水村是坐落在黔江区金溪镇的一个小村落,被绵延的高山包围着。天气晴好时,阳光也不暴烈,大朵大朵的白云挂在湛蓝的天空之中。站在山岗,能见到环山重叠、飞鸟斜阳的景象。雨雾来临时,云雾缭绕,树影朦胧,雨声潺潺,恍若世外桃源、人间仙境。清新的空气,泥土的清香,水墨画一般的乡村美景,让刚从钢筋丛林、人声鼎沸的主城赶来扶贫的李小兵有些兴奋。

但这种新鲜感仅仅持续了几分钟,焦虑和不安却袭上心头,他必须面对另一个事实——清水村距离他原来的工作单位300多公里,是重庆18个市级深度贫困乡镇之一,平均海拔800米,典型的喀斯特地貌,因其地形呈"筲箕"形状,以山地、深丘居多,保水保肥差,土地大多为"鸡窝地""巴掌田",是典型的"九山半水半分田",被当地人戏称为"筲箕滩"。瘠薄的土层储不住水,长不出东西。辛辛苦苦忙活一年,却往往得不到什么好收成,200多位村民亟待脱贫。

一个闲置的乡村小学便是李小兵的居所,蜿蜒崎岖的山路则是他工作的必经之地。初来乍到,如同夜间行路,不知该去往何处。在贫困户何宗谷家遭遇的"闭门羹",更是给了李小兵当头一棒。很显然,当地村民对他是满脸的不信任。夜晚的山风把大树吹得沙沙作响,声声虫鸣在山谷中回响,似在安慰他冷静下来,想出应对之策……

李小兵知道,"闭门羹"其实是心结,那就从解开这个心结入手吧。经过多次拜访,四处打听,他终于弄清楚了何宗谷的苦恼——他家门口走了几十年的田坎路,因邻居房屋复垦无法通行,出行不便的问题迟迟未得到解决。于是,李小兵一次又一次上门,一通又一通电话,反复跟何宗谷、复垦邻居沟通,找国土规划局、镇政府、村政府协调,哭诉、谩骂、怨愤、不解,最终都在李小兵的诚意中慢慢化解。看着李小兵卷起裤腿,独自一锄一锄地重新挖开被栅栏挡住的路,性格倔强的何宗谷虽然没有当面致谢,但打那以后,他再没让李小兵吃过"闭门羹"。每逢有人提起李小兵时,他总会由衷感叹:"这个书记真是来给我们办实事的!"

脱贫攻坚,只有抓住了人心,才能抓住重点。作为驻村第一书记,就得像温度计一样,把贫困户的冷暖都装在心里。为了摸清村民家中的情况,李小兵决定挨家挨户上门去找群众谈心。

清水村实在是太偏僻了,交通基本靠走,山路陡峭,道路泥泞。如果遇到下雨天,路上的稀泥会让脚下的鞋"惨不忍睹",一不小心还会踏进水坑。如果全靠步行,开展工作不方便,效率也很低。为了尽快掌握全村人员家庭情况,完成入户走访,李小兵自己掏钱买了辆摩托车作为代步工具。每天在村里往返穿梭,村里的道路网、产业发展区域、贫困户家庭住址等信息在他脑海中越来越清晰。

李小兵方向感不好,一开始,很难将贫困户和当地的小地名对应起来,于是,他制作了一份特别的资料。每去一户贫困户家中,他就会用自己觉得印象最为深刻的特点给注释上——"养7头牛家","3个女儿读小学、家属车祸瘫痪家"等,这些注释不但让他快速地走近贫困户,更为他接下来积极参与村内各项事务打下了坚实的基础。

骑上自己新买的摩托车,办事效率明显提高。每当看到村民佝偻着身体,背着沉重的农产品去镇上时,他还会热情地让他们搭车。"山路难行,我开车十几分钟就能送他们到目的地,如果走路,他们得花近一个小时,实在不忍心他们头顶烈日,或是迎着寒风颤巍巍地在山路上孤独行走。"朋友劝他别这样做,怕万一出事情摊上麻烦,李小兵则说:"放心,车上搭着乡亲,我会开得很慢很平稳的。"

"望山跑死马。"修路搭桥,是解决村民出行和致富的首要问题。李小兵四处联系,争取资金,在帮扶单位和当地政府的共同努力下,乡村入户道路硬化工程逐步实施,干净整洁的水泥路像血管一样把家家户户串联了起来,硬化的广场、明亮的路灯,基础设施逐渐在完善……

更让李小兵欣慰的是,村民对他的态度也慢慢好起来了。"李书记,落雨天路滑得很,骑车要当心点哈。""李书记,来坐起吹哈儿龙门阵嘛。""李书记拿到起嘛,这核桃奶好喝得很。""李书记,这是我刚摘下来的四季豆,新鲜惨了,收下哈,不收我要冒火哦。"……面对热情的村民,李小兵不好当面拒绝,总是在离开时,悄悄把东西放在村民家凳子上。

二、扶贫先扶志，脱贫靠创新

村民家的情况已经烂熟于胸，但问题需要逐一解决。"我又不是贫困户，没得到国家一分钱帮助，凭啥子要支持你们的工作嘛！"李小兵就坐下来耐心给非贫困户做工作，"公路都修到你家门口了，不用到镇上也可以看病了，你们种的农产品也有销路了，居家环境也越来越好了，这些扶贫成果你们也享受到了的啊！"经过一番推心置腹的沟通，非贫困户的抵触情绪没有了，但少部分贫困户跷着脚坐在门口晒太阳，等着政府送小康的"等、靠、要"思想依然严重。

"扶贫先扶志，凝聚精气神。"李小兵积极在村里挖掘脱贫榜样，树立先进典型，带动全村群众创业热情。

清水村48岁的脱贫户田建，曾经是货运司机，收入还不错。21岁那年，因为遭遇了车祸，左手高位截肢，左眼球也被摘除。田建年迈的父母整天干着粗重的农活却连温饱也难以维持。2015年，田建家被核定为新增贫困户。2016年，得知新一轮脱贫攻坚已经让老家发生了很大变化，田建返乡创业，到邻近的山坳村流转了70亩土地发展蚕桑产业。在李小兵的动员和帮扶下，家住清水村的田建又回村里种了200多亩桑苗。除了养蚕和间种辣椒，李小兵还全年免费为他提供了千余只鸡苗，让他放养"跑山鸡"。购买桑苗、肥料，新建蚕房都有补贴，帮扶干部还帮着销售农产品，以前想都没有想过的好政策让田建扔掉了贫困帽。如今，田建拥有桑园300多亩，不仅自己脱贫致富了，还让村里部分贫困户就近就业。在桑园务工的村民中，有三分之一的人是贫困户和残疾人。田建在村里起到的示范性作用，点燃了村民发展产业的热情，让准备外出打工的村民实现了家门口就业的梦想。

"精准扶贫一定要实现精准。"李小兵说,"如果不精准到户、精准到人,不把工作做细做实,贫困户脱贫难度会更大。"

有些贫困户为了省钱,小病舍不得医,常常拖成大病。李小兵经常向他们宣传国家政策好,医疗有保障,有病要及时治。对因病致贫的贫困户,李小兵则想尽办法去解决他们的后顾之忧。村里的贫困户陈清洁高位截瘫,还有结石,长期需要妻子照顾;贫困户焦辉顺赡养的叔叔从二楼摔下来,脑出血很严重需要钱医治;70多岁的龚正仁老两口和智力低下的孙女相依为命,孙女的大腿溃疡严重,却一直没有去医院医治……李小兵把这些因为缺钱不去医治而忍受着病痛折磨的贫困户都记在心中,并如实向市卫健委扶贫集团驻金溪工作队做了汇报,工作队快速反应,积极协调资源,很快就安排这些贫困户去医院治疗,并争取到了自费部分全免的帮扶措施。同时,李小兵还联系到对口帮扶单位——重庆市人民医院的专家到龚正仁家中为他孙女清创、敷药、包扎。这些病人看病用药上的压力解决了,李小兵还想办法让陈清洁吃上了低保,安排焦辉顺的妻子到被服厂上班,解决了他们的生活保障问题。

怎样才能建好"造血干细胞",激发提升村民们脱贫致富的内生动力呢?"村民们有'等、靠、要'思想,是因为我们直接给的物质太多,包括现金、实物等等。"李小兵认为,把配套扶贫发展资金"用好用活",从"直接给"转为"间接给",就能够激发村民们的内生动力,给全村带来极大的发展活力。

经过精心筹划,他大胆创新扶贫举措,在帮扶单位的全力支持下,针对发展内生动力严重不足的"瓶颈",采用积分制推出爱心超市和爱心卫生室项目,建立了"以奖代补,多劳多得"的激励机制。积分当钱用,偷懒没得着。

爱心超市采用"4+A+B"模式进行积分:村内务工、参与产业发展或基础设施建设,家庭成员拥有或新增稳定工作岗位,家庭收入在原基础上有所增加,每月家庭卫生评比优良等,符合这些标准的都可以换取积分。这些"积分卡"可到爱心超市和爱心卫生室兑换等值的大米以及油盐酱醋等生活用品和医药卫生用品,1积分等于1元人民币,但积分不能兑换现金。

"家里没米了,我想兑换一袋50斤装大米。"

"输液费用,我的积分已够了!我发展蚕桑128亩,获积分640分;在5月的卫生评比中获'良',有8分积分奖励,这积分还有剩余呢。"

不花一分钱,凭积分就可以看病买东西!村民们经常开心地围坐在爱心超市门前,三五成群,叽叽喳喳分享着心中的喜悦,谈论着自己获得了多少积分,兑换了哪些物品。

清水村实施爱心超市和爱心卫生室项目后,家家户户"比学赶帮超",全村逐渐形成了干事创业的良好氛围。

三、贫困山村的美丽蜕变

村民的积极性提高了,李小兵又发现,深山自然放养的土鸡以及鸡蛋、红薯、苕粉等农产品较为优质,农户却只能在每周集镇赶场的时候自己零售,而这些农产品在城市里却是高价的热销商品。

为了把优质的农产品和市场需求结合起来,李小兵自己掏钱打造了"田园生活馆"线上线下销售渠道,把这些绿色健康农产品重新定义,推广到更大的市场上去。同时,他安排贫困户焦辉顺负责农产品的收集、处理、包装、运营,既便于统一管理,又增加了贫困户的收入。

"田园生活馆"建立后,李小兵更忙碌了,他从包装选择、商标设计、生产过程、成品处理到物流运输,无一不是亲力亲为。

"像温度计一样,把乡亲们的冷暖都装进心里!"

他忘不了第一次到主城各帮扶单位送货那天,早上7点半,他就和招募的村民杀鸡小分队一起开始工作,杀完325只鸡,并真空包装、贴上"田园生活馆"的标签。要想保证品质和降低运输成本,这些鸡必须一起送到所有订购单位。为了赶时间,李小兵也加入流水线工作,从早上8点一直干到晚上12点。杀完鸡的村民陆续散去,他还得四处打电话联系有车的村民把鸡运输到镇上的仓库。到了镇上,因为各单位的订单需求数量不一,他不得不一个人将之前收好的南瓜、红薯、400多斤黑豆,以及包装好的土鸡,重新打包分装。当他做完这些,已是凌晨2点了。

12月的乡村夜晚寒气逼人,一股寒风灌进脖子,让呵欠不断的他清醒过来。拖着疲惫的身躯回到寝室,时针已指向3点,他还坚持写下当天的扶贫日记。

次日,天空刚露出鱼肚白,他又随货车一起到重庆各单位送货。一家一家地联系卸货,来回9个小时的路程,5个小时爬坡上坎的搬运工作,让他真正体会到了重庆"魔幻8D"地形的魔力。货全部送完后,回村时,已是晚上11点了。虽然此时已是身心俱疲,体力严重透支,但想到村民能从消费扶贫中得到实惠,增加收入,李小兵觉得一切辛苦都是值得的!

销售渠道不畅通这个瓶颈打通后,在李小兵驻村的一年多时间里,通过帮助村民销售跑山土鸡、腊肉、黑豆、苕粉、盐菜、红薯、南瓜、绿豆粉、鸡蛋等农产品,共为清水村村民创收30余万元。

村民生活慢慢好起来了,居家环境也得有所改善,这样村民的获得感、幸福感和满足感才会更强。

有些贫困户家中房屋破烂,木架结构的房子遇到大雨天时,便是房外下大雨,室内下小雨。雨"叮叮咚咚"地落入接水的盆中,溅得地上、床上湿漉漉的。有些贫困户居住的老旧木房,房间用来堆放杂物,卧室也当厨房用。每当做饭时烟熏火燎,呛得人难受,日积月累,墙面被熏得又脏又黑。

李小兵争取到资金,为他们修缮房屋,解决了贫困户的居住问题。同时,他积极协调各方资源,联合四川美术学院、重庆医药高等专科学校和一些社会公益组织,在清水村开展家风家训进清水项目和"美丽清水我的家"农村房屋壁画项目。一幅幅写有"弘扬传统文化""促进家庭和谐""推动民族团结"等内容的书法条幅,悬挂在村民家的客厅墙面上;一幅幅中国传统名画,出现在村民房舍的墙壁上。面对这绿树掩映、房屋如画的农舍,春节返乡的村民吃惊得张大了嘴,以为自己走错了路,误入了别人的家园。

环境问题解决了,改善居家卫生习惯也必不可少。除了把人居环境纳入爱心超市项目进行积分外,李小兵还亲力亲为,每次到卫生意识差的农户家中进行访问的时候,他就拿起扫帚打扫院子里的鸡粪鸭粪,把锄头、板凳、扫帚等杂物摆放得整整齐齐。那些村民不好意思,慢慢也养成了爱清洁的习惯。现在,他们的房前屋后,种上了花草,院坝也清扫得干干净净。

随着时间的推移,李小兵已完全融入了清水村。他看乡村的一草一木、一人一物的眼神,也有了温度。再到村民家中,狗不但不对他狂吠了,还摇着尾巴跑过来迎接,小猫还会在他脚边蹭来蹭去。他和村民们在桑园一起劳动、顶着烈日在山间穿梭、帮忙搬运重庆市卫生健康委帮扶集团联合绿叶义工组织免费发给清水村的数千只鸡苗……

村民们对李小兵的态度也从"零度"逐渐上升到了"一百八十度",对他的称呼也慢慢从李书记变成了小兵书记、兵哥!每当上级问村民舍不舍得李书记离开时,他们都赶紧回答说:"李书记不能走哦,我们舍不得!""他还没结婚,那我们在当地给他介绍个漂亮的女朋友嘛!"当听说他有未婚妻后,大家便嚷嚷着以后一定要去吃喜酒。

转眼间,李小兵在清水村开展扶贫工作快两年了。因为路途遥远,回一趟在重庆主城的家要耗费近 7 个小时。很少和家人团聚的他,只能把牵挂和思念深藏在那些披星戴月、翻山越岭的日子里。回首过往,虽然辛苦,但他认为一切都是值得的。

　　六月的天空碧蓝如洗。站在山坡上往下看,李小兵发现,清水村那一片片葱郁的蚕桑和地里的庄稼在阳光下闪着希望光芒的样子是那么美好,那些在桑树下觅食奔跑的鸡鸭是那么可爱……

　　作者简介:罗晓红,重庆作家网编辑

扶贫路上追梦人

◎喻　芳

累了,就睡一觉,醒来后又充满力量;想家人了,就打个电话,与妻儿老小聊聊;沮丧的时候,就爬到山坳村最高的雷加山,看着远方的太阳突破重重叠叠的云层缓缓升起,心也跟着变得蓬勃而明朗,瞬间充满斗志。

三年前的那个周末,记忆犹新,恍如昨日。

"为什么是你,你很优秀吗?"妻子在微信里问。

"为什么是你,你犯错误了吗?"透过电话,也能感受到父母的那份担心。

"我可以吗,一点基层工作经验都没有啊?"刘昶敲开领导办公室的门,着急地问。三年前,他突然接到要去黔江扶贫的通知,大脑一片空白。

"哪有这么多为什么?你有想法,会干事,能干成事。"领导的目光里充满了信任和期待。

刘昶和山坳村,就在那个初秋相遇了。他深知,生命就是一场不可预知的远行,每个人的一生,或与某人或与某地,都会邂逅一段或浅或深的缘分。

2017年9月8日,一个普通的日子,成了他生命中一个重要的时间节点。一如升职那刻、新婚那朝、成为父母的那一秒,让人永远铭记。那天,这位来自重庆医科大学附属第二医院的37岁小伙,成了重庆市卫生健康委扶贫集团派驻黔江区金溪镇山坳村的驻村第一书记。

未来是怎样的一片天地？那些没有看过的风景,没有经历过的人生,还有怀揣的梦想,都在山坳村,在未来等着他。刘昶带着一颗勇于尝试的心,一份不惧艰险的勇气匆匆上路了。三年来,披荆斩棘,一路向前,改变了那方水土,也让自己的人生变得丰盈起来。

一

武陵山连绵奔跃,怀抱滋养着一个个大小村落,孕育出一方朴实的民风,也滋生着与社会发展不相协调的贫穷和落后。

金溪镇,位于黔江区西南部,山清水秀,如诗如画。它下辖的长春、清水、岔河、山坳、桃坪、平溪等8个村,每个村名仿佛都蕴藏着一首山水田园诗,寄托着当地百姓对美好生活的向往。

而当兵出身的刘昶,对此却没有生出文人墨客那诗一般的情愫。

山坳村在金溪镇西北面,距黔江区约20公里,距金溪镇12公里。是金溪镇最偏远的三个村之一,没有任何产业基础,全村辖6个村民小组,381户,1289人。建档立卡贫困户92户,贫困户352人。

山坳村地势高峻,海拔810米,周围群峰环抱,沟深坡陡。因位于两山间的低下处,故得名"山坳"。这里是典型的喀斯特地貌,地表崎岖,土壤贫瘠,有"地无三里平,天无三日晴,人无三两银"的俗称。喀斯特地貌发育到后期,会出现溶洞、天坑等景观。而山坳村既无溶洞,也无天坑,自然风光毫无特色。石头是风化石,蓄不下水,也沉不住水。3000多亩的土地,早些年栽沙树用去2000多亩,实际种植面积只有1000多亩,土里刨食很不现实。从鸡屁股里抠钱、猪身上打主意,是这个村延续上千年的传统农业。

山坳村虽然离区和镇都不算远,但这里仿佛被现代文明遗忘,和周围的几个村一起,被称为深度贫困村。由于地势的差异,山坳村的春天来得略晚一些,当其他地方已进入初夏时节时,和煦的春风才刚刚到达这个小山村。

刘昶曾经在部队当过侦察兵,尽管退伍转业多年,但侦察兵的职业素养,依旧在他身上留下了深深的烙印:做事雷厉风行,敢打硬仗,敢啃硬骨头。

要打好扶贫攻坚这场硬仗,第一件事就是摸清情况。在一个多月的实地勘察、走村入户、摸底排查过程中,刘昶迅速掌握了山坳村的基本情况和主要致贫原因:内生动力严重不足,村里的留守人员特别多,而且多为妇女、儿童和老人。孩子们盼着父母,女人们等着男人,老人们挺着干枯的身躯候着孩子们。

这样的队伍如何带?刘昶郁闷、沮丧,这副重担能挑起来吗?爬上高高的雷加山,俯瞰山脚下的小村庄,静悄悄的,了无生气。刘昶有些后悔来到这个地方。那个下午,他赌气地躺在山顶,任山野的狂风从身边呼啸而过。突然,落日从云中钻出,射出霞光万丈。他意外地发现,在山顶可以看到夕阳下到山的那边。当最后的晚霞洒在身上时,他心里涌暖暖的。

是啊!一缕阳光就是一抹希望,只要有信念,寒山瘦水,也会变成道道花田。刘昶豁然开朗、决战决胜脱贫攻坚,让老百姓的腰包鼓起来,这不是一道选择题,而是一道必答题,这就是担当,就是奋斗,就是奉献。

"我需要这种吃苦抗压的能力,打不倒我的都必将使我更加强大。"刘昶坦言,之后再也没有犹豫和纠结过。

二

刘昶是一个有梦想的实干家。在调查走访摸清山坳村的家底后,刘昶开始召开院坝会。

与村两委班子谈、与贫困群众谈,集体谈、单独谈。大家从不愿开口到滔滔不绝,从一个点子到多个发展计划。一个月下来,刘昶心头有底了。

出于职业的敏感,经过反复论证,他觉得开个护工公司,比较适合这个村产业单一、内生动力不足的实际情况。

于是,打造金溪护工,成了刘昶的梦想。

村民们从来不敢做梦,也不大会做梦。而刘昶却觉得,这个梦可以变为现实。

"我发现山坳村还是有一些能人,他们凭着自己的努力走出了大山,在外地的生意做得也风风火火的,我就想着怎么把他们给引回来,带领父老乡亲们摆脱贫困。"刘昶道出最初的想法。

一个梦想,就是一粒种子。

一粒种子,要经历播种、发芽、生根、成长、开花,才能结果。其间,得付出多少心血和汗水,才能抵达幸福的彼岸。刘昶心里明镜似的,知道这个梦不容易。

在家门口开公司,让山坳村的护工,走进金溪、走进黔江、走进重庆。让金溪护工成为一个品牌,成为山坳村第一张名片。刘昶的梦做得有些大。

说起容易,做起难。第一步,物色"领头雁"。在广泛征集村民意见的基础上,在广州打工的田维仙,闯进了他的视线。

"在那个穷地方开公司,是拿我穷开心哦。"在广州开美容院的田维仙不为所动，其母亲更是坚决反对。

梦想与现实之间隔着一道行动的桥，胆大心细、追逐坚持，梦想就一定会成真。刘昶，不是一个轻言放弃的人。他觉得田维仙以前在医院干过护工，是金牌护工，又有创业经验，而且是个热心人。这个"领头雁"非她莫属。

第一通电话打过去，田维仙以为是骗子，刘昶刚开口就被对方挂掉了。第二次，第三次，一个一个接着打。微信、短信轮番上。两个月来，刘昶不言放弃。而田维仙也不松口。两个执拗的人就这样"铆"上了。

精诚所至，金石为开。六个月的软泡硬磨，终于有了结果。

"一个书记，这样看得起我，我还是很感动，想起那些还处于贫困的乡亲们，我心动了。"匆匆结束开了几年的美容院，田维仙踏上了回乡的路。

一石激起千层浪，在她的影响下，本乡在云南做生意的、在浙江创业的、在北京打工的10多位有头脑有能力的人也回来了。

后来，他们都成了公司的股东和管理人员。

每天，刘昶带着他们忙里忙外，到处接洽。联系医院，见院长、见医生；联系培训学校，申请免除学费；凑资金，租房子，办执照，订制服……刘昶样样都亲自参与。

这些都不难，难的是招聘员工。

女的觉得伺候人比较下贱，男的觉得当护工会让人笑话。

没有人来，刘昶的梦想拐了一个弯。

本村人不来，招外村的，外村人不来，招全镇的，全镇的不来，扩大到全区招。

终于，前后有147人参加了职业技术培训。

三个月的精心准备，重庆市黔江区山之坳康复护理有限责任公司成立了，共22人上岗。

"政府给我们免除培训费，还联系了多家医院，如今我们的护工分布在黔江区五家医院,甚至连养老院都有我们派去的护工了。"既是护工,也是法人的田维仙一脸骄傲地说,"金溪护工,就是我们的名片。现在护工每月一般能收入4000多元,有的可收入5000多元,如果足够勤快的话,还可高达8000多元,以后做大了,还可以分红。"

从无到有,从小到大,在一些先行者的带动下,那些思想守旧的人也纷纷加入。目前已培训学员共计292人,稳定上岗136名。

金溪护工,金牌护理。离梦想越来越近了。

"这个月的收入有这么多啊?!我真的没有想到。"当山坳村的贫困户喻登惠拿到4000多元的月工资时,笑得那么开心。"要不是刘昶书记一次又一次上门给我做工作,让我成为金溪护工的一名。我的日子哪有这么好?!"

"金溪护工",首战告捷。但刘昶没有停下脚步,他清晰地认识到,简单的病患护理,已经不能满足市场的需要,必须多元化发展。经过前期调研,金溪护工在2019年7月提档升级为"重庆健之情健康管理咨询有限公司",在原有基础上推出母婴护理,同时,大力招揽高层管理人员,动员邱俊等一大批管理人才加入团队,合力打造"金溪护工"品牌。

一切都在刘昶的掌控之中,管理、技术、人员到位之后,公司开始"攻城拔寨"。2019年,"金溪护工"入驻彭水;2020年,"金溪护工"登陆秀山。

"以前'金溪护工'主要是在重庆主城及黔江的医疗机构工作,就业范围较窄。"刘昶说,"重庆主城有很多实力雄厚的护工公司,与这些大公司竞争,我们还是显得弱了点,那就迂回作战,从农村包围城市,从周边县市开始。"

如今,"金溪护工"收入的15%将纳入金溪镇6个深度贫困村的集体经济,用以壮大各村的集体经济。

山坳村,山之坳,翻过这个坳,迎来的将会是怎样的一片新天地!

刘昶的梦想还在生长。

三

"金溪护工",打开了刘昶的思路,让村民走出去务工,这不是本事,但要把村民们留在家里,却不是一件容易的事。"实现家门口就业",成了刘昶的第二个梦想。于是,他又开始谋划起新的路子。

如法炮制,刘昶在村里调研时,继续关注村里在外混得好的"成功人士",从多位村民口中,听说了刘廷荣。

刘廷荣也是山坳村人,他在退伍之后,就和当地的许多年轻人一样,到外地打拼。在服装厂当过工人,跑过销售,熟悉从服装生产到销售的每个环节。多年前,刘廷荣在湖北咸丰便有了11家服装销售店。在别人眼里,刘廷荣年纪轻轻就成了"成功人士"。

2018年8月,一个周末,刘昶没有回家,而是借了一个朋友的车,悄悄地来到紧邻黔江的湖北咸丰县一个服装店,以购买服装之名,考察了这家店。侦察兵出生的刘昶很快摸清了这里的一切,特别是老板刘廷荣的人品和工作作风,让刘昶很是赞赏。

"刘廷荣是我们山坳村的共产党员,又是一名退役军人,还是员工眼里的热心肠。"

刘昶很快将"秘密侦察"的结果向领导汇报,得到了领导的肯定,刘昶开始打起了刘廷荣的"主意"。

湖北咸丰距离黔江金溪只有不到一个小时的车程,刘廷荣并不是没有过回乡创业的打算,只是平时服装店的生意太忙,二来也没找到很好的门路。

几番暗访和试探,刘昶终于确认,刘廷荣就是他要"挖掘"的创业人才。

2018年的一天，刘廷荣接到了山坳村驻村第一书记刘昶打来的电话。

刘廷荣本来也是军人出身，军人与军人在一起惺惺相惜。两位本家兄弟很快达成一致协议：为了山坳村，回乡发展。

从选址、装修到运行只用了短短一个月不到的时间，重庆卫之情服饰有限公司于2019年2月正式成立并营业。开业当天就吸引了近200余名村民报名加入扶贫车间。

"扶贫车间不但给我们培训技术，还提供稳定的收入，现在一个月最少能有三千块钱收入，以后技术熟练了工资还会涨，而且离家近，可以照顾到家庭，现在我对脱贫致富更有信心了。"经过岗前培训上岗的金溪镇平溪村五组贫困户甘伟素坐在缝纫机前，一边忙着手里的活，一边高兴地说。

走进扶贫车间，一片忙碌的生产景象，几十台机器开足马力运转，工人们按照各自分工有条不紊地忙碌着。

"在外闯荡多年，心里一直惦记着家乡，我选择回家乡发展就是希望带动贫困家庭在家门口就业，让乡亲们不用再背井离乡。"总经理刘廷荣说，市卫健委扶贫集团，黔江区政府，金溪镇党委、政府的大力支持，还帮助解决了服装厂的生产和销路问题。

"实打实"才能真落地。让村民在家门口就业实现增收，这是刘昶的初衷，如今扶贫车间已招收100余名当地村民，其中有40%是贫困户，10%是残疾人，5%是边缘贫困户。

未来和梦想不是想出来的，是拼出来的。刘昶一手打造的"金溪被服"成了金溪脱贫攻坚的又一品牌。解决300人上岗就业问题，总产值达到5000万的目标正在变为现实。

冲问题开刀，向困难进军。不到两年时间，刘昶引导返乡人员组建两家公司，变"输血"为"造血"，让大量贫困人群在家门口实现就业，让贫困户实现人人有班上，个个有工资，唱响了小山村的致富曲。

然而，刘昶的梦还在无限地延伸着。

四

有诗云：梧高凤必至，花香蝶自来。

刘昶品德好能力强，自然会有人来追随。

2020年4月16日，山坳村来了一位特殊的客人——深耕调料公司的老板蒲克燕。

蒲克燕不是本镇人，是石会镇上的生意人，开着一家调料公司，在当地小有名气，因不擅销售，公司做得不大不小，规模一直上不去。听说金溪镇山坳村的驻村第一书记刘昶是个能人，他希望能与山坳村牵手合作。

"你负责销售，我负责加工，如何？"蒲克燕开门见山，直奔主题。

"好啊。"短暂的思考后，刘昶觉得这是一桩双方共赢的买卖。

蒲克燕"借力借智"，刘昶"借鸡生蛋"，双方一拍即合。

在一番考察调研后，刘昶很快与工作队、村两委班子，达成共识。

从4月16日开始接洽，到5月13日"深耕调料"携手金溪镇山坳村联手打造的"深耕山坳"调料品牌面世，山坳村正式挂牌"深耕山坳"调料公司。

在推介会活动现场，虽然下着小雨，村民们还是特意一早赶来，就是为给自己村的产品"站台"。当天，注册的11家微店同时上线。不到一周，销售1000多瓶。

金溪镇的"三金"品牌，刘昶一手打造两个，再加上如今的深耕山坳调料公司，刘昶的名气越来越大。

"投奔"刘昶来的还有邻村的田建。

田建，家住清水村一组楼上坡，18岁那年因车祸致左眼摘除，左手截肢,但田建身残志坚。先后在新疆务工10多年,凭自己的一只手一只眼,攒下10多万元积蓄,后来开了一家小卖部,因经营不善倒闭,妻子也离他而去。2015年,田建因为各方面条件符合,被当地政府确定为新增贫困户。2017年,他毅然回到家乡发展。

2018年4月,山之坳康复护理有限责任公司开业不久,田建还在观望,用他自己的话来说,那时还在研读扶贫政策,不敢轻易"下叉"。当看到"金溪护工"红红火火办起来后,他内心受到很大的触动,决定拜访一下这位幕后的"高人"。

那年的6月,田建慕名找到刘昶。

两人虽互不相识,但谈起对产业的发展,很快找到共同点,三个小时过去了,双方心里已经有了答案。

田建看中了刘昶的经济头脑和为民办实事的那份干劲和真诚。

刘昶中意田建有志向、有能力、能吃苦,积极乐观向上,没有"等、靠、要"思想。

双方把目光一致投向蚕桑产业。

第二次见面,双方签字。田建在山坳村流转桑园100亩,并采取"桑+椒"模式,大力发展山地立体农业。

第三次见面的时候,田建已经把所有的积蓄投了出去,生活捉襟见肘,吃饭都成问题。刘昶悄悄留下身上的500元给田建做生活补助,剩下100元,自己留着回主城做路费。

两人就这样,一来二去,成了无话不谈的好朋友、好兄弟。功夫不负有心人,刘昶没有看错人,田建当年就脱了贫。

所谓一勤天下无难事,说的就是田建这样的勤快人。2019年,田建养蚕110张,出栏跑山鸡1300只,自己纯收入26万元;用工3000人次,发放工资24万元,带动村里50余人(多数为贫困户)就近务工,实现增收致富。

那天,田建请刘昶喝庆功酒。田建喝出了眼泪,酒后吐真言:"刘书记,是你给了我一个美好的未来,要不然,我还真的只有等着政府的救济了。"

饭后,田建好说歹说要送一篮子鸡蛋给刘昶。谢意不分大小,皆是源自心底。刘昶收下了,又悄悄塞了200元到他包里。

两家就业公司,一个销售公司,山坳村的发展呈三足鼎立之势。如今,山坳村老百姓的腰包渐渐鼓起来了,曾经贫困的山区对美好生活的向往有了更高的追求。

五

脚上沾有多少泥土,心中就沉淀多少真情。虽然整村已经脱贫,但后续跟进,好像打江山一样,打江山容易保江山难。脱贫的标准有硬杠杠,但脱贫之后的道路却永无尽头。稍有懈怠就会返回原点,只有不懈奋斗,才能走向远方。所以,刘昶比以前更忙了,工作更多了。

易地搬迁、环境整治、公共文化服务、农网改造等,刘昶还在走,一家一户地去了解,去解决。这看似简单的事儿,却是扶贫干部最难的事。他时刻告诫自己一定要真正沉下去,伏下身子,到村里去与群众打成一片。

三年来,他用自己的点点滴滴,去汇聚时代的浩荡洪流,他对生命的价值,有了更深的理解,对生活的意义,有了更多的认知。

一抹暖阳,把心照亮。自驻村以来,刘昶为当地百姓办实事、做好事、解难题,金子般的心换来金子般的情,村民们也用暖心回应着他。

"只要是我的村民,就是我的亲人。"这是刘昶常在微信里向感谢他的村民们回答的话。

前文提到的喻登惠是山坳村建档立卡贫困户,在家里务农,每月收入不到1000元。

刘昶得知这一消息后,多次上门进行劝说,希望她加入护工队伍,但喻登惠放不下面子,多次谢绝。

刘昶没有放弃,一次又一次地走几公里的山路到她家做工作,终于喻登惠被刘昶的真诚打动了,抱着试一试的态度参加了培训,从而上岗。

没想到,喻登惠干得很好,慢慢融入了护理公司这个温暖的大家庭,且工作越来越熟练,业务不断提高。目前她已经是公司的骨干、小组长,由她带出的6个学员已全部上岗。学员们亲切地称她为"喻老师"。

为感谢刘书记给她找到一个这么好的工作,喻登惠专程托人到新疆买了些土特产,一定要送给他。

刘昶再三拒绝,坚决不收:"喻登惠多次打电话、发微信要我一定收下,都被我拒绝了。我告诉她好好干,用自己勤劳的双手去实现人生价值,同时还要回村多给父老乡亲宣传,让更多的人加入护工公司,从而共同致富。"

"我从来不关机,怕村民们找不到我。"刘昶轻描淡写地说。

"他帮助我们这么多,水都不肯喝一口,碰到我们没有电话费时,还常自掏腰包给我们充话费。"田维仙一边说,一边请记者帮忙给他们说说情,"我们想请刘书记吃顿饭,他不答应,你给我们想想办法。"田维仙一脸真诚地笑了,一缕阳光透过窗户,映照着她的脸。

驻村,就是驻心。是组织的安排,是美丽的遇见,就像春天的和风细雨,浸润着心田,萌发着力量。

作者简介:喻芳,重庆市散文学会会员

长春村驻村第一书记的三年奋战

◎ 传　飞

2017年9月8日,对于田杰来说,是生命中具有"特殊意义"的时间节点。这天,他带着组织的重托,踏上脱贫攻坚的新征程,到黔江区金溪镇长春村担任"驻村第一书记"。

平静的湖面,炼不出精悍的水手。35岁的田杰,心怀期待,他希望在广阔的农村大展拳脚一展抱负,那时的他,激情而豪迈。

长春村,多美的名字。田杰特别喜欢春天,心里总有春天。花好月圆,天地长春,田杰在脑海里描绘着长春村的模样。

汽车在丘陵中盘桓,时而扶摇直上,时而急速俯冲向下,让人翻肠倒肚。终于,在经过山路十八弯后,到了黔江区金溪镇地界。一进入金溪镇,长春村就在弯拐里一点点浮出来。

长春村道路两旁的土家吊脚楼,低矮,老旧,一座接着一座。植物的叶面上都覆盖着厚厚的灰土。几个头戴安全帽的工人,蹲在破烂不堪的工棚外打牌。

田杰有些失望,但早已做好准备。

第二天早上,听着屋顶上滴滴答答的雨声,田杰在熹微的晨光中醒了过来。起先,有好长一阵子,他都误以为自己躺在城里的空调房里,心里还惦记着去给半岁的二娃兑奶粉,带大娃去对面的幼儿园读书。随后,被子上那股淡淡的霉味以及对面墙上贴着的"责任扛在肩上、任务抓在手上、百姓放在心上"扶贫宣言,把他拽回到现实中。

一

"不为民办实事,管他第几书记,我们都不会认!"

"又来一个假打、走形式的了哟?"

……

在村民大会上,第一次与长春村村民见面,村民对"驻村第一书记"的质疑声不绝于耳,村民漠然的态度,让田杰的心像被针扎一样。

生活不是梦,但又必须要做点梦。有梦的日子才会有奔头,才会有动力。田杰的梦想就是希望自己成为一束微光,照亮这个美丽的小山村。很快,不到四个月,田杰就有了一个特殊的称呼:背包书记。

谈起"背包书记"称呼的来源,田杰面带微笑,并用双手拉了下双肩包的带子,表达着对大家的感激。

2018年1月27日,长春村零下3度左右,路面覆盖着厚厚的冰,天上飘着鹅毛般的雪。田杰要去走访该村1组因病致贫的屠奎一家。

他上身穿着厚厚的黑色防寒服,两只腿上绑着军绿色的摩托车防寒护具,脚蹬一双沾满泥土的登山鞋。因为结冰,田杰骑着摩托车,慢慢移动到了敬老院。从敬老院到屠奎家那段社公路,约有500米,坡陡,摩托车根本上不去。田杰只好将工作日志、笔记本和相关资料拿在手上往贫困户家赶。走出大约有50米之后,到了最陡的位置,田杰左脚一溜,上身被某种不知名的力量一扯,滑倒了,万幸的是没有大伤。

"等一下,田书记,这里有根竹棍,你杵着走。"依靠过路的村民焦永容送来的竹棍,田杰左手夹着工作日志、笔记本和相关资料,花了约

15 分钟,才安全到达屠奎家。

为了方便在各种天气进村入户,田杰买了个背包。"因为每次下村,别人看我总是背着包,骑着电瓶车,所以称我'背包书记'。"

经过一段时间的调研,田杰逐步摸清了长春村的基本情况。

长春村位于金溪镇东北方向,辖区面积 7.56 平方公里,耕地面积 3417 亩,村里共有 620 户 1871 人,人均耕地面积不到两亩。在"九山半水半分田"的金溪镇,长春村更是以"筲箕地""巴掌田"闻名,土地瘠薄,耕地撂荒率高达 72.1%,产业"杂乱小",有"等、靠、要、装、懒"思想。

"你又不是农民,怎么会知道我们的难处?"任安章一家就是因学致贫、内生动力不足的典型。

"打赢脱贫攻坚战,关键要干部群众一起干。"干扶贫,是不能光靠嘴皮子功夫的,不沾脚泥、出身汗,谁也不会跟你干!

为了扭转村民的认识,田杰说干就干,自掏腰包 500 元,从任安章手里租来一亩地,搞起了"责任地"。

种地,田杰是认真的。不懂时令变化和技术,就拜群众为师,向群众学习。工作之余,田杰总在地里忙活,锄地、拔草、施肥、打药、择苗,一样不落。

城里的白小伙很快变成了山里的黑汉子。"莫看田书记是城里来的,我经常看到他背个包、穿个汗衫子,不是在路上走起的,就是在地里干到的,论吃苦,我们好多农村人还比不过他。"长春村王精灵提起田书记,描绘得特别到位。

精诚所至,金石为开。

这亩地,逐渐变成了亲近村民的"感情地",驻村工作队的"示范地",宣讲政策的"宣传地",引领村民的"创业地"。

二

长春村贫穷的原因，岂止是自然环境的不利，重要的还有人的因素。

"村民三天两头吵吵嚷嚷，鸡毛蒜皮的事能扯破天。"村民无理要求享受政策的情况时有发生，支部书记、村主任处于缺失状态，凝聚力、战斗力匮乏，长春村党支部被定为"后进党组织"。

"群众困难得不到有效解决、诉求得不到回应，有怨气。"田杰顿时感到"担子不轻，压力也很大"。

打蛇打七寸，做事抓关键。习近平总书记说"农村要发展，农民要致富，关键靠党支部"，"帮钱帮物，不如帮助建个好支部"，抓好党建促脱贫是贫困地区脱贫致富的重要经验。作为驻村第一书记，他的第一要务就是要"建强基层党组织"。

2018年7月，长春村成功引回在外创业的万书秦任支部书记，8月成功补选了老干部田景阳任村主任。与此同时根据产业发展实际，把党支部划分为3个产业党小组。长春村配齐配强了村支两委，增强了凝聚力、战斗力。

"无论是在脱贫攻坚期，还是在向乡村振兴进军的过程中，在'村级层面'都需要认真发扬理论联系实际的优良作风，不仅要结合实践，实事求是贯彻落实方针政策，还要结合实践积极探索，理论引领实践不断深入。"田杰把加强理论学习作为重要工作任务，采取室内领学、看视频，室外到产业基地看现场剖析等方式，做到内容丰富管用，形式多样有效、氛围庄重又不失生动活泼，防止表面化、形式化、娱乐化、庸俗化。

如今，田杰已把基层党建、村务治理、"三变"改革、农村股份合作社、产业扶贫、集体经济发展的实践经验实现了理论化,实现了实践与理论有机结合,切实提升了支部引领能力。

田杰忙得不亦乐乎,在镇村干部、驻村工作队的共同努力下,长春村组织得健全、制度得落实、能力得提升,基层的党员宗旨意识增强,先锋模范作用得以发挥,得到村民支持和拥护,支部党建取得显著成效,支部由"后进"变为"先进"。

三

没有产业,留不住人,百姓也富不起来。如何发展村里的产业?田杰一直在做调查,想出路。

天无绝人之路,路是闯出来的。

一直以来,长春村就因道路坑洼不平,物资运送困难,发展严重滞后。看到这般状况,田杰决心协同镇村干部,整合各种扶贫资金,着力解决农村的基础设施建设问题。

"修路,哪条先修?怎么修?资金怎么解决?项目如何来?这规划,那审报,普通老百姓是不理解的,甚至有部分人扯皮耍泼。"田杰说。让他印象深刻的是,在修建长春村5组白家至大坝的村道时,有6户人家不理解和不支持,包括个别老党员都因为不理解而设置重重阻力。

面对此情况,田杰直面问题不绕道,坚持"奔着问题去,扭着问题想,找到解决问题的办法,达成双方都接受的共识"的院坝会"四步曲"法。

田杰协同镇村干部一起去开院坝会,先由镇村干部摆底线,再由驻村工作队晓之以理、动之以情,又私下做每户家里相对开明人员的工作、谈解决问题的办法,并由他去做全家的工作,最后再达成共识,最终这6户村民都理解和支持了修路。

2018年,是长春村的基础建设年。共硬化三组、五组的村内联网路1.3公里,推进坳田至滕家院子公路拓宽1.7公里。太极水库饮水工程中,长春村主管道、入户管道安装完毕,农户已用上自来水……

2019年,全面竣工村级办公场所一处,配设卫生室,彻底解决了村办公条件有限的问题……

春去秋来,田杰总那么匆忙。正如他梦想的那样,他如一束小小的光,温暖着村民们的心田。

路有了,基础设施变了,增加经济收入成了村民们最为迫切的期待。

"合作化经营,农民变股民。他们手中最大的资源是土地。"田杰说,到任以来,他协同镇村干部一直在探索"党支部＋龙头企业＋专业合作社＋农户"的村社联营模式,深入实施农村"三变"改革,发展壮大村集体经济,带动村民致富。

在具体实施中,每个合作分社通过选举产生理事会和监事会,在镇党委、政府支持和党支部的领导下,持续有效运转,确保预期收益能够实现;村民则以农田、旱土、林地折价入股成立股份合作社,集中经营、抱团发展,除了有农田、旱地、林地流转的保底收入及劳务收入外,还有产业发展的盈余可供分红,从而实现产业可持续、群众能增收的目标。

当时,提出要创办合作社,也遇到了很多质疑。村民们起初觉得稀奇,真要加入合作社时却迟迟不表态,都处于观望态度。

第一个吃螃蟹的人是吕德蒲,他是党员,也是退役军人。

在田杰和大家的反复动员下,吕德蒲愿意参与合作社,并亲自去给每家每户做工作。就这样,长春村在吕德蒲的带动下成立了第一家股份合作社,随后相继成立露菲、顺青颉等5个股份合作社,共357户入股。

村民们以土地入股的方式,将资源变资产、资金变股金、农民变股东，长春村 1600 余亩撂荒地上栽上了蚕桑、种植了玉米、收获了羊肚菌。不仅贫困户能稳定脱贫了，长春村还成为重庆市"三变"改革 38 个试点村之一。

"村集体经济有实力，服务群众就有了手段，能为群众多办一些实事，就容易组织和发动群众，干群关系也更加融洽，村级党组织这一战斗堡垒就愈加稳固。"田杰说，流转土地收租金，进社务工领薪金，入股合作分利金"三金齐收"，长春村的村民从心底里感到高兴。

四

为了凝聚民心，听取村民的建议和意见，田杰建立了村民微信群，名叫"长春村共同富裕群"，向常年在外的村民和乡友征求发展建议。微信群逐渐被村民接受。

2017 年 10 月 18 日中午，村民王华胜在"长春村共同富裕群"发布了一条求助信息，信息中还有一张照片，照片上她抱着哭闹的女儿，一脸无助。原来，王华胜一岁半的女儿陈梦琪患有先天性心脏病，但治病已花去好几万元，长期的治疗费用让这个家陷入困境，现在病情加重，生命垂危。

王华胜在微信群里说："有谁可以帮助这位可怜的小女孩吗？她的生命危在旦夕！"田杰了解情况后，立即向选派单位——重庆医科大学附属第一医院报告，医院当晚召开紧急会议，决定向这一家人伸出援手。

2017 年 10 月 19 日，重庆医科大学附属第一医院派出救护车，将陈梦琪接到医院进行手术。手术非常成功，小女孩于 12 月 2 日出院。2018 年年底，王华胜一家也因此成功脱贫。

在长春村，像王华胜这样享受到医疗救治帮扶的不在少数。

村民田爱琴患有肝内胆管结石并伴有肝叶萎缩,十多年来一直被肝痛折磨,如果选择做手术,高昂的手术费用会让这个刚刚脱贫的家庭重新返贫。田杰了解情况后,又一次拨通了重庆医科大学附属第一医院领导的电话反映情况,医院党委书记许平随即组织召开会议专题研究,并进行会诊,最后决定给予帮扶救治,免费为田爱琴做手术。手术根治了田爱琴的病痛,也"解放"了丈夫王绍中的双手,现在他可以放心去务工挣钱增收了。王绍中感激地说:"十多年的心病从此解决了。"

建档立卡贫困户陈正昌家是田杰最揪心的多病家庭,幼子患糖尿病,妻子刘秋平患小脑萎缩病。田杰向驻乡工作队及时报告陈正昌家的情况后,联系重庆医科大学附属永川医院把陈正昌的孩子接去治病。由于陈正昌要陪孩子治病,田杰在金溪场上买好菜,到陈正昌家给行动不便的刘秋平煮饭,直到陈正昌带着医治好的孩子回家……

在田杰看来,驻村干部是带领当地群众奔小康的先锋,而帮扶单位则是他们的坚强后盾。驻村期间,田杰主动利用市卫健委扶贫集团医疗资源富集的优势,争取外援、多举措助力长春村脱贫攻坚。既着力帮助解决当前问题,又着眼建立长效机制,针对具体需求开展个性化帮助。

田杰不仅精明强干,还是一个十分健谈的人,当谈起自己的"娘家"——重庆医科大学附属第一医院与长春村的帮扶对接时,他滔滔不绝。

三年来,重庆医科大学附属第一医院利用自身的优势,做了大量工作,制订了"十六个项目"扶贫方案,开展医疗扶贫,为金溪镇卫生院培养妇产科、普外科学科人才,捐赠 DR 设备,开展超声临床带教、讲座等活动。不仅如此,重庆医科大学附属第一医院还积极开展产业扶贫、消费扶贫,捐赠了 225 万元专项支持蚕桑产业发展。他们对长春村的帮扶不搞形式、不走过场,自始至终是实实在在的。

五

扶贫不仅要扶贫扶弱,还要改变村风。

贫困户们住上好房子以后,还要过上好日子、养成好习惯、形成好风气。

田杰拉开拉链,从黑色背包里翻出《习近平扶贫论述摘编》。在驻村扶贫的日子里,他总把《习近平扶贫论述摘编》《习近平的七年知青岁月》等带在身边。他也早已养成了学习习近平总书记著作的习惯,从中汲取了无穷的智慧和力量。

"攻坚战就要用攻坚战的办法打,关键在准、实两个字。只有打得准,发出的力才能到位;只有干得实,打得准才能有力有效。"2016年7月20日,习近平总书记在东西部扶贫协作座谈会上对精准扶贫进行了更为深刻的阐述。

改变村风这一问题,田杰再次从《习近平扶贫论述摘编》中寻觅到了答案。田杰分析了村里的风气,与村社党员干部、村民积极分子一起研究,对症下药。

经过努力,长春村按照"四议两公开"程序,于2019年3月召开会议表决通过《长春村村规民约(试行)》,涉及十二条内容,主要调解个人与集体、个人与家庭、个人与社会、个人与政策法规之间的关系,坚持合法性、民主性、实用性原则;实行纪律和经济处分,经济处分主要是把村民遵守村规民约情况与集体经济利益的分配有机衔接起来;实行积分管理制、档案记录制、考核等次制等三制融合,坚持民主处置程序。其目的是推进村务治理体系和治理能力现代化。

"该村规民约以解决村里存在的关键、普遍问题为导向,完善了村规民约内容体系,既有约定内容,又有约定的处置办法、机制等。"田杰说,这种"条文形式"改变了以前的"三字经"形式顺口不管用的尴尬。

除此之外,田杰还与村委一班人打了"组合拳"。

推进新时代文明实践建设。开展政策宣讲、扶贫帮困、文化惠民等文明实践活动。持续推动"六村共建"。深入开展文明村、卫生村、平安村、美丽宜居村、产业富民村、党建示范村"六村"创建,扎实开展"农村垃圾清理""文明乡风提升""农村绿化美化"等工作,不断改善农村人居环境,着力提高乡村社会文明程度。

开展"推动移风易俗、树立文明乡风"活动,将移风易俗纳入村规民约,引导群众自觉破除陈规陋习,整村实现"六大深刻性变化"。中央电视台、新华社、半月谈等报道了长春村脱贫攻坚情况。2019年全国扶贫宣传教育中心先后两次赴长春村调研提炼经验,长春村成为全国驻村帮扶工作培训会现场观摩点之一。

六

"听说你要走了?"

"嗯,是的。你们想不想我走呢?"

"当然不想你走,希望你留下来继续当我们村的书记。"长春村村民任兴国、陈明超等人表达了挽留之意。

一年期满,田杰没有走,理由是工作渐入佳境,换人不利于扶贫事业的推进。

两年期满,田杰没有走,国家要求驻村干部相对稳定。

三年期又到了,田杰还没有走,正在为如期打赢脱贫攻坚战而咬紧牙关加把劲,只争朝夕加油干。

"你离群众有多近,群众对你就有多亲。既然选择了驻村扶贫,就得把工作做好,真心诚意为老百姓做实事。"田杰说,他是村民们的"背包书记",包里装的是决心,载的是希望,装的是责任。这份责任是打赢打好脱贫攻坚战的责任。

经过三年的奋战,田杰在长春村的扶贫工作得到市、区领导的高度评价,人民日报、光明日报、新华社等各级媒体先后深入报道了长春村脱贫攻坚、帮扶工作等情况,字里行间充溢着肯定和赞美之辞。

三年的坚守,田杰的鞋子磨破一双又一双,身上的伤痕添了一道又一道,脚下的路踏过一遍又一遍。

细雨浸润后的清晨,天空是湛蓝的,树梢是嫩绿的,太阳隐藏在地平线后面。

他信步走到村前的蚕桑基地旁,大棚里的小蚕子"沙沙沙,沙沙沙……"争先恐后地向他打着招呼。连绵不断的歌声,演奏着一场沁人心脾的音乐会。

"滕老师,早!"他与养蚕基地的滕树文打招呼。

"田书记早!"滕树文应答。

看着一筲一筲的小桑蚕,吃一口动一下,他俩聊起基地今年的收成。

"今年一定有个好收成。"滕树文满脸阳光。

渐渐地,朝阳穿透了山间稀朗的雾气,照在池塘的水面上,泛起了耀眼的光芒。

小山村崭新的一天开始了。

作者简介:传飞,重庆市人口宣传教育中心职工

易文强的"高原红"

◎陈 英

"一个地方不是家乡,可闭上眼,它的一枝一叶,总会浮现脑中。"灿烂笑容、黝黑皮肤,映衬着瓷白牙齿,俨然"行走的高原红",满口"我们昌都""咱自治区(西藏自治区简称)"。他是"山城崽儿",还是"康巴汉子",已分不清。

显然,易文强还沉浸在医疗援藏中……

促膝深谈号"病根"、砸"大锅饭"搞绩效、甩嘴皮"三顾茅庐"、通"任督二脉"规范管理,以三年时间援助昌都市人民医院"创三甲",易文强一路备考、赶考,向党和人民递交了一份满意的答卷——

2018年7月,昌都市人民医院成功创建三级甲等医院,提前一年完成攻坚任务。

2016年10月和2018年9月,重庆市第二批、第三批医疗人才"组团式"援藏工作队分别被国家卫生健康委、西藏自治区党委和政府授予"健康卫士""西藏自治区民族团结进步模范集体",在全国8支医疗人才"组团式"援藏队伍中,这两个奖项仅有重庆同时获得。

2018年9月,易文强被西藏自治区党委和政府评为"2018年西藏自治区民族团结进步模范个人";2019年7月,被评为"第八批优秀援藏干部人才"。

一

2016年4月的某一天,垫江县人民医院骨科医生易文强接到上级电话——任职:昌都市人民医院副院长;任务:帮助昌都市人民医院创建三甲;时限:三年。

回家,易文强婉转地给家人表达了要去西藏工作,还得在那里待上三年。

妻子简单地说:"行,你去吧。"之后明显愣了几分钟,后面就半天没说话。父亲打破僵局,说了一句:"挺好的,你去吧,咱们全家都支持你。"女儿发微信:"我真不希望您当院长,只想您陪陪我们!"

当代医疗卫生发展迅速,医生若脱离前沿技术太久,接触不到复杂的病例,缺少参加高端学术的机会,闭塞三年,别说领先,就算与本院平均水平相比,也会有差距。这种差距,可能需要很长的时间、加倍的付出才能弥补。

"这些困难我都知道。上有老,下有小,离家远,时间长,知识脱节,谁去都是个'难'。可我是共产党员,没有理由退缩。"

2016年7月12日,易文强出发进藏。

此前,他对西藏有过无数设想,可现实的恶劣,还是超出想象。

一是自然环境。昌都位于"世界屋脊"西藏东大门,有"阿里远、昌都险"的说法,平均海拔超3500米,冬季长达8个月。本地人笑称:在昌都,只有两季,一个是冬季,一个是大约在冬季。有记录的最低温度零下40多度,氧气含量只有内地的60%,不只是人有高原反应,就连一些电子产品、机械设备、交通工具等也"身娇肉贵",出现"高反","寿命"减半。

二是经济发展。有资料显示,2018年,西藏人均GDP全国排名靠后,全区74个县均为贫困且为"深度",基础设施落后、信息闭塞、交通不便。

三是医疗卫生状况。用易文强的话说,"差得'蒙圈'!"首先设备差,很多器械处于残缺不全状态,两台麻醉机仅一台"上岗",一台成人呼吸机勉强"工作","看家家当"是一台已运转近十年的CT机和五年以上的彩超机,因为没有专业人员维护,已"疲劳作业"多年。可以推测,这里的医生们以前基本没有做过像样的手术,大多数医生仅能诊治"生疮害病"的小病。人手也缺,比如儿科,仅有的三位医生便有两位准备辞职,多次挽留也只有一人勉强答应留下。而在重庆,医院一年四季都像在打仗,诊室外站满了人,里面挤满了人,医生自然也是干得热火朝天。

然而,泰山压顶也必须奋力擎起。因为,"治国必治边、治边先稳藏",这是国家稳定的大局需要。

因为,这里距离成都约1200公里,距离拉萨约1000公里,距离西宁约1200公里,百姓保命、治病的使命倒逼昌都市区必须成功创"三甲"。

还因为,1952年建立的昌都市人民医院曾因茶马古道之兴而盛极一时,昌医人"盼星星盼月亮"都希望有"救星"力挽狂澜、重振昌医雄风。

于是,七尺汉子易文强说话嘎嘣脆:"干!"

二

"创三甲"之路实属不易。医疗援助主要有三项任务:规范管理、学科建设、人才培养。而每一项的起点大都是0或1,终点却需80及以上。

如何干实需大智慧。

履新半月,经过与数百名职工深谈,易文强的改革"药方"出炉:首先规范管理,聚合人心,变"要我干"为"我要干";其次是待遇,启动薪酬制度改革,人均月绩效至少提升一千元;再次增强技术力量,包括人才引进、学习交流、添置设备;最后基于先救命后治病及符合昌都实际的学科建设也急需提上日程,重点建设骨科、神经外科、重症医学科、儿科、妇产科等11个科室。

"药方"一出,易文强便着手找院领导班子和每个职工交流。诚然,"真刀真枪"地动"奶酪",职工们的心情还是复杂的。毕竟,这涉及每个人的切身利益。改革举步维艰。

这也引起了上级部门的高度重视,2017年2月易文强被任命为昌都市人民医院党委副书记、院长。

可"民意"绝不能"以权施压",以情感人、以理服人才是王道,毕竟,他希望大家如石榴籽般紧密抱团,共筑辉煌。于是,一篇《致全体同仁的一封信》在凌晨两点过10分的雪域异乡出炉——

夜已深,看到你们的留言内心有几分忐忑、不安、惋惜……诚然,动了奶酪终究是会起波澜的,但必须动。一、医院绩效分配存在不合理……二、加强考核绝对不是"突发奇想的愉悦",要让"罚就罚得痛楚"成为发展"助推器"……三、病案质量管理是绩效考核的关键,务必推行……提出每份病历质量考核绩效100元是在科室总绩效外,不会减少收入……同志们可以算算,如每月收治100位患者,按时保质完成,收入就增加一万元。这主要是为激励弟兄姐妹能干事,高效干事,智慧干事……期待三年后,昌都市人民医院这面旗帜熠熠生辉、屹立不倒!

见易院长有情有义有底气,职工们也爽快地"跟着干"。

工作持续开展,最现实的难题是没有器械。没有器械,大手术做不了,病人不敢收,想给同事们做示范也办不到。"进!"易文强"点菜","娘家人"买单,没两天,呼吸机、监护仪等器械到场。打开一看,居然还有台核磁共振3.0T,这可是目前世界顶尖"大咖",整个西藏仅有两台。"娘家人"说:"若不够,你说话,我们要钱给钱、要人给人。"于是,资金支持从2016年的400万增至2018年的4000万,人才援藏31人,348台医疗设备直达昌都,诊疗量每年呈两位数递增,高端手术量(3、4级手术)增长4倍。

医疗人才永远是发展的根基。"不遗余力,不惜代价",易文强带队在全藏广泛招收愿意进院服务的医生、护士,31人率先到院报到。他说:"只要有人愿意来我昌都市人民医院,上到牙刷,下到鞋刷,我全备好!"陆续,有148人前来,为晋升"三甲"医院这锅"夹生饭"添上一把大火,医务人员从410人增至650人,实现每年正增长态势。

技术是医生的饭碗,也是医院的"硬核"。易文强采用以院包科、专科联盟、远程诊疗、结对帮扶等方式提升技术。引来重庆135人次大专家坐镇把控,实行"一带一、多带一、一带多、老带新"、"送出去、请进来"360度无死角教学法。"填补空白""零的突破""突飞猛进"成了医生们的口头禅,360名接受过培养学习的医生感叹:"如今的昌都医院有盼头、有奔头!"

"还有一个最大的问题是,医院真正的专业方向没有建立起来,所有力量仅限于一个'通科','通科'即意味着只能解决常见病、多发病。"这就需要建制度、抓管理、搞学科建设。

"建制度的核心得首先从完善病历书写抓起。病人住院后,必须8小时之内完成首次病历书写;24小时之内,大病例必须完成;48小时内,主治医师必须看到病人、参加会诊。"易文强说,"在管理方面,笼统地说,就是内科不能干外科的事、妇科医生不能给孩子看病。外专业的医生,可以提建议、参加会诊、补充治疗方案,但绝对不能主导。"

"学科建设怎么搞呢?就是要细分专业,再不能是大内科、大外科的观点,不仅专业要细分,医院内部的专业更要细分,以更好发挥专业技术医生的优势。这也是现代医学发展的趋势。"

规范采购、支付程序,规范报销流程,建立职工食堂……医院的发展千头万绪,易文强身体力行,一天三顿吃食堂,下班总在最后一拨,电脑、打印机都搬进宿舍。

有这样的"实干"院长,全院服了!

三

不只昌都市人民医院的医护人员,驻守藏区的部队官兵也佩服易文强。

2018年1月13日,某武警部队到西藏边防换防的日子。一位刚驻守西藏的边防武警战士,因严重高原反应导致肺水肿合并肺部感染,咳出大量粉红色泡沫痰,高烧不退,心率高达142次/分,同时伴有多个器官损伤,情况异常危急,命悬一线。高原救治,昌都医院有难度,设备不够高精尖、药品供应不足、技术不成熟……医院值守人员电告在北京开会的易院长:"咋办?"

"救!排除万难也要救!"生命大于天,何况小战士才20岁。易文强迅速求助重庆医科大学附属第一医院。重庆的远程会诊立即展开,参加会诊的专家都是重庆乃至全国医疗界的"大神"。最佳治疗方案出炉,传送至昌都,还赠送了一台抢救必备的进口无创呼吸机。然而,助昌都一臂之力挽救战士于危难中的呼吸机如何"完璧"到达昌都,成了最大难题。呼吸机是精密设备,长途运输易损坏,稍有不慎就会影响患者的生命安全,颠不得、冷不得……可这些"不得"碰上山高路险、海拔近5000米、时值严冬的昌都,样样都得加倍小心。

面对困难,易文强从不认输。他决定转飞重庆,带上"救命神器"

同飞西藏。"防颠簸就把设备拆散,抱怀里",一分钟、两分钟……240分钟后,呼吸机躺在易文强怀里顺利到达昌都市人民医院。

带着易文强身体余温的无创呼吸机从死神处拉回了边防战士,部队首长很感慨:"以后若医院有困难,部队一定第一个驰援。"

医院还真有难处。藏区血液储备量不足,遇上车祸、产妇大出血等突发状况更是雪上加霜,从内地用飞机运输血浆,显然不能救急救命。咋办?易文强一个电话拨至边防部队,战士们立即响应,撸起袖子,排起长队,"抽,1000毫升,没问题。"三年,边防战士、藏区百姓、医院一直"血脉相连"。

易文强说:"干脆,以后我们定期为战士们讲讲健康知识,战士们有健康困惑或身体异样都可以来昌都市人民医院,我们还要为他们开辟绿色通道。"

一来二往,边防人、昌医人,成了一家人。

四

2018年,是易文强的幸福年。这一年昌都市人民医院成功创"三甲",这一年他的妻子有了身孕。"真想回家看看,老婆孩子热炕头,最俗的生活也是最真实的。"可现实是他脱不开身。

铮铮男儿也有柔情的一面。"特别是夜深人静,如果睡不着,我在QQ或微信上发点感慨,一般很快就能得到回应。十条二十条,回复越来越多,才知道原来谁都睡不着……"易文强说,"这都没什么,我受得了睡着睡着就被鼻血呛醒的冬日,走着走着就晒成'黑白脸'的盛夏,唯一受不了的就是永不再见的离别队友。"所以,只要他知道援藏干部谁感冒发烧了,甭管是医生、教师,还是行政干部,他一定会到场看看,量体温、开点药或是带点水果,送上一丝慰藉、一腔关爱。

易文强写了一篇《土豆记》。"2017年6月20日播种,11月22日收获。土豆种子两颗,花盆三个……小盆里种下本不该抱希望的土豆,它却长出远超小盆能够承载的嫩绿枝丫,花开得那么鲜艳,房间里弥漫着馥郁的香气……"他在昌都市的宿舍阳台上种下了土豆,或许,他觉得在恶劣的环境中顽强生长的植物,像极了他们这些从"缺氧不缺精神"的援藏岁月里走过来的人,有种压不垮打不败、不破楼兰誓不还的气势。

作者简介:陈英,重庆市散文学会会员

昌都来了个马医生

◎ 殷　恕

努力将昌都市人民医院创建成三级甲等医院，培养出一支思想过硬、技术水平较高的、带不走的医护队伍。

——马颖

马颖，人称"老马""马哥"，一位慈眉善目、声如洪钟、气宇轩昂的中年医生，重庆医科大学附二院神经外科副主任医师，副教授。2018年1月至2019年7月，他受聘为"组团式"援藏医疗人才首席专家，昌都市卫健委外科诊疗委员会主任委员。

老马从事神经外科临床工作、教学、科研30余年，擅长颅脑损伤、颅脑肿瘤、椎管内肿瘤的诊治，特别是对颅内动脉瘤、脑血管畸形等脑血管疾病的诊断及神经介入栓塞手术有较深造诣，德高望重，被誉为援藏队的"定海神针"。

爱朗诵的马哥

没想到，身为医生的马颖，内心却很"文艺"。

2019年9月29日晚,重庆南滨路灯火璀璨,位于龙门浩老街的龙门书院高朋满座,50多位作家、诗人、援藏干部和文学爱好者,在山城迷人夜色的映衬下,来这里参加作家周鹏程的报告文学《藏地心迹》分享会,听援藏人的故事,感受诗和远方。

当晚9时许,第八批援藏干部中的"老大哥",55岁的马颖医生出场了,全场掌声雷动,因为大家都听说过他的传奇,都喜欢他声情并茂的朗诵。

达因卡
一群援藏英雄的家园
比不上豪宅
比不上林荫下的小木屋
常有缺水停电
常有孤独难眠
常有欢声笑语
常有热泪满眶的周末午餐
桌上拼凑的家乡味
是兄弟姐妹们紧紧相拥的情怀

达因卡的上空
有一条肉眼看不见的风景
一头连着昌都,一头连着重庆
格桑花在风中摇曳出浓浓的乡情
窗外雪山声声祥瑞的气息
仿佛家乡的嘱托,亲人的叮咛

磁性的男中音,将作家周鹏程这首《写给达因卡的兄弟姐妹们》,

演绎得感人至深。诗中提到的达因卡,是重庆市第八批医疗与教育人才"组团式"援藏干部的驻地,距昌都市人民医院3公里。

在这里,马颖和队友们同甘共苦,一起度过了500多个日日夜夜,伴随着高原苦寒与诸多不适,全身心融入藏地,成果显著,不辱使命,堪称一段刻骨铭心的岁月!

随着抑扬顿挫的朗诵,援藏日子中的种种细节、情景、人物、故事……一一浮现眼前,如同电影。在场的人们分明看见,铮铮汉子的眼中,依稀泪光闪烁。

昌都与重庆有缘

昌都,西藏地级市,又称"藏东门户",扼川、青、滇三省咽喉,是川藏公路、滇藏公路必经处,也是"茶马古道"要冲,旧称"康区",清末赵尔丰在这一带实行改土归流,改称川边,民国时为西康省的一部分。

昌都是藏语,意为"水汇合处",扎曲、昂曲在此相汇为澜沧江,两江四岸,群山环抱,城廓临水,其地理形势与重庆颇为相似。昌都也是山城,平均海拔3500米左右,道路险峻,高寒缺氧,温差极大。

昌都市人民医院的前身,由中央民族工作团卫生大队和中国人民解放军十八军第三办事处卫生所合并而成。

院史记载:1952年9月,昌都地区人民医院成立,这是西藏第一所公立医院,院址设在曲孜卡镇幸福街一幢两层民房内,门楣上悬挂着用藏汉两种文字横排弧形书写的"昌都地区人民医院"铭牌。

建院之初,院中共有医护、勤杂人员26人,日门诊病人20余人次。经过半个多世纪的发展,医院早已今非昔比。目前有在岗员工750余人,建筑气派,科室相对完备,年门诊病人12万余人次,收治住院9000余人次,承担了当地八成以上的医疗任务。

若论昌都市人民医院的综合实力,它集医疗、急救、科研、教学为一体,坐"三乙",冲"三甲",在藏东称得上首屈一指。但客观地说,它基础尚薄弱,尤其缺人才,与内地发达城市的著名医院相比,仍有巨大差距。

按照党中央"精准扶贫""治国必治边,治边先稳藏"重要战略思想,从2015年年始,重庆开始"组团式"医疗援藏,先后派出了371名中高级医疗人才,持续帮助昌都地区的医疗事业发展,如今已陆续开花结果。

此前,老马所在的重庆医科大学附二院神经外科,也承担了对昌都市人民医院的对口援藏任务,科室同事曾先后两次到昌都进行短期医疗教学指导,对昌都可谓了如指掌。

2017年11月,中共重庆市委组织部、重庆市卫健委面向全市卫健系统征集第三批"组团式"医疗援藏队队员。老马科室受命,要求选派一名医生,随队入藏,驻昌都市人民医院工作一年加半载。

时代将一次选择的机会放在了"知天命"的老马面前。

抓住命运的缰绳

上雪域高原,览世界屋脊,是许多内地人的梦想,也是老马的人生向往之一。当机会来到,焉有放过之理?尽管遴选医疗援藏队队员的门槛颇高——从思想品质,到专业水平,再到健康状态,组织上划定了多条标准,他还是义无反顾地报了名。

其实论条件,老马除了年龄,不输科室里任何年轻人。尤其可贵的是,他是一名有着20年党龄的老共产党员,红色基因纯正,家风世代传承,对于援藏的政治意义,他比许多人都了解得更清楚。

父亲马中骐,84岁,祖籍湖南长沙,中共党员,高级工程师,1993年起享受国务院特殊津贴;1953年在山西机床厂技术科工作;1970年听从党的召唤支援"三线"建设,调入重庆晋林机械厂(位于原南桐矿区现万盛区丛林镇,已迁四川),担任技术组组长、工艺室主任。

父亲当年满怀豪情,从平原城市走进大山深处,将青春、热血献给祖国国防工业,荣获中国兵器工业总公司个人三等功,重庆市劳动模范,多次被评为厂优秀共产党员。

母亲许美玉,80岁,山西太原人,统计干部,1970年随父亲调入重庆晋林机械厂工作。父母忠诚于党的事业,工作勤勤恳恳,任劳任怨,他们的言行,为子女树立了榜样。

妻子曾朝琼,56岁,重庆医科大学附一院产科主管护师。从学校毕业就从事助产士工作,一干就是30多年,2017年获国家颁发的"坚守产房30年助产士"荣誉证书。

儿子,马潇然,大学本科,建筑设计工程师。

五姑,马凤梧,88岁,中共党员,主任医师,曾任湖南郴州市人民医院妇产科主任,1975年参加援藏医疗队,援藏两年。

六姑,马绍荣,中共党员,1951年参军去新疆工作,是当年"八千湘女上天山"中的一员。

满门忠良,赤子之心可鉴。当马颖把援藏的想法告诉家人后,不出意外地,获得了全员支持!

老父亲说:"儿子,你五姑当年也援过藏,她同意你去,我知道那里更需要你们这些医务工作者。"妻子说:"放心去吧,注意身体,家里的事,我担起。"儿子说:"老汉儿你再不去,就没得机会了,人生难得几回搏!"

经过组织严格筛选,老马终于遂愿,获得批准。重庆第三批"组团式"医疗队共20人,于2017年12月10日入藏,开始了新的高原接力。

这是一个令老马终生难忘的日子。他和队友们拉着行李,走出拉萨贡嘎机场,仰望湛蓝天幕,环顾巍巍雪峰,从内心深处忘情地喊出:

"西藏,我来了!"

两天的短暂培训后,重庆第三批医疗援藏队队员们入驻昌都达因卡。这里宿舍不错,但地势高峻,局部海拔比昌都市人民医院还高出100多米,常缺水停电。

创"三甲"的非凡日子

这次医疗援藏队的首要任务,就是与当地医护人员共同努力,将昌都市人民医院创建成为国家标准的三级甲等医院。好比昌都战役第一仗,队伍刚上来,就是一场硬仗!

内行都知道,医院创"三甲"是系统工程,标准高,审核严,无论硬件和软件都容不得半点马虎。从当年3月开始,两个半月之后,就将接受自治区卫健委专家组评审。时间紧,任务重,压力之大,唯当事者自知。

老马识途,绝非妄语。老马来自重庆历史悠久的老牌"三甲"医院,深谙攻克这座堡垒的重要意义。他以丰富的职业经验告诉当地同事,这是一次绝好的发展机遇。昌都市人民医院走过60多年的发展道路,将迎来历史上最辉煌的时刻!

创建"三甲",不仅令医院资质提升,平台占位更高,更是让每个昌医人接受一次职业洗礼和素质考核。不管你是汉族藏族,干部群众,还是医生护士,行政后勤,都得过关,否则评审中就会因出现漏洞而痛失机遇。

他用重庆方言诙谐地形容,这次是"麻子打呵欠",要全面总动员!他带领外二科,按照医院的统一安排,从3月初开始,每晚全员加班两小时,周六全天加班。他自己身先士卒,绝不"拉稀摆带"!

他们严格按照自治区的"三甲"评审标准,逐款逐条,学习培训,找差距，补漏洞，积极准备评审资料，熟悉评审流程，详细解读18项核心制度，建立并完善科室各项规章制度，加强医疗质量管理工作流程。

那时正是昌都最冷的季节，春寒料峭，早晚都冻人。虽说医院要求大家每晚加班至9时方可回家，但不少医疗队队员仍自觉工作到10时、11时，甚至午夜，才相约返回驻地达因卡。

深更半夜，没了交通车，只好集体步行。气温早已降到冰点以下，朔风刺骨，脸都冻麻木了，在高海拔条件下，一个个走得气喘吁吁。回到房间，饥寒困乏，那种难受劲儿会一直延续到后半夜。

草草躺下，辗转反侧，打开电视，哪里看得进去？几个钟头后，天就亮了，擦把脸，又得准时去上班。那段时间，作为外二科挂职主任，老马经常失眠，因为睡眠不足，作息无序，头疼欲裂，两眼布满血丝，多次出现"高反"症状。

创"三甲"的工作量，从文书到实务，大得超乎想象！光凭医疗队的二十人，哪里忙得过来？于是老马向后方求援。重医附二院领导迅速增派了3名年轻人飞来昌都，他们经历过数次评审，电脑操作熟练，效率很高。

其他援藏队员，也分别向自己所属单位求援。重庆各"三甲"医院均责无旁贷，及时派出援军，医疗队总人数一时扩充至63人，兵强马壮，大大加快了准备工作的进程。

在重庆市第三批医疗队的帮助下，2018年5月14日至17日，经过四天的严格评审，昌都市人民医院顺利过关，光荣地成为藏东第一家"三甲"医院！同时，医疗队还帮助芒康县人民医院、类乌齐县人民医院，成功评定为"二甲"医院！

两个多月的晨昏颠倒、废寝忘食，没有白费。评审专家组在点评时，高度评价全院各科室均有特色，外二科创"三甲"的基础工作尤其细致到位，用自治区卫健委领导的话来表述，就是两个字：圆满！

首战告捷，老马终于长舒了一口气，笑得像朵金丝皇菊花。他与同事们互致祝贺,还一起聚了餐,喝了小酒,唱了藏歌,跳了锅庄舞,然后扯伸睡了个放心觉。

长夜无梦,那是创"三甲"百日以来,他睡得最安稳、最酣甜的一觉。

带不走的医疗队伍

按照党中央部署,内地发达地区持续援藏的战略手段,主要是人才培养,科技与文化扶贫,逐步填充内地与老少边穷地区的巨大鸿沟。

重庆第三批援藏医疗队20人,分别来自重庆11家医疗机构,其中多数是老牌的"三甲"医院。这些人才,涉及管理、医疗、护理、医技等岗位,覆盖多个专业。这正是"组团"的优势啊!

而昌都市人民医院当时的医疗单元,仍由早期的内科、外科、妇科、儿科几大病区组成,属于粗放式管理,这不符合精细管理、专业单列的趋势。

现代化医院发展的方向,应该是大专业细化分组,最后各专业再分科,成立专科病房。譬如外二科当前是由神经外科、骨科、烧伤科三个专业混合组成。这种不合理的情况亟待改变。

作为一名有着30多年临床经验的神经外科医生,老马深知神经外科专业的特殊性,以及神经外科专科技术对于抢救危重病人的极端重要性。

神经外科的水平,能代表一个医院的医疗水平,但培养一名合格的神经外科医生,需要较长时间。业内有"十年磨一剑"之说,即没有十来年的修炼工夫,难成大器。

他挑选了一名当地医院的年轻医生作为重点培养对象。并按照中组部与自治区卫健委的要求,与之签订了"师徒协议"。一对一,手把手,我做你看,你做我看,用这种看似简单,实则非常有效的方式,向弟子传授技艺。

这位幸运的"80后"小伙叫张琪,人长得精干,也勤奋好学。他本是来自甘肃的大专生,通过自学,拿到了本科文凭。他毕业后在一所乡卫生院工作,带领护士艰苦创业,设了四个床位,西医、中医、藏医都尝试,干得有声有色,是个有理想、有追求的青年。

张琪医生曾赴重医附二院进修过三个月,增长了不少见识,对内地与藏区的医疗差距有切身感受。老马鼓励弟子,今后可以考他的研究生,继续深造。为了让弟子早日成材,独当一面,老马言传身教,不遗余力。

一天下午,科里来了一位急诊病人,是一位刚入伍的年轻战士。两天前的新兵训练,头部有一次轻微外伤,之后逐渐出现头痛、呕吐等症状,来院时处于昏迷状态,有神经定位体征,头颅CT显示:右侧额、颞顶急性硬膜下血肿。

对于年轻人而言,一个轻微的外伤怎会造成这么严重的颅内血肿?会不会伴有自身的血管性疾病,如血管畸形?倘若如此,那就是先天性的,即使没有外伤,自己也会出血。老马把自己的临床判断告诉张琪,提醒他患者病因或有其他可能性,要有多种抢救预案。

凭借昌都市人民医院现有的检查手段,无法在短时间内查明出血原因,且病情也不允许等待,应该立即手术,否则病人会有生命危险。当晚马颖即为小战士进行了大骨瓣开颅探查,做血肿清除术。他在术中仔细检查了术区的硬脑膜,未发现动静脉瘘,大脑皮层也未发现血管畸形,脑组织无明显挫裂伤,但上矢状窦的静脉有损伤。

出血原因终于探明,是外伤造成的脑组织在颅腔内相对运动引起的静脉出血,这种情况多见于老年人。老马松了一口气,发现了问题所在,就有了解决办法。按常规,清除血肿后,应去骨瓣,三个月后再次手术修补颅骨,但这样易引发癫痫,而且头颅表面会留下巨大的凹陷，损坏小战士的颜值，给他造成心理创伤。

于是老马谨慎评估后决定保留小战士的自身颅骨，即时处理了静脉出血点，术中将大骨瓣复位固定，这样就避免了数月后再次进行人工材料修补，减少了手术并发症，术后头发长出，甚至看不出明显的手术痕迹。不久后小战士康复归队，依然是那么英俊帅气！

整个复杂的手术过程，有可能出现的各种情况，以及各种应对措施，都要给学生点明，将学生的临床思维充分激活，而不是让其盲从。老马就用这种启发式教学法，带徒弟快速成长。

还有一个动脉瘤手术案例。3月的昌都仍很寒冷，晚上9点钟，一名中年藏族男性突发颅内大出血，需要紧急抢救。老马接到弟子张琪的电话后迅速赶到医院，详细了解病情。

这位患者的病情十分危重，短短半个月时间，颅内同一部位已先后三次出血，仅此次出血量就已达到60毫升，老马凭借丰富的临床经验，立刻判断为颅内动脉（M3段）瘤破裂，导致颅内出血，时间紧迫，必须尽快手术，但家属意见不统一，迟迟不能签字同意。

动脉瘤仿佛人脑中的不定时"炸弹"，据医学文献记载，死亡率高达百分之三十！不做手术，命在旦夕；若做手术，虽有风险，或可挽回一条宝贵生命！

张琪和其他当地医生，从未见识过动脉瘤手术。也难怪，这样大的脑部手术，在昌都市人民医院是第一例，在场者除了专家马颖，谁敢接招？

老马耐心地与患者家属交涉，阐明病情后果，讲述手术的必要性。最终家属同意手术，签字时已是凌晨3点。

不顾深夜，老马带领助手们马上进行手术。当患者上手术台时，一侧瞳孔已经散大，这意味着生命岌岌可危。术中清除血肿后，果然发现颅内右侧M3段的动脉瘤破裂，破裂处仍在喷着血柱，完全证实了老马先前的诊断。

但是,面对这一紧急手术,当时没有动脉瘤夹、持夹钳等专用手术器械,不得已,老马采用微电流点状烧灼,并组织包裹的"老"办法,妥善处理了破裂的动脉瘤。手术结束时,已是第二天早上8点。老马仍不放心,一直守护在ICU,直到患者清醒他才离开。经过一个月的精心治疗护理,患者康复出院。

藏区因高海拔低气压原因,自发性脑出血、颅脑外伤、严重感染为主要病种。另外,由于交通阻塞与宗教信仰等因素延误,许多病人来到医院时病情都已相当严重。

有一位一岁多的患儿,反复的呼吸感染病程已有两月,来院时高烧不退,已处于昏迷状态,头颅CT显示左侧额、顶有一个巨大的脑脓肿,大约有8cm×8cm×8cm,老马虽见多识广,却也是第一次遇到婴幼儿患有如此巨大的脑脓肿,他认为应该立即手术,否则会有生命危险。

术业有专攻。老马特别邀请来自重庆儿童医院神经外科的梁平主任远程会诊,还邀请援藏医疗队非常有经验的麻醉医师高德胜配合手术。考虑到患者年龄太小,手术承受力差,老马选择了创伤小、手术时间不长的方式,即脓肿穿刺引流术,术中抽取脓液200多毫升。

重庆专家们联手拯救小生命。张琪等当地医护人员全程观摩并参与手术,受益匪浅!手术非常顺利,术后几天,患儿情况良好,体温正常,意识清晰,无功能障碍,可以自由玩耍。患儿家人感激不尽,老马教案又添新例。

"我做你看""你做我看",授受之间,教学相长。老马就是这样一位善于提供"干货"的良师,通过若干次鲜活的临床实践,他向弟子张琪和当地医护人员无保留地"传帮带"。

老马讲过的课,会让张琪再讲;老马做过的手术,会让张琪试做。他还教张琪充分利用现代设备,提高手术质量,譬如尽量使用显微镜,后来张琪做手术时,已能熟练利用显微镜了。

老马曾带领张琪做过一个巨大的恶性胶质脑瘤手术,是在显微镜下做的。他指导弟子,认真总结手术过程,查寻相关文献资料,找到个案特点,以此个案在院内进行学术交流、演讲,还被评了一等奖。同时,老马全程指导张琪收集整理病例资料,撰写论文,并顺利发表,让起点较低的学生接受正规的学术训练。

进藏后,老马坚持两天一次二线值班,每周两天专家门诊,全年接诊门诊患者2300余人次,进行教学及临床查房80余次,组织疑难病例及死亡病例以及三级以上的术前讨论50余次,在院内及科内做了40余场专题讲座。

老马亲自主刀或临床指导了50多台手术,参与院内外会诊70余次;坚持定期查看科室在架病历,指导下级医生写好病历。作为医院病历质量督导专家,他抽查全院病历100余份,每份都认真检查,并详细点评。

老马作为西藏地区执业医师及助理医师资格考评专家及考官,参加考评昌都地区考生300余人次;作为培训专家,对昌都地区基层卫生人员100多人进行了技能培训;参加义诊2次,接诊300多人次;下基层左贡县人民医院与左贡县扎玉镇进行临床指导,开展教学查房。

老马结合当地病种及科室人员情况,拟定了未来三年神经外科重点专科发展计划。经过全院及外二科科室全体职工的努力,神经外科已经获批为昌都市临床重点专科。学科建设取得了长足进步。

目前老马重点培养的张琪医生,已能独立完成高血压脑出血、血肿清除术、各部位的脑室穿刺术、颅脑损伤等常规神经外科手术,在昌都小有名气,还经常应邀去外地交流经验,介绍个人成长路径。

结束援藏返渝前夕,老马特地向重庆市唐良智市长和中组部姜信治副部长汇报"师带徒"工作。领导们在昌都医院,目睹了张琪的临床手术表现,他为两例患者做了手术,做得都不错。张琪不仅成长为当地的业务骨干,还开始自己带徒弟。

唐市长很高兴，专门表扬了老马："老师带学生，学生又带学生，这样好！一支带不走的医疗队伍，正在形成！"

平凡人生的灿烂升华

上高原一年多，创"三甲"，带高徒，老马援藏的两大目标基本实现。虽说功劳属于整个医疗队，但作为重庆医疗人才首席专家和年纪最长者，老马获得了他当之无愧的荣誉。

2019年他被评为昌都市卫生援藏工作先进个人。

2018年、2019年均被评为重庆市第八批援藏工作队年度优秀共产党员。

2019年他被昌都市委市政府评为优秀援藏干部人才。

他所在的重庆市第三批"组团式"援藏医疗队被评为西藏自治区民族团结进步模范集体。

2019年1月，重庆市第八批援藏工作队荣获2018年度"感动重庆十大人物"特别奖。

在即将离开昌都的那些日子，人们依依不舍，学生、同事、患者家属、医院领导、地方干部、驻军部队指战员、汉藏群众，纷纷用各种方式表达对重庆"门巴"的赞美，洁白的哈达一层又一层，将老马和他的队友们装扮起来。

感动之余，老马有三点援藏体会，不吐不快。

首先，学科建设尚未完成，目前昌都市人民医院神经外科专业还没有从整体外科系统中脱离出来，今后的发展必然是从分组到分科，方有利于人才培养与深耕细作，创建专科特色。

老马总是寻找机会，动员当地有条件的年轻医生，学习神经外科专业。因为偌大的昌都，只有一两个张琪医生，是远远不够的。

老马还有一个夙愿,如果昌都市人民医院今后需要,他还会争取再次援藏,带领大家把神经外科介入技术开展起来。哪怕是短期巡视指导,他也十分乐意!

其次,每个援藏队员的身后,都有着强大的后盾,就是队员各自所在的单位和伟大的家乡重庆!

重医附二院的领导多次到昌都市人民医院调研,慰问援藏队员,在创建"三甲"、完成肝包虫病手术任务期间,先后派出数名医务人员赴高原助战,并在昌都医院安装了远程心电和远程超声等先进设备,让偏远的藏区医院,与内地共享国家重大科研课题。

据媒体报道,老马以及他的队友返渝后,继续接力的重庆市第九批援藏干部、第四批"组团式"医疗队,已经进驻昌都市及下辖各县,开展扶贫攻坚工作,并向昌都市人民医院捐赠了三辆崭新的救护车。

最后,这段宝贵的援藏工作经历,将成为队员们一生的精神财富。老马坦承,自己三十多年的生活加起来,都不及在高原一年零七个月的日子那么有激情!"缺氧不缺精神,海拔高斗志更高",这是队友们的励志语。

率先将老马称作第三批援藏医疗队"定海神针"与"主心骨"的人,是重庆市第八批援藏干部工作组领队、临时支部书记黎勇。这位年轻有为、才华横溢的厅局级干部,也是一位诗人。

他总结出来的一句话——"援藏使平凡人生得到了灿烂升华!"颇能代表众人心声,于是大家认可,而老马尤其欣赏。

老马似乎重新发现了自己的人生价值:原来我还可以做这么多的事,受到这么多人欢迎,获得这么多的快乐!

黎勇书记还创作了一首诗《今夜,我想和眼泪谈谈》,回顾难忘的援藏岁月。老马说,下次相聚,他想为队友们好好朗诵这首诗。

我知道,这些眼泪跟随我已经很久

在心尖、眼底、夜中
时不时地涌起
搅得苦水,一浪一浪翻滚

这些眼泪,有汗水的颗粒
有蒿草的液汁,有卑微的点滴
有孤阵的雁鸣,有独狼的长嚎
有胸中烧红的铁
有旷野喊不出的痛
有河流上久久徘徊的悲啸以及会呛及落日的血

这些眼泪,有的柔弱无骨
让你能够把它扶起;有的坚硬似铁
让你无法把它碾碎;有的细密如沙
让你无法把它收拾干净
有的长过长江,顺水流淌
有的浊过黄河,得不到清澈
有的苍茫似暮云,染浓每一寸睫毛
有的重过星辰,压弯每一个夜晚的枝条

这些眼泪,可以秘密潜行
像春雨让你听不到脚步
这些眼泪,可以狂奔
像野马在你不经意的时候夺眶而出
这些眼泪,可以成吨滚落
像石头稀里哗啦从天而降,暗藏神谕
这些眼泪,可以飞
可以迎风打脸

这些眼泪，有时轻若飘絮
淡如墨汁
缠你染你，空若残梦
这些眼泪，你要用最苦的荞麦喂养
最硬的骨头守护
最净的心灵陪伴，最长的情，等待

这些眼泪，在这滴水成冰的高原
我想，是不是也该成熟了
借着凛冽的寒气，无韵的风声
伸手不见五指的黑
我要同它，好好谈谈——
今夜，你能不能走出我的身体
赶着饥饿的夜色，在天亮前
辗转到下一个牧场

啊，我们多么期待，老马那磁性的男中音，抑扬顿挫，再度回响，带我们飞往雪域，去鸟瞰广袤的高原，去漂流湍急的江河。风雪漫天，是你的白大褂在飘扬；夕阳熔金，是你的内心在燃烧；远雷滚滚，是你向祖国在叙说……

作者简介：殷恕，媒体编审

雪梅花开高原上

◎ 钱　昀

有一种人生,只有经历过才知道艰辛;有一种艰辛,只有奉献过才能领会其中的快乐。

她叫杨雪梅,雪是雪域高原的雪,梅是凌寒独自开的梅。雪梅在冬天绽放,越是寒冷越能吐露出浓郁的芳香。

杨雪梅是重庆市第五人民医院医师,2017年12月加入重庆市第三批"组团式"援藏医疗队,带着使命和责任,带着憧憬和希望,她前往雪域高原,踏上了援藏医疗扶贫的新征程,这是一条艰辛之路,更是一条光荣之路。

初到西藏

昌都市是重庆市对口援建的城市,坐落于西藏与四川、青海、云南交界之处,素有"藏东明珠"的美称。

2017年12月13日上午9点,飞机徐徐降落在昌都市邦达机场,它是世界上海拔第二高的机场,同时,它还是世界上气候"最恶劣"的机场之一,国内离城市中心"最远"的民用机场之一。

重庆市第三批"组团式"援藏医疗队队员纷纷走下飞机,他们肩负着重庆人民的嘱托和藏族同胞的期待,到昌都市人民医院进行医疗扶贫。

杨雪梅也跟随着走下飞机,踩在昌都大地上,她立刻感觉像掉进了一个冰窟窿,藏区冬日温度降到零下几十度,与刚才飞机内的欢声笑语、暖意融融形成强烈反差,寒风如刀子般刮得脸上生痛。

昌都市海拔高,人烟稀少、交通不便。车子在盘旋的山路上行驶着,杨雪梅感觉这一路好漫长。对从未到过西藏的她来说,西藏是神圣的、神秘的,在她的想象中,藏区里能看到成群的牛羊,还有牧民们的帐篷,可窗外是连绵起伏的皑皑雪山,看不到生命的绿色,干枯寂静是冬日的底色。

杨雪梅曾在书中看到对西藏的描述:"对于未来者,西藏是个令人神往的佛界净土;对于在此者,西藏是一种生活方式;对于离去者,西藏,你这曾经的家园让多少人为你魂牵梦绕。——西藏,就其实在的意义来说,更是一个让人怀想的地方。"在杨雪梅心目中,西藏不仅是山高水长的路途,更是心中的信念所在。这次的援藏报名并非心血来潮,到藏区为当地藏民看病治病是她的心愿。虽然在西藏工作要克服很多困难,但她把登上雪域高原,提高当地医疗卫生水平,作为人生中一次难得的历练。

她曾申请过到藏区进行医疗援助,但由于种种原因未能成行。今年她又再次申请,因团队急需妇产科医生,而她正是这一行业的专家,援藏之行如愿以偿。

亲人们都支持她,唯一让她放心不下的是宝贝儿子。儿子今年11岁,正上小学六年级,明年就升初中,在这小升初的关键时期,她却不在儿子身边,不能陪伴儿子成长,内心多少有些遗憾,好在儿子独立生活能力强,能让她安心地去圆援藏之梦。

车子依然在山路上盘旋,她想起两天前的拉萨之行,他们援藏医疗队最先抵达拉萨市,在那里进行为期两天的培训,学习藏俗及预防高原反应等知识。临走之时,西藏地区领导对他们提出了殷切的希望:做藏文化的传播者、做民族团结的践行者、做医疗援藏工作的接力者、做政治清醒的先行者。重庆市卫健委领导给他们提出的任务是:把昌都市人民医院当成自己的家,展示重庆医务人员的良好形象,要充分落实以院包科、"传帮带"等工作,圆满完成"三甲"创建目标。

这些期望和要求,让杨雪梅一行人感受到了压力,同时也增加了前行的动力。来自重庆不同医院不同科室的援藏医生们,组成了一个与生命健康相连的集体,他们将在海拔三四千米的高原上,履行医务工作者救死扶伤、治病救人的光荣使命;他们将克服重重困难,让众多被疾病困扰的藏民们重新燃起生命的希望;他们将把医疗扶贫进行到底,为西藏的脱贫攻坚筑起一道坚实的"健康防线"。

护佑生命

昌都的 12 月是一年中最寒冷的时候,是雪域高原最缺氧的季节。

尽管做好了心理准备,也学习了如何防范高原反应,杨雪梅依然出现了心慌胸闷、头疼眼痛、恶心乏力等生理症状,爬楼梯时气喘吁吁,走路轻飘飘的像踩在棉花上。

高原反应带来的身体不适是进藏面对的第一道难关,但杨雪梅没有被吓倒,她对自己说:"如果现在就被高原反应打败了,那怎么完成今后的援藏任务?"

缺氧,不能缺精神!到达目的地后,杨雪梅就开始熟悉医院环境,虽然她拥有多年的临床经验,但这毕竟是高海拔地区,是一个完全陌生的地方，在生理和心理还没完全适应的情况下，她放弃了休息调整的机会，第三天就主动要求在昌都市人民医院值夜班。

夜班比白班更紧张。因藏区路途遥远，交通不便，病人得了小病只能忍着，直到小病拖成了大病，病情危重了才来就医，偏远之地的藏民到达医院的时间大多在晚上，因此给患者做手术也常常是在半夜，通宵达旦的忙碌成了常态。

21岁的藏族孕妇，深夜被送到医院时面色苍白，剧烈腹痛，阴道大量流血，未闻及胎心。杨雪梅进行诊断后，发现胎死腹中，胎盘早剥，子宫破裂，失血性休克。她连忙启动了危重孕产妇绿色通道，立即纠正孕妇失血性休克，并开展了手术治疗。她认真分析患者的病情，结合以往的经验，决定为患者保留子宫，因为患者还很年轻，以后还有当母亲的机会。当深夜做完手术，病人被推进病房休息后，杨雪梅才发现因手术时间过长，过度劳累，汗水已浸透了衣衫，但她顾不上休息，又到病房里询问病人术后恢复情况。经过精心治疗，年轻的藏族妇女恢复了健康，出院时她向杨雪梅敬献了一条洁白的哈达："谢谢！你们不仅救了我，更让我感受到了藏汉一家亲的深厚情谊。"

在昌都市人民医院的日日夜夜，杨雪梅抢救了太多像她这样生命垂危的妇女。

援藏第一个月，她就帮助昌都市人民医院妇产科完成了第一例腹腔镜下全子宫切除术。患者是一名47岁的藏族妇女，异常阴道流血有一年多，来医院检查后发现子宫内有一个直径为10cm的肿瘤，只有做全子宫切除术才能保住性命。进行手术时，杨雪梅发现患者子宫被肌瘤撑大，如怀孕两个月的孕妇，且肿瘤长在了宫颈管内，增加了手术的难度。杨雪梅凭借着娴熟的技艺，细心地操作，终于成功实施手术，让患者脱离了危险。这项手术开创了昌都市人民医院的一个先河，标志着昌都市人民医院妇产科微创手术水平上了一个新台阶。

在一次产房检查中,杨雪梅发现一名藏族产妇胎膜自然破裂,胎心突然出现异常,胎儿头部有一条搏动的条索状物。杨雪梅果断判断出孕妇出现了"脐带脱垂"现象,一旦没了血供,胎儿在几分钟内就会窒息死亡。时间就是生命,一分钟都不能耽误下去,杨雪梅一边努力克服着高原反应,一边飞快地跑着护送产妇进入手术室,她与麻醉科医师密切合作,争分夺秒,几分钟就取出了胎儿。经过儿科医生的联合抢救,新生儿脱离了危险,响亮的哭声回荡在产房里,让所有参与抢救的人倍感欣慰。作为妇产科大夫,杨雪梅曾听过数不清的新生儿啼哭,但这个刚从死神手里抢回来的新生儿,仍然让她感到生命的顽强和伟大。

除了在昌都市人民医院进行诊疗外,杨雪梅遇到县级医疗单位有危重患者时,无论是节假日还是夜间,总是义不容辞地前往。2018年某天下午5点半,医院"120"急救电话急促地响起:"你们快点过来啊,这里的孕妇有危险!"电话是从左贡县打来的,医生的语气十分焦急:"有名28岁的藏族孕妇生产时遇到危险,急需转到昌都市人民医院妇产科进行救治!"

情况紧急,杨雪梅立刻与同事坐上"120"急救车前往左贡县。一路都是盘山公路,坐在救护车上,就像在洗衣机滚筒里不停转动,车子行驶了3个多小时后,才接到这名孕妇。尽管一路上晕车得厉害,但杨雪梅强忍住晕车带来的眩晕感,立刻指导将孕妇小心地搬上救护车。他们在车上了解到这名产妇已经怀孕六次,每次孩子还没出生就流产,这次好不容易要生下孩子,不料却难产了:孕妇宫口开大2cm,胎心变化很大。杨雪梅他们一边在救护车上采取急救措施,一边赶回医院,到医院时已是半夜,杨雪梅和同事们一起进行抢救。经过众人的努力,产妇终于生下一个健康的婴儿,母子平安。那一刻,杨雪梅觉得晕车和高原反应等身体不适都不值一提了,在和死神的交锋中,她感受到了医生救死扶伤的价值和天职。

雪域高原上进行的一次次生死营救,不仅让杨雪梅获得了成就感,还让一种力量在她心里扎下了根:每一次不遗余力的抢救,或每一次普通的查房,她都看到藏族同胞眼里对医生的崇敬之情;每一条哈达敬献给医者,藏族同胞都双手合十,举过头顶,这是对医生由衷的感激之情;每一声"扎西德勒",都让她心甘情愿地在这片土地上洒下辛勤的汗水。

授人以渔

援藏期间,杨雪梅并没有满足于从死神手里抢回病人的生命,看到西藏的医疗水平依然落后,孕产妇和婴幼儿死亡率远高于内地,身为妇产科副主任的她考虑更多的是在有限的时间内提高昌都妇产科的整体医疗水平,这是为昌都医疗事业谋长久之策。

杨雪梅清醒地认识到,当地的医生可以成长为一支主力军,成为一支"带不走"的医疗队。按照"每位援藏医生'传、帮、带'三位医生、上级带下级和高年资带低年资"的原则,杨雪梅负责带三名妇产科医生。她从四个方面对学生进行"传、帮、带、教":一是常抓理论教授,二是放手手术实作,三是专项技术培训,四是落实会商会诊。

三个徒弟都比她年长,但她们都愿意当年轻老师的学生。遇到难题,杨雪梅就冲在第一线,然后分层教学,从主刀、助手的手术路径和操作技巧,到低年资医生辅助手术时的注意事项。在工作中,杨雪梅常常鼓励她们,这些鼓励使大家更加团结,更加自觉地努力学习,让新技术早点落地。

作为健康扶贫人,杨雪梅深知把医疗技术留在藏区才是关键,她带队开垦当地妇产科疾病诊疗的空白,依托扎实的临床技术,带领藏族团队开创了多个昌都市人民医院的第一例:第一例腹腔镜全子宫切除手术、第一例盆腔淋巴结取样术……每一次手术,她都感到自己是在带领当地的同行们一起拓荒。

杨雪梅常常告诉学生:"医疗技术的提升不需要卓越的天赋,需要的是勤奋和毅力,需要的是明晰的是非观念,需要的是独创精神,而最需要的是勇于尝试的勇气。"她让学生们加强实践,无私地向她们传授先进经验和技术,点对点教授手术要领,手把手教授手术技法,优化治疗方案和治疗效果,提升整体诊疗水平和能力。

在她的精心指导下,学生们的动手能力得到提升,现在她的学生可以独立完成部分盆底手术、腹腔镜手术和宫腔镜检查术。高玉兰独立完成了会阴陈旧性Ⅳ度裂伤修补术,获得昌都市优秀医师称号。徐娟、四郎拥宗独立完成了部分腹腔镜手术及宫腔镜检查术,四郎拥宗还获得了昌都市人民医院优秀工作者称号;妇科医生杨晓黎虽不是杨雪梅"帮带",但通过她的指导也能独立完成部分腹腔镜手术及宫腔镜检查术。

扶贫扶志更扶智,杨雪梅为昌都市人民医院打造了一支高素质的妇产科医疗队伍,在人才培养上实现了具有自身"造血功能"的良性循环机制,变"输血"为"造血",提升了藏区的医疗水平,把医疗精准扶贫落到了实处。

创建"三甲"

昌都市人民医院是新中国成立后在西藏建立的第一所人民医院,经过68年的发展,于2018年5月成功创建了"三甲"医院。"三甲"的创建标志着昌都市人民医院迈进了一个全新发展的新时代，也结束了昌都市所属医疗机构无"三甲"医院的历史，是西藏社会事业发展进步的标志之一，为呵护藏东 78 万群众的生命健康发挥了重要的支撑作用，广大藏族同胞在医院能享受到更加全面、科学、高质量的医疗服务。

这一历史性的飞跃，是重庆市医疗人才援藏队多年努力的结果。

杨雪梅身为昌都市人民医院妇产科副主任，在院的每一天，都会把日常工作融入"三甲"医院的创建中，不仅促进了科室硬实力的提升，还让妇产科的科室队伍建设和业务工作的"质"实现了较大转变。

杨雪梅发现昌都医院还有很多需要改进的地方：一是当地医生在主动作为上有欠缺，二是医院的管理规范欠完善，三是技术水平仍较传统，四是理论知识失衡，五是实作经验不足。这五个不足，严重制约着妇产科的发展与进步。

针对不足，杨雪梅从完善管理制度、规范工作流程、组织应急演练这三个方面提升整个科室的战斗力。为确保医护人员熟练掌握工作流程和业务技能，杨雪梅通过教学查房、医疗查房、理论授课、实践技能测试等形式，开展心肺复苏、产后出血、子痫、羊水栓塞等情况的应急处置和工作流程的演练。

西藏属于高寒地区，生存环境较为恶劣，藏族妇女在怀孕期间营养不均衡，缺乏自我保健意识，当身体出现危急重症才到医院救治，给妇产科医生增加了许多难以想象的困难。针对高龄、高危孕产妇，妊娠期合并症、并发症高发，围产儿不良结局，出生缺陷增多等问题，杨雪梅担负起了"孕产妇危急重症中心"的建设任务，这个重症中心承担了昌都市区县危急重症孕产妇的救治工作，中心经常组织相应的演练，与儿科、麻醉科、ICU 等科室合作，为昌都市孕产妇救治建立了绿色通道，为提高昌都市出生人口素质，降低孕产妇、围产儿死亡率，减少出生缺陷及残疾做出了贡献。

在昌都医院通过"三甲"考核的同时,杨雪梅主管的妇产科也获得了昌都市"三八红旗集体""先进助产机构"等荣誉。

载誉归来

2019年7月18日上午,飞机稳稳地降落在重庆市江北国际机场,第三批"组团式"援藏医疗队在圆满完成一年半的医疗扶贫任务后,从西藏昌都回到了重庆,迎接他们的有鲜花和掌声,还有亲友们的关心和问候。

离开重庆时是凛冽的寒冬,回来时是炽热的盛夏。援藏期间,杨雪梅有付出,也有收获;有汗水,也有欢笑;有遗憾,也有成功。由于高原反应她患上了间质性肺炎,带着输液瓶坚持工作,拔掉针头就上手术台,从未请假休息一天,给自己的身体健康埋下了"拆不掉"的"定时炸弹"。身体的病痛并不是让她感到最艰难的,最艰难的还是在工作上,她感觉一个人的力量很渺小,想做的事还有很多,时间精力都不够,离开时有壮志未酬的遗憾;值得高兴的是带的几个学生可以独立完成手术了,她感觉一切的努力和付出都是值得的。

由于援藏期间工作表现突出,杨雪梅荣获了"重庆市第八批援藏干部优秀援藏干部"称号、"首个中国医师节昌都市优秀援藏医师"荣誉称号、"昌都市人民医院优秀工作者"称号。

2019年医师节,杨雪梅和重庆的同事们分享了她的援藏体会,她说:"经过援藏,我忘却了很多世间的烦忧,少了很多尘世的浮躁,内心多了许多平静平和,有了更多的理解包容。援藏一年半,是一种经历,是我生命中重要的一部分,是一笔终身受用的精神财富,对我后半生的工作和生活会产生巨大的推动和激励作用。"

  回顾所来径,杨雪梅为这段不平凡的医疗扶贫之路感到骄傲:医疗扶贫是一种洗礼,用心感悟才有灵魂的升华;医疗扶贫是一份担当,用心付出才能体会生命的价值;医疗扶贫是一种经历,用心体会才能收获人生的财富。

  健康所系,性命相托,一次援藏行,一生雪域情。

  作者简介:钱昀,重庆市散文学会副秘书长、巴南区文艺评论家协会副主席

察雅之缘

◎ 简云斌

尽管离开察雅已近一年,王呗方还经常梦回那片土地,看见雪山、峡谷、蓝天、白云、流淌的麦曲河,还有察雅县人民医院白色的楼房,她因援藏在那里工作了一年半。

这晚,她又梦到了那些曾经的同事:顿珠、西绕嘎邓、仓决、曲措……巧的是,第二天她就收到了同事李成洁的微信:"真的想你了,想你回来啊,昨晚梦见你们回来了!"

看着微信,王呗方流泪了。尽管她以"女汉子"自诩,但还是爱流泪。

进藏,她是哭着去的;离藏,她也是哭着走的。

一

王呗方永远忘不了她援藏离家那个日子:2018年3月8日。

那天晚上,她做好晚餐,招呼父母、丈夫、两个孩子坐上桌。平时,王呗方很忙,下厨的事基本都交给父母了。就要走了,她特意为家人做了一顿饭。

菜很丰盛，十岁的女儿芷欣、两岁的儿子致远吃得很高兴。儿子奶声奶气地说："妈妈炒的菜真香！"那一刻，她差点儿泪崩。

她要出远门的消息，两个孩子并不知道，她也不敢告诉他们。饭后，为了支开孩子，她让父母带他们出去玩。王呎方紧紧抱住两个孩子，一遍遍地叮嘱："幺儿，你们要听外公外婆和爸爸的话哟……"儿子瞪大一双晶亮的眼睛，有些迷糊地望着妈妈，还在她脸上吻了一下。

孩子们走远后，王呎方再也忍不住，靠在丈夫肩上"哇"的一声哭了出来。

丈夫开车送她去江北机场，一路上，她都在伤心，自己要走一年半，两个娃儿这么小，怎么办啊？……

丈夫宽慰她："你放心进藏吧，家里有我呢！"

丈夫吴文强，和王呎方同在綦江区人民医院工作。王呎方是党政办主任，吴文强刚被提拔为泌尿科主任，两人都是业务骨干。

车窗外暮色朦胧，正是初春，一排排行道树映入眼帘，黄葛树、小叶榕、香樟树乍吐新叶，在晚风中摇曳。望着眼前熟悉的景色，王呎方忐忑不安，又想到此行的目的地昌都察雅。

那里会是她向往的藏地吗？有没有高高的雪山，开着格桑花的草地，清澈的河流，唱着牧歌的姑娘？……

二

王呎方38岁，干练，秀气，但眉眼间透着一种不服输的劲头。

她的老家在梁平仁贤镇，从小父母就把她这个独生女当男孩养，她独特的名字，是父亲让有点文化的三叔取的。

读五年级时，王呎方身上长疮，父母带她到镇上一个诊所看病。她聪明伶俐，在诊所时喜欢帮病人拿体温计、输液瓶，大人们都很喜她。在她幼小的心里,对医生这个职业有一种莫名的喜欢,没想到长大后真的走上了护理专业之路。

1998年,她考入綦江卫校;2000年进入綦江区人民医院实习;2001年卫校毕业,当年6月,以实习时出色的表现和公招第一的成绩,考入綦江区人民医院。在院工作19年,她从一名临床护士干起,先后任护理部干事、创建办副主任(主持工作)、人力资源部副主任(主持工作)和主任、行政办主任、党政办主任。她还通过自学,获得了护理本科和行政管理学本科文凭,是全院护理人员中少有的双学历和高级职称拥有者。

在领导和同事眼里,王呎方是一个爱学习、肯吃苦、敢创新的人。最初在内科当护士时,她是全院少数几个掌握血液透析技术的人。血透工作很辛苦,病人多的时候,一天二十四小时都要守在血透机前,但她从未叫过一声苦。2008年,她在护理部当干事,提出的"五星护士"评选方案受到领导肯定,而今,这个方案依然在全院推行。

2010年,綦江区人民医院创"二甲",市卫生局一专家下来检查工作,当问到该院的床护比(病床床位与护士的比例)时,在场几人回答的数据无法让专家信服。最后把王呎方叫来,她脱口而出:"目前是1比0.38,离1比0.4的标准还差一点!"专家点评说:"问了一大圈,只有护理部的小王是搞清楚了的。"

2011年至2012年,她任院创建办副主任并主持工作。繁重的创建工作基本落到了她的肩上。王呎方带领四个同事,不负重托,历时两年,圆满完成各项任务,医院成功创建"二甲",为后来创建"三甲"打下了坚实基础。

2017年12月末,綦江区人民医院接到原国家卫计委办公厅通知,要求该院对口帮扶西藏昌都市察雅县人民医院(卫生服务中心),选派5名有专业经验的人员援藏一年半,帮助该院创"二甲",并提高院感科、麻醉科、呼吸内科、放射科等专业水平。

在物色人选时，院领导首先想到了王呒方。她有点儿犹豫，不是害怕艰苦，是放不下两个孩子。毕竟要去一年半，儿子才刚满两岁，女儿才读小学四年级，对一个母亲来说，这种选择有点儿残酷。

她为此失眠了，考虑了许久，想到领导的信任，想到援藏是一项光荣而重要的政治任务，又想到自己是一名党员，最终，在丈夫和父母的鼓励下，下定了决心。

2018年3月，经层层选拔，王呒方和急诊科护士长杨云莉、麻醉科主任助理吴玉龙、呼吸内科主治医师鲁平海、放射科主治医师欧龚尹，组成綦江区援藏医疗队，由王呒方任队长，开始了援藏之行。

三

飞机降落在海拔4300多米的昌都邦达机场。王呒方一行迈下舷梯时，感觉双腿发软，像踩在一团棉花上，短短十几步台阶，足足走了几分钟。高原反应给了他们一个下马威。

从邦达机场到察雅的路上，王呒方胃里翻江倒海，想吐又吐不出来。她以为这只是晕车，前来迎接他们的刘书获副县长却说是缺氧，连忙拿出氧气瓶让她吸了两分钟才缓过来。刘书获也是从綦江来援藏的，之前是綦江发改委副主任，现任察雅县副县长，分管卫生，比他们早来一年半。

刘书获意味深长地说："呒方啊，察雅条件有点艰苦，你们要有心理准备哟！"

汽车沿着澜沧江上游一路前行，时而爬上陡峭的高山，时而钻进深深的峡谷。察雅是昌都市所辖的一个县，周边与卡若、贡觉、芒康、左贡、八宿5县（区）毗邻，县城距昌都市88公里，距邦达机场95公里。这里地理位置属于藏东，位于横断山脉北段、澜沧江中上游，山高谷深,海拔在 2990～5600 米之间,县城海拔 3100 米。全区辖 3 镇 10 乡,面积 8413 平方公里,人口 6.6 万,藏族占总人口的 95%,地广人稀,气候干燥,植被覆盖率只有 5%左右,属半农半牧县,也是国家级贫困县。

县城很小,在澜沧江支流麦曲河冲积出的一小块平地上,周围都是大山,浅灰或深灰色,寸草不生,麦曲河也很浑浊。王呎方没有看到向往中的草地、牧场、格桑花,只是天空真的很蓝,白云低低飘着,远处山上还覆盖着雪。

吃过午饭,他们简单休整了一下,就强忍着严重的高原反应,到察雅县人民医院接手工作。

按照察雅县委安排,王呎方任医院常务副院长,分管创"二甲"和宣传工作,协管院办、人事、基建等工作,另外四位同事也分别被委以重任。

院长顿珠,一位 40 多岁的藏族汉子,热情地向他们介绍了医院的情况。王呎方越听心情越沉重:医院只有两栋低矮的楼房,一栋为 3 层,门诊和行政楼合为一体;另一栋只有两层,是住院楼,内科、外科、妇产科和手术室挤在一起,病床仅有 20 张。更恼火的是技术力量,全院职工 65 人,有资质的只有 13 人,其中医生 7 人,护士 6 人,临床科室只有内、外、妇产科 3 个,外科手术停滞,内科、妇产科病人一旦危重必须立即转院;院感工作几乎为零(仅一本院感手册)。

王呎方知道,创"二甲"一共 442 项指标,每项都是硬杠杠。而眼前,医院无论硬件还是软件,比内地一个乡镇卫生院都不如。这样的条件,创"二甲"真难啊!

忙到晚上,她才想起和两个孩子视频一下。女儿已知道她援藏去了,嘟着嘴说:"妈妈走了,我们不习惯!"儿子还天真地嚷着:"妈妈,妈妈,快来抱抱二娃!"

王呎方的眼泪又流出来了。此后的一年半时间里,她除了每隔三四个月能回家小聚一次,平常只能通过微信视频与孩子们见见面,以慰想念之苦。

她要把更多精力放在援藏工作上。

四

来察雅第二天,她就赶往昌都市人民医院,拜访了分管创建工作的常务副院长滕苗。滕苗也是援藏的,来自重医附一院,很欣赏王呎方雷厉风行的作风,后来对察雅县人民医院的创建工作给予了很多支持。

第三天,王呎方主持召开察雅县人民医院创"二甲"培训会。她向全院职工详细介绍了创"二甲"的意义、要求、流程、指标体系,同时,她将442项指标分解给相关同志,每个援藏人员都承担了40多项指标。

院里多数职工是藏族同胞,大家对援藏人员很友好,但因医院的现状摆在那里,他们均对创建"二甲"工作底气不足,认为援藏人员是外来的"和尚",无法念好本地的经,过不了几天就会偃旗息鼓。

虽然初来乍到,水土不服,每晚要吃药才能睡觉,但王呎方像上足了发条的钟,一刻也不停地转动着。她一会儿找院长顿珠沟通,一会儿找科室同志谈心,在她苦口婆心做工作后,大家的观念很快转变了,觉得医院确实应改变现状,争取成功创建"二甲"。

思想统一了,但工作千头万绪。针对医院现状,王呎方决定从管理、人才、基建三个方面入手。

首先是抓管理。

她精心制作了创建工作的清单、模板,组织修订制度、职责等,对院领导、科室负责人明确阶段任务,打表推进。创建工作路径清晰,责任明确,人人都有了努力的方向。

她出台"师带徒"举措,每名援藏人员带1~2名徒弟,而她自己带了3名徒弟:创建办的西绕嘎邓、办公室的何姚、宣传科的曲措。她手把手教徒弟们起草公文、制作课件、布置会场等,使其办文、办事、办会能力迅速提升。仅仅过了一周,西绕嘎邓就学会了制作PPT课件,王呒方又安排他给全院职工讲课。西绕嘎邓,当这个20多岁的小伙子鼓足勇气走上台、打开PPT课件时,大家都很吃惊,这可是以前从未有过的事。这堂课大家听得非常认真。

王呒方趁热打铁,把学习培训纳入医院日常工作安排,业务学习每周至少两次,每天业务查房,每周教学查房,形成常态化学习机制。此后一年半的时间里,医院进入了培训热潮,对全院医生、护士、行政管理人员以及后勤人员开展了全覆盖无缝培训,包括理论、操作及应急、院感演练等136次,参培人员5179人次。

她还建议医院实行工资绩效改革,牵头实施矛盾及压力集聚的职工周转房方案,筹办了全院首届干部述职述廉汇报会、全院首届年终总结表彰会、昌都首届管理论坛等。一系列举措,让人耳目一新,医院管理逐步规范,职工行为习惯、院风院貌有了很大改观。

其次是抓人才。

全院医护人才严重缺乏,不仅影响业务水平,更是创"二甲"的硬伤。有着数年人力资源工作经验的王呒方,决心改变这一状况。来察雅两周后,县里开卫生工作会,她向县长其珠多吉建议,借力綦江区人民医院,到内地招纳人才。其珠多吉笑了,他以为王呒方受不了这里的苦,要借机回内地休养几天。没想到,王呒方利用自己的人脉资源,竟然成功组织了察雅县首届赴内地大型招聘会。他们一路马不停蹄,赴四川南充川北医学院、贵州遵义医学院等3省4所高校,一周内就招揽了22名优秀人才,其中医生6人,护士16人。这些人才到藏半年后,均成为医院的业务骨干,并愿长期服务藏区。这次自主招聘,人才的质量、数量均创下了昌都卫生系统之最。

其珠多吉喜出望外,多次表扬:"你们让我很意外!"

除了到内地招贤,王呎方还想到了昌都本地资源。昌都有一所职校,在市卫健委介绍下,她和顿珠找到职校校长,双方一拍即合:由昌都职校和察雅县人民医院合作,共办一个县级教学实习就业基地,职校护理专业学生在县医院实习后,考核优秀者可留院工作。这样,医院护理人才缺口很大程度上可就地解决,目前,已遴选7名优秀实习生补给护士、导医及护工岗位。

最后是抓基建。

医院的业务用房太少、太简陋,创"二甲"肯定过不了。之前,医院有一个修新大楼的方案,但方案不成熟,一直议而未决。王呎方知道后,立即找出原方案,多方咨询綦江及昌都基建、院感、消防等方面专家,又和设计方一起,反复修改20多次,终于让方案落地。2018年6月,投资7000万元的新大楼破土动工;2019年4月,正式投入使用。新大楼投用后,医院建筑面积由4648平方米增加到17893平方米,创"二甲"最大的硬件问题解决了。

这栋新大楼凝聚了王呎方太多的心血。她全程负责工程协调、监工及验收,组织申购新增和紧急设备、物资,各环节一丝不苟。大楼投用前一天,王呎方带着办公室同志,为每个科室、每个房间精心布置了鸭脚木、幸福树、君子兰、绿萝等花草,整个大楼焕然一新,每个人见了都惊艳不已。

新大楼成为藏区医院的标杆。2019年6月,国家卫健委副主任王贺胜来察雅调研时,对该工程给予了高度评价。

五

为进一步提升医院的综合实力,王呎方使出浑身解数。而綦江,也成为她的大后方。

在她的牵线下,綦江区人民医院与察雅县人民医院结成医联体协作关系。时任綦江区人民医院院长王江、党委书记李维学、副院长郭均涛等领导、专家多次来到察雅,指导创建工作和技术提升。綦江区人民医院还开通察雅赴綦免费进修学习绿色通道,已接待察雅县人民医院13人来綦进修。她还争取到綦江县人民医院捐赠建设资金15万元、镇痛分娩仪1台,区红十字会捐赠心电图机5台。

2018年8月15日,是王呎方非常开心的一天。丈夫吴文强和另外4名援藏同事的家属,风尘仆仆地来看望他们了。5名家属中有4人是綦江区人民医院业务骨干。

两口子还没说上几句话,王呎方就提出,要吴文强他们第二天就在医院开展培训。对送上门的内部资源,她可不能放过!

吴文强哈哈一笑,愉快地同意了老婆的"安排"。就这样,短短几天探亲时间里,他这个泌尿科专家,以及其他3个外科和护理专家,哪儿也没有去,就待在医院,以现场指导、理论授课、一对一带教、讨论答疑等方式,开展了一系列交流培训。王呎方说:"这叫'一人援藏,全家援藏'!"

2019年5月11日,察雅县人民医院创"二甲"初评考核,15名专家通过严格的检查评审,一致给出了高分。昌都市卫健委领导、评审专家在会上会下多次表示,察雅县人民医院创"二甲"创下了"昌都县级医院之最"。

初评通过的当晚,王呎方彻夜难眠,回想起一年多来的点点滴滴,她哭了,也笑了。

六

察雅大地上,到处留下慕医人的身影和足迹,
点点滴滴汇集成涓涓流水。
雪域高原最可爱的人啊,
他们将仁心仁术、厚德济生融入察雅医疗,
画出藏汉人民最大最美的同心圆……

这是王呎方在工作汇报材料上的几句话,像诗,充满无限深情。

在察雅的日子里,她和同事们始终牢记援藏的初心和使命,把心中的大爱无私奉献给藏区人民,也收获了终生难忘的藏汉友谊。

在单位上,她和顿珠、其美次仁、索朗多吉、西绕嘎邓、仓决、措姆等藏族同事朝夕相处,情如兄弟姐妹。院长顿珠性格耿直、豪爽,对王呎方的工作给予了很大的配合与支持。王呎方离开察雅后,顿珠还经常打电话来请教工作上的事,开玩笑说请她再回去。仓决、何姚、李成洁几个小妹妹在王呎方的言传身教下,进步很快,对她十分爱戴。有一次,仓决专门请王呎方和她的队友们到自己家里吃饭,捧出青稞酒、酥油茶、牦牛肉,大家又唱又跳,乐了半宵。

2018年10月的一天,王呎方和几位同事驱车4个多小时,到距县城最远的宗沙乡小学开展体检工作,主要是肺结核和大骨节病筛查。学校很简陋,每个孩子的脸都被高原紫外线晒得黑里泛红,但眼睛亮晶晶的。孩子们把他们围住,欢笑着向他们问好。王呎方看见一个小女孩面色憔悴,在旁边不言不语。她拉着孩子的手,问其身体状况。孩子说跑不动,一跑就很累。王呎方和同事立刻拿出听诊器,为小女孩听心音,发觉孩子的心音很粗,凭经验判断孩子患了先天性心脏病。

他们反复叮嘱孩子的家长和老师,一定要送孩子去医治,并向他们宣传了国家健康扶贫的政策。

2018年12月,王呎方参加綦江区组织的一次"冬日阳光·温暖你我——我为察雅孩子送冬衣"爱心行动。当她再一次来到宗沙乡小学,为孩子们捐赠冬衣时,发现上次检查的那个小女孩没在。一问,原来到昌都治病去了,她心里的石头方才落地。

一年半的时间里,王呎方组织医护人员,到学校、敬老院、牧场、寺庙等地和贫困群众家里,为藏族同胞开展义诊16次,体检12次,送医送药7次,筛查大骨节病、包虫病、肺结核等2万多例,捐衣捐物等14次。他们用真心赢得了藏胞的信任和欢迎。

她还和援藏同事一起,参加了察雅县庆祝中国共产党成立97周年红歌大赛、察雅县第二届澜沧江艺术节等文化活动,同事杨云莉还担任了艺术节主持人。他们把援藏人的风采,留在了这片土地上。

一年半来,援藏医疗队参与并见证了察雅县人民医院的发展与变迁。医院职工人数由65人增至131人,业务收入由300万元增至1100万元,门诊、出院人次、抢救成功率等指标均呈三倍以上增长,手术量从2016年的2台增至2019年的89台,转诊率下降了70%,开创了昌都市乃至整个自治区县级医院数个第一,成功申报自治区科研项目1项,喜获"全国二级医院QCC品管圈一等奖"等,察雅县人民医院成为县接待各级工作组的一张名片。

王呎方个人也获得昌都市优秀援藏干部人才、察雅县民族团结进步奖、重庆市卫健系统先进个人等多项荣誉。

朋友们向王呎方表示祝贺,她谦逊地表示:"我没做什么惊天动地的事,只是没偷懒而已!"

七

告别的日子来到了。

2019年7月6日,晨雾缭绕麦曲河,群山起伏,天空湛蓝,白云朵朵。

就在头一天下午,院里召开了送别会。送别会上,每个人都在哭,王呎方流的泪最多。她不记得自己在送别会上说了些什么,只记得他们5位援藏人员站成一排,每个人都来向他们敬献哈达。一条条洁白的哈达,围满了脖子,像雪山的雪,温情地依恋着他们,挽留着他们。

西绕嘎邓、曲措、尼玛等人为她买了好几套漂亮的藏装,她都精心地收藏在箱子里。

那天晚上,她哭了好久,第一次感受到期盼已久的回家之旅原来是如此疼痛。

第二天早上,他们本打算悄悄地离开,谁知走出医院大门时,他们才发现,院里的同事早已站成两排,每个人手里都拿着气球、鲜花,向他们挥舞着。

又是拥抱、流泪,"扎西德勒"的祝福,荡漾在每一个人的心里。一次援藏行,一生西藏情,这是一份多么珍贵的情谊啊!

汽车启动的刹那,王呎方泪眼蒙眬,回过头去,看到了院里那棵常青树。那是初到察雅时,她和杨云莉四人亲手栽下的。一年多了,常青树长高了,叶子更绿了,像一个纯朴可爱的藏家孩子,在向她招手:

"你们一定要回来,我等着你们!"

作者简介:简云斌,冰心散文奖获得者

雪域酬勤当谢君

◎ 梁　奕

一、出发，激情与冷静

2018年3月的一天，乍暖还寒。

滇北高原蓝天白云，风光绮丽。一架银白色的波音737飞机缓缓降落在旅游胜地香格里拉机场。

飞机停稳，由重庆飞来的旅客们依次走下舷梯，从飞机上下来的人流中有一支特殊的队伍，三男两女一共五人。他们来这里不是旅游观光的，他们是借道香格里拉，再乘车去更远的地方——西藏芒康。

带队的是一个身材不高，朴实无华的女同志。紧身的羽绒服，圆脸短发，让她看上去十分干练。她叫谢君，本是重庆市第九人民医院（简称：九院）消毒供应中心主任，此时她有了新的身份：重庆市健康扶贫"三甲"医院对口帮扶援藏医疗队队长，昌都市芒康县人民医院副院长。

一辆白色的旅行车沿着滇藏公路向北驶去，穿过一片薄雾笼罩的原始森林。美丽的太子十三峰，在夕阳映照下像燃烧的箭镞直指湛蓝的天空。这虽是谢君人生中第三次进藏，但肩负的使命，未知的挑战，为她此行增添了神秘的色彩和特殊的内涵，想起渐行渐远的家乡重庆和深爱她的亲人朋友，望着窗外美丽壮观的高原风光，她一时心潮难平，感慨万千，当即在朋友圈里写下了这样一段话："带上满满的希冀与嘱托，开启一年半的援藏生涯。我虽然不能预测生命的长度，但我可以增加生命的宽度！"

汽车愈往北行，窗外的景色愈显荒凉，谢君激动的心也开始渐渐平静下来，她双眼微闭，沉思着她担当的重要使命。作为此次援藏医疗队的队长，临行时，她向领导立下誓言："不达目的绝不回渝！"至于扶贫对象的实际情况如何，条件怎样，她都一无所知。但有个声音却顽强地跳出脑海，那是临行时九院领导对她说的话："支援西藏芒康县人民医院创建二级甲等医院是落实国家精准健康扶贫工作的具体行动，是芒康县 2018 年政府重点工程，是最大的民生工程。"

谢君当然知道要在较短的时间里帮助一个贫穷落后地区，使海拔 4000 米的高原藏区医院提升为国家二级甲等综合医院，绝不仅是凭热情和干劲儿就能办到的。也许医院的情况并非她想象的那么差劲，也许这些都是她多虑了，也许……

"吱……"汽车突然刹住。高原的天，娃娃的脸，说变就变。刚才还是晴空万里，这会儿已是雪花飘飞。汽车停在一条狭窄泥泞的路边，道路两旁尽是横七竖八的摩托车和小贩们冷清的摊位。队员们下意识地寻找芒康县人民医院的大门，却见一块"芒康卫生服务中心"的牌子在风中若隐若现。谢君深吸了一口气，抬腕看表，天啊，从香格里拉至此，不算太慢的车速，足足开了 8 个多小时。

二、攀登，从 400 米到 4000 米

晚间，芒康县人民医院院长以及有关领导为谢君一行接风洗尘。独特丰盛的晚餐让重庆去的客人们啧啧称奇。

"欢迎远道而来的客人!"医院院长,年轻的格桑多布杰举起杯中的青稞酒祝词:"欢迎谢君同志以及各位朋友远赴藏区支援芒康县人民医院建设!"院长做了医院的简单介绍,他说,医院各方面条件很差,特别是软件管理水平,整个医院包括聘用员工和临时工,90多人中高中以下学历的就有20多人;具有专业资格证的还不到30%。由于全国各地赞助,国家政策支持和资金投入,医院在医疗设备上还算说得过去,但全院人才奇缺,技术水平参差不齐,管理水平不尽人意。院长说:"根据西藏自治区的要求,截至2020年底全区74个县的县级医院必须全部通过国家二级医院评审,昌都市要求我院必须创建国家二级甲等综合医院。"院长还说:"任重道远,本人深感能力不及。"

随后,院长转向谢君,真诚地说:"谢队,在此我正式宣布,从今天起,医院创建'二甲'的事儿就拜托你了,一切由你全权负责,我会尽力协助你完成任务!"他举起手中的酒杯,邀大家同饮。

在青稞酒浓烈而奇特的香气中,谢君突然感到心跳加快,反胃、恶心,一阵头晕目眩让她不得不埋头伏在桌子上,她抬眼看了看同行的队员,他们也都有同样的症状,个个脸红筋胀。她知道,"高反"已向他们伸出了"毒舌",也许这还仅仅只是个开始。

从平均海拔400米的重庆一下子来到海拔近4000米的高原高寒地带,就是铁打的身板,也会遭遇"九死一生"的厄运。何况,正值暮春时节,花草零落,植被稀疏,高原含氧量极低,仅有平原地区的60%。芒康地区除了七八月以外,其余时间几乎都会下雪。恶劣的气候和自然条件给谢君和她的队员们来了个"下马威"。一到高原,谢君就严重地失眠。由于缺氧,头疼欲裂,呼吸不畅,一般晚上只能睡三四个小时;"高反"引起消化功能紊乱,腹胀、腹泻成了家常便饭,刚到的那些日子她通常一晚上要拉三四次肚子,最多时要拉五六次。回忆起这段日子,谢君形容:"晚上不知道是睡着了还是没睡着,白天不知道是吃饱了还是没吃饱。"严重的"高反",使她在不到半月的时间就瘦了四五斤。"高反"还引发她内分泌失调,例假要么不来,要么一来就 10 多天,还无缘无故地流鼻血,弄得人整天头昏乏力。谢君说,那段时间,她特别想家,想那座依山傍水的城市,想一顿畅快淋漓的火锅,但是她对自己说:"国家有要求,九院有嘱托,芒康有期盼。我要是就这么回去了,怎么面对九院的领导和同事?怎么对得起芒康正被病痛折磨、急需治疗的藏族同胞?"她说:"'高反'也是欺软怕硬,你越怕它,它越来劲,你坚强地把它顶回去,把所有的兴奋点都放在工作上,症状就会慢慢地减轻一些。"到后来她似乎也习惯了一天很少睡觉,习惯了与身体上各种不适无言地对峙。

作为队长,她还得时时关心队员们的身体健康,每晚,她都去敲队员们宿舍的门,问问身体情况,一遍又一遍地嘱咐:"一定要保护好自己,这里缺医少药,去最近的"三甲"医院急救至少也得七八个小时哟!"

一次,队员朱建华夜间突然心前区疼痛,自己服了速效救心丸缓解后,第二天继续到岗。谢君听说此事后,出于职业警觉,她叫住了朱建华,一脸严肃:"这种情况有几次了?为啥不说?""嗯……三次了,没啥,暂时性心肌缺血缺氧吧。""你吓死我了。回寝室休息!近段时间不要让我在工作场所看见你!"这个来高原前 160 斤的壮小伙,一下子瘦了足足有 20 来斤,望着他的背影,谢君一阵心酸,同时感到肩上的担子很重、很重。

三、整顿,从每一片纸张开始

在经历了失眠、腹泻、头晕、流鼻血等高原反应后,谢君及其队员渐渐适应,终于坚持了下来,紧张的创建工作在谢君的指挥下紧锣密鼓、有条不紊地进行着。

红拉雪山亭亭玉立,金沙江水穿城而过,给这座仅有一两万居民,却是西藏最大的县城之一的芒康,带来了生命与活力。芒康县人民医院是全县唯一的也是最大的综合性医院,承载着护卫全县居民卫生与健康的重任,在调查了解了医院的全部家当后,谢君及队员们心都凉了:医院的硬件设施尚属过得去,若论软件和管理水平,不得不令人大跌眼镜。面对这样的情况,谢君傻眼了,她说:"我当时有一种崩溃的感觉。"

她马上召集相关人员,商议创建工作从何下手。当即就有人劝她:"谢君,差不多就行了!医院从2003年开始进驻援藏干部,队伍来了一批又一批,十几年都没能达标。创不起'二甲'对你又没有任何影响,回九院你照样升职称、涨工资。你何苦呢?"谢君差点儿跟人翻了脸,说:"我就这脾气,要么不来,来了就一定干好!我没有别的选择,箭在弦上,不得不发!"

芒康县人民医院尽管有许多不足,但在芒康地区却因独一无二而合理存在。芒康远离昌都和香格里拉,离最近的上级医院也有400公里左右。藏民朴实忠厚,他们信服人民医院,即使医院治疗不当,也从不怪罪医院,迁怒问责。但谢君看在眼里,痛在心里,她下定决心要改变这一切。

"铁面队长",这是队员们私下里对谢君的称呼。一次工作会上,看着残缺不齐的死亡病例记录,谢君一拍桌子站起来,几乎是吼道:"如果是你们的亲人过世了,医院连份完整的死亡病历记录都没有,你们做何感想?"在座的人面面相觑,表情有些不自然。事后有人提醒她,她这假设不恰当,有人会忌讳的。谢君摇摇头说:"我真的是急得没法了!"

整顿势在必行!没有规矩,不成方圆,改变就从一张纸做起。她根据四名队员各自从事的领域,让其负责相关科室的初步组建、全院科室及医护人员的分化、整合:将传染科从内科独立出来,妇产科与外科分开，积极筹建急诊科。科室和人员基本定位后，她开始领着大家在芒康县人民医院这张白纸上制订出各项规章制度，如建立《医院质量与安全管理体系》，医疗、护理、院感等职能部门管理体系等。完成了规章制度的文本资料模块，如：临床科室管理模板、临床用血管理模板等。在短时间内制订出《手术安全及病历质量标准》、建立《疑难危重病历及死亡病历讨论制度》，制订和规范了《抗生素使用制度》《合理用药制度》及《病历书写标准》等制度标准100余项。

打铁先得自身硬，谢君首先拿医疗组组长"开刀"。

袁晓剑在这支临时组建的援藏队伍中担任医疗组组长，而医疗组是组建的5个工作组中的"重角儿"。因未能按时收齐、整理科室资料，谢君首先向他"发难"："晓剑，为何不能按时交齐资料？"谢君指着文件盒里一叠薄薄的资料说，口气强硬。

"谢队，一切都是按你的要求办的，应该没有问题吧？"袁晓剑申辩道。

"不对，我核过了，资料缺失很多，而且不详尽！"谢君声音开始提高。

"就只有这些了，差不多得了！"袁晓剑有些不耐烦。

"差一页纸也不行！你知不知道文本资料是基础，是克敌制胜的第一法宝，基础资料齐了，才能为以后的工作腾出时间！"谢君激动地站起了身。

"那你自己去找吧！"袁晓剑的声音也提高了八度。

两人争得面红耳赤，平常关系融洽的朋友顿时翻脸，要不是一旁的同事相劝，还真不知事情将会如何发展。

了解谢君的人都知道她对人温和如水，对事则铁面无私，大家对她的公开评价是：优点，工作认真；缺点，工作太认真！

常言道，水有源，树有根。谢君的认真与其人生经历不无关系。谢君1970年出生在合川农村，兄弟姐妹五个，她排行老二。父亲在矿上当工人,母亲在家务农。由于仅靠父亲一人微薄的工资支撑家里开销,一家人在寒窑陋屋,粗茶淡饭中艰苦度日,直到上小学,谢君都还在为能吃上一顿香喷喷的豆浆稀饭而高兴好几天。艰辛的生活让她很早就知道了只有努力奋斗才能成为人生的赢家。她发奋读书,希望用知识改变自己的命运。初中毕业后,为减轻家里的负担,她报考了华西医科大学附属卫生学校,并以优异的成绩被该校录取,毕业后分配到重庆市第九人民医院当上了一名护士,不久,便升为妇产科护士长。

谢君没有就此止步,工作期间她又参加了华西医科大学护理专业大专、山西长治医学院护理本科自学考试。2011年12月,她取得了护理本科文凭。凭着认真和努力,此间谢君不仅加入了中国共产党,还拿到了护理专业副高职称,被任命为重庆市护理学会消毒供应专委会副主任委员、重庆市第九人民医院消毒供应中心主任。

四、初评,与时间赛跑

送走了料峭的春天,蓝天白云映衬下宁静的湖畔,格桑花开得美艳动人。初夏的西藏进入最迷人的季节。

此时,芒康县人民医院创"二甲"工作也正在紧锣密鼓地进行着。面临昌都市卫健委6月份的创"二甲"初评,谢君和她的团队一刻也不敢掉以轻心,他们开启了"5+1""白加黑"工作模式,每天晚上加班到9点钟以后。按谢君的话说,是"撸起袖子创'二甲'!""快马加鞭与时间赛跑!"

离昌都市卫健委创"二甲"初评还有不到两个月的时间,时间紧迫。此时,她正休假的侄儿来藏准备参加茶马古道旅游文化艺术节活动,正愁人手不够的谢君,不由分说地把侄儿留了下来。这个侄儿是谢君丈夫弟弟的儿子,很小父亲就去世了,母亲另外嫁了人,一直由谢君照料抚养,视为己出,很听谢君的话。听说婶子忙不过来,他二话没说,帮着整理资料,制作教学PPT,在医院当了10多天的"义工",旅游计划彻底泡汤。离开时,谢君拍着侄儿的肩膀愧疚地说:"蛋儿,你真帮了我的大忙,西藏旅游的事,等我们创起"二甲"后婶儿帮你补起!"

随后,谢君又投入紧张的工作。她开始继续整理、解读、分解创"二甲"各项指标任务,制订管理1组、管理2组、医疗组、护理组、院感组、药事组6个工作组的目标责任书。不到半月的时间,她就拟定出创"二甲"必达条款300余条,并将条款细分到组,责任到人。

创"二甲"不光有文案上的准备条件,受检医院的硬件条件也十分"苛刻"。谢君除了组织指导各专业组工作外,还得兼顾硬件设施建设和医院临床医疗水平的提升。所以,她白天要检查各科医疗设施建设完备情况、带领职能部门主任逐一到科室查房,开展医护专业知识培训和实操演练等教学工作,晚上还得伏在办公桌上准备创建文案。

经过一个多月的连轴转,她带领大家规范了外科业务查房和外科医护无菌操作;在医院骨科基础几乎为零的情况下,为医院创建了骨科,建立完善了检验科和麻醉科;完成了妇产科、传染科、手术室、产房、急诊科、检验科实验室、ICU及消毒供应中心等区域的重新布局和流程改造;加强了危急值、围手术期、高警示药品、不良事件、医疗风险防范、疑难危重及死亡病例讨论;实行手术等高风险技术操作授权管理;加强平均住院日、住院时间超过30天的患者管理;建立急诊"绿色通道";统一了护理部、备用药、急救车的管理,完成了在岗护士包括心肺复苏、静脉输液等16项护理操作培训……医院软硬件建设初具规模,各科工作渐渐步入正轨。

2018年6月15日,芒康县人民医院顺利通过了昌都市卫健委创"二甲"初评。消息传来,医院上下欢欣鼓舞,谢君脸上露出了发自内心的微笑。小护士们叽叽喳喳地围着谢君:"谁说我们谢队不会笑?

看！她笑起来真的很漂亮！"

这天,谢君在办公室迎来了一个繁星满天的夜晚。她从办公室的窗户望出去,远山如黛,院区内整洁而宁静,标识各个病区的霓虹灯闪闪烁烁。她抑制不住内心的激动,在朋友圈里发了一组医院院区的照片,并附上一段文字:"当个人的援藏经历与国家的战略和百姓生活紧密联系在一起的时候,他是幸福的!"

五、暖心,视病人为亲人

高原6月的风,吹面还寒。刚刚通过初评的芒康县人民医院,一片宁静。

2018年6月的一个上午,急诊室推进来一位8岁的藏族小女孩布姆琼琼:平车上的她嘴唇发白,满脸是汗,剧烈的疼痛使她紧紧地蜷缩着小小的身体。经急诊科诊断,女孩患上了严重的化脓性阑尾炎,致全腹腹膜炎,必须马上手术,否则生命不保。然而女孩的爷爷望着病床上痛苦的孙女,再望望身边的医生,面露难色。此时,谢君正查房到此,看到眼前的一幕,立即下令:救人要紧,钱的事以后再说!

当天,女孩接受了阑尾切除手术。由于送医时间延误,女孩术前阑尾已出现严重粘连,所以她术后还得留院继续观察治疗。但是,女孩家里很穷,光手术费和治疗费就已欠下10000多元。

这天,谢君又带着医护人员来查房,见术后不久的布姆琼琼嘴里嚼着黑硬的糌粑,每咽一口,都把小脸憋得通红。"这怎么行,糌粑太没营养,不适合肠道手术后病人的恢复!"谢君一急,声音不由得提高了。

回到办公室,她立即召集队员们:"捐款,帮孩子渡过难关!"在她的带头和倡议下,很快筹集到了7000多元善款。当谢君把钱递到布姆琼琼爷爷手里时,孩子拉着谢君的手很久不愿放开,一双大眼睛里泪花闪闪,稚嫩的声音重复着:"卡主提(谢谢)!卡主提!"谢君摸摸孩子渐渐圆润的小脸蛋,柔声说道:"你像我的女儿。"

青稞已成熟,藏东高原的草场上一片葱绿。一个风和日丽的周末,谢君和她的援藏队员们按照医院的安排开展下乡义诊。一行人分坐三辆旅行车和一辆救护车向城外开去。此行目的地是离县城100多公里外的曲孜卡乡和纳西民族乡达许村。贴心的送医下乡,感动了当地的百姓,还在离村好几公里的地方,几个藏民小伙便骑着摩托车带着标牌前来迎接。车到现场,村民们蜂拥而上,热烈欢迎送医下乡的医生,场面十分感人。

村民平时看病十分困难,由于种种原因一年到头都难得请大夫看病。

一位30岁左右的藏民孕妇来到谢君面前,看她一脸的憔悴,谢君轻声问道:"你哪儿不好啊?"孕妇答道:"医生,我先后怀了4个娃,全都死在肚子里了,你看这是什么病啊?""你看过医生吗?""没有。"谢君心头一酸,耐心地解释说:"是你怀孕期间操劳过度,又没有定期去医院进行产前检查导致的,记住临产时千万不能去干重活。"说完,谢君将孕妇领到卫生院检查室,孕妇一脱下衣裤,一股难闻的气味直冲鼻腔,她镇定了一下情绪,在心里判断,如果是长期不洗澡的缘故,这还好办,但若是胎死腹中引起感染,那麻烦就大了。她一边轻声安慰孕妇,一边熟练地听胎心,进行盆骨测量,检查胎儿体位。孕妇很少看病,对于产前检查更是心存芥蒂,极不配合,小小的检查竟用了近半个小时。确信孕妇无大碍后,谢君松了口气,笑眯眯地嘱咐孕妇:"到时候一定到医院来找我,这回你能当上妈妈了!"

临走时,孕妇走到谢君面前,用藏民的最高礼仪,从身上抽出一条哈达挽在谢君的脖子上,双手合十,深深地鞠了一躬。

六、冲刺，决战"二甲"终评

时间来到 2018 年 9 月，西藏自治区卫健委创"二甲"终评即将拉开帷幕。芒康县人民医院的创建升级工作也进入了攻坚阶段。

检查标准 365 条，差一条都不行，资料审核缺一份都不行，现场检查有一点儿问题都不行，加班、加班、还是加班！

面对医院医疗技术水平低的问题，她开展现场医护指导和学术讲座；为提高现场抢救能力，她指导参与包括大型车祸伤、医疗废物暴露等应急演练。

离终审还有一周左右的时间，但谢君发现还有部分资料没核查，怎么办？在白天高强度的临床工作后，这天晚上，谢君照例坐在办公桌旁，打开电脑，检查近一周各责任组刚完成的 35 个参评条款。整个办公楼静得出奇，只有电脑的键盘发出单调急促的"哒哒"声。

高原初秋的深夜，寒气逼人。全身心投入工作的谢君完全忘记了时间，核查完最后一盒文本资料，已是第二天早上 5 点半。对面模糊的山峦上已露出一线鱼肚白，把熹微的晨光洒在院区的小路上。

8 点整，谢君又准时出现在工作岗位上。"你不要命了！高原上熬夜知道有多危险吗？"谢君的好友，援藏队护理组组长王晓容走过来，一阵劈头盖脸地训斥，接着她压低声音说："知道不？我们医院的吴天伟（化名），去川西旅游，高反，去世了！""啊！真的？"谢君愣在那里，半天没回过神来。过了一会儿，她神情黯然却目光坚定地安慰王晓容："没事，我还好。""真是个拼命三郎，我服了你了……"王晓容话还没说完，谢君已径直朝病房走去。

万事俱备，却又冒出一道难题，格桑多布杰院长打来电话，说审核中还有一条硬性规定，"二甲"医院必须聘有一位专业的法律顾问，他在整个芒康县都没找到一个有资质的专业律师。谢君略加思索后对他说:"院长,我来想办法。"谢君的办法想出来了,她想到了在西南大学财务处工作的丈夫,请他在学校帮忙聘请一位律师。西南大学人才济济,请位律师还不是件容易的事吗?

不久,律师请到,业务精良,认真负责,且分文不取。

七、情缘,三支舞曲和一碗豆花

时间回到 27 年前。重庆北碚,嘉陵江水清澈碧绿。

入夜的小城,灯火闪烁。临江的舞厅,谢君坐在沙发上,欣赏着一曲曲动人心弦的舞曲。时年谢君 23 岁,正值青春萌动的时期,工作之余她也时常与同龄的男女一样来这里放松放松,跳舞散心。

"小姐,请你跳支舞好吗?"一位略显腼腆的男青年走到谢君面前,右手抚胸,彬彬有礼,谢君不好拒绝。

一曲毕,第二曲起,又是那位青年走到谢君面前邀请与她共舞。"你是?"谢君问。"我是西南农业大学的在校本科生,请问你是?"谢君随意答道:"我是第九人民医院的护士。"这男青年硬是拉着谢君跳完了三支曲子才离去。

谢君很快就把跳舞的事儿忘得一干二净了。一天下班,谢君走出医院大门,朝着僻静的医院集体宿舍走去,她隐约感到身后有人尾随,于是猛地转身,发现一个男青年紧跟不舍。"你想干啥?""你忘了吗?我就是一连和你跳了三曲的西农学生啊!我叫李益生,我喜欢你。我在九院门口等了三天,今天终于等到了你。"谢君感动了,没想到萍水相逢的男青年会如此痴情。她大胆地把他请到了街边的小店,花了 3 元钱请他吃了一碗豆花饭。之后两人感情日渐升温,已到了谈婚论嫁的阶段。谁知就在李益生毕业之时,他选择了回湖南长沙创业。

时间一天天过去，生活依旧，谢君波澜不惊。突然有一天，谢君科室的电话响了，是李益生打来的："我回来了，我在火车站，快来接我啊！"谢君先是一惊，然后从容地问了一句："你回来干啥？""回来和你结婚啊！"

谢君和李益生结婚了，结婚那天谢君问李益生："你到底爱我什么？"李益生一笑说："我爱你朴实、勤俭，我们第一次吃饭，你只花了3元钱就把客请了，这样会过日子的女人，我能不爱吗？"

……

20多年过去了，儿子已长大成人，他们各自的事业也发展顺利。在芒康县人民医院迎接"二甲"终审的日子，李益生和儿子来芒康看谢君，硬是被她缠着帮忙一字一句检查医院备检的财务资料合不合格，弄得他们一连几天哪里也没去，尽陪着谢君往一堆资料里钻了。

八、泪目，自古忠孝难两全

2018年9月24日，芒康县人民医院迎来了西藏自治区创建二级甲等医院专家组终审评定。

这天，在会议室里坐满了来自自治区的专家级"评审官"们，装了300多项方案、标准、措施的100多个资料盒，在长六七米的会议桌上足足摆放了三圈。

这些专家很懂行，也很"较真儿"，一盒一盒地打开来看，一册一册地翻，一条一条地查。经过两天的资料及各病区现场检查，芒康县人民医院近一年的创建工作终于得到了专家的肯定，当然也把遗留的问题和整改的意见留给了谢君和她的同事们。整改，在芒康县人民医院全院上下再一次拉开了战场！

中秋节刚过没几天，天空中飘起小雨，淅淅沥沥。一天下午，谢君突然接到母亲的电话："父亲查出胃癌,晚期,已没有手术机会,现在正在九院住院。"电话那头母亲的声音断断续续,抽泣不止。谢君顿时感到天旋地转,尽管作为医务人员天天与各种病症打交道,但这突如其来的消息还是让她无论如何也接受不了,胸口一阵剧烈的疼痛差点儿让她摔倒。"怎么会?父亲身体一向不错,他还不到72岁啊!"这一夜,她彻底失眠了,由于极度悲伤,强烈的"高反"向她袭来,胸闷气短,头痛欲裂,她对自己说:"我要回去,我要回去。"

第二天,红肿着双眼的谢君来到院长办公室。"院长,我要回重庆,我父亲他……""我已知道了,谢君,尽管我很想你留下来,但是……回去吧,'二甲'可以再创,父亲如果走了就再也回不来了。"院长当即批了假。

谢君匆忙地往寝室赶,当路过门诊大厅时,她看到络绎前来就诊的藏民眼里满是焦灼,想到终审后各项整改措施还在落实中,创"二甲"最终结果不明,是否授牌及授牌时间等都是个未知数……就这么走了?后来的人能否接得上手?重新熟悉工作还有没有时间?创"二甲"是全院百来号人近一年的心血,不能因为自己……不行,她得留下来,无论如何要坚持到出结果的那天。

又是一个难挨的夜晚,好友王晓容来到寝室,谢君再也控制不住悲伤的情绪,抱着好友哭了。晓容知道她的脾气,决定了的事,八匹马也拉不回来,只好陪着她默默流泪。

就这样,谢君强忍着悲伤,又经历了两个多月的苦战。期间,她利用去南京接该市赠送的救护车的机会,取道重庆赶往医院看望重病的父亲。她买来父亲平时爱吃的食物,而此时的父亲已咽不下任何东西,但为了让女儿放心,他强迫自己一点一点地往下咽:"君儿啊,我一定要多吃,活着,等你回来。我怕,我怕等不到你了。"看着骨瘦如柴的父亲,谢君体会到了什么叫作心如刀割。但她不能不回去,芒康县人民医院还有好多事等着她,藏区还有好多病人需要她。"爸,等着我,等我忙完这阵就带您去看港珠澳大桥!"谢君哭着冲出了病房……

金秋的重庆，天高云淡，嘉陵江两岸层林尽染。此时，谢君一个人坐在江边，掩面哭泣，不能自已。谁没有父母，谁又不为人父母？谢君从小懂事听话，深得父亲宠爱，那时候，邻居们经常看见小谢君骑在父亲肩上一圈又一圈地"走街街"。长大后她学习努力，成绩好，更是父亲的骄傲。如今，正是父亲最需要她的时候，她却……她只能祈祷："上苍啊，原谅我的不孝，保佑我的父亲多活些时日，少一些病痛。"

2018年12月11日是西藏自治区卫健委对芒康县医院创"二甲"评审最终结果公布的时间。坐在办公室里的谢君显得有些许不安。突然手机短信铃响了，一条信息跳了出来："芒康县人民医院已被正式确定为二级甲等综合医院，证书和奖牌已通过快递即日送达。"天啊，这是真的吗？谢君不相信自己的眼睛，她请旁边的同事看了又看。"是真的，我们通过了！"芒康县人民医院成为西藏自治区实行新的等级医院评审标准后唯一的一次性通过"二甲"评审的县级医院。沉浸在惊喜和兴奋中的谢君还没有完全平静下来，一阵急促的脚步声传过来，办公室的陈婷婷捧着一块亮闪闪的奖牌递到谢君手中，谢君猛地站起身，紧紧抱住奖牌，一时间，泪如雨下。

九、帮扶，从"输血"到"造血"

当初，谢君和她的队友们怀揣着"援藏三问（即：援藏为什么？进藏干什么？离藏留什么？）"离开家乡，远赴世界屋脊——藏东高原实施国家健康精准扶贫战略，创建国家二级甲等综合医院，最终实现质量、安全、服务、管理、绩效工作在芒康医院的本土化。谢君说："'输血'式帮扶，是把内地先进的医疗技术水平注入贫困地区，但这只是治标。帮助对方实现自主式发展，全面提高自身的'造血'机能才能治本，这才是我们这次援藏的目的和根本任务。"

为此，他们通过临床"传帮带"，在芒康县人民医院外科只能做清创、缝合和一般普通外科小手术的基础上，身体力行地带出了一支能完成较复杂的骨科、外科手术的医护队伍，为芒康县人民医院实现"造血"式发展打下了坚实的基础。

一年半的时间里，医疗援藏队队员哈斌、朱建华以带教的方式成功地为锁骨远端粉碎性骨折患者实施了臂丛、颈浅丛神经阻滞麻醉下的骨科手术；带领医护人员首次开展了静脉穿刺置管麻醉术，不仅在芒康县人民医院首开此类麻醉技术和骨科手术的先河，而且也走在了整个昌都地区的前列。

2018年5月2日，在朱建华的带领下，该院成功地为右手中指、无名指严重碾压受伤的4岁儿童成功实施了手指残端修复手术和指骨骨折复位手术，开启了该院婴幼儿外伤手术的先例，同时填补了该院手指骨折手术的空白；成功地为胫骨、腓骨粉碎性骨折患者实施钢板植入固定微创手术，该手术是目前国内四肢骨折最为先进的治疗技术，标志着芒康县人民医院已经具备了救治四肢骨折患者的能力。

芒康县人民医院要实现"造血"式发展，人是关键。谢君发现医院专业人员严重缺乏，她与县人事局和院领导一行远赴重庆现场招聘，为芒康县人民医院引进了8名专业技术人员，并采取院内培训与送出去培训相结合的方式，有效缓解了人才短缺的问题。她还以实操带教，开展人员培训，一年多来，她对院内医护人员进行现场操作指导、示范教学和学术讲座共60余次，医护人员医疗设备操作技能和诊疗护理水平有了大幅度提升。

如今，芒康县人民医院CT、X光、B超检查全面启动，满足了病人全身肿块、肿瘤的排查，肝胆脾肺等重要脏器病变筛查，以及孕妇产前体检等需求。藏民再不需要到几百公里外，甚至几千公里外的医院求医问药。一年多来，全院病床床位数增长了102%，医院医疗业务量增长94%，门诊看病人数增长50%，治愈率增长29%，转诊率下降7%。

望着窗明几净的住院大楼,医疗物品各归其位的宽敞整洁的门诊部通道,院区内修葺一新的花台、草坪,谢君和她的队友们感慨万千。他们要说的感谢话太多太多:感谢雪域高原给了他们这次淬炼的机会,感谢芒康县人民医院给了他们生命的别样精彩,感谢朴实的藏民让他们懂得了人间的大爱!

十、辞别,一次援藏一生无悔

又是一个夏天,天蓝得让人心醉,白云低垂,仿佛伸手可及。

芒康县人民医院门诊大楼门前聚集了一大群人,重庆市第九人民医院援藏医疗队返渝的大巴车整装待发。

这天是医疗援藏队队员们胜利完成任务,班师回渝的日子。芒康县分管副县长、县卫健委主任,芒康县人民医院院长、副院长以及各科室医务人员几十号人前来送行。

援藏队队员们每个人的脖子上都挂了足有二三十条人们送上的哈达,他们无不感动地说:"真比一条貂皮毛领还厚实!"谢君结对帮带的徒弟白姆,特意为老师进献了哈达,愿它保佑老师一生幸福,吉祥如意,"扎西德勒"!

此时天空下起了霏霏细雨,平添了惜别之情。谢君抬头望了望远处熟悉的山峦,近旁熟悉的楼舍,低头看了看行李箱里她获得的荣誉证书——重庆市第八批援藏工作队临时委员会授予的"优秀援藏干部"、昌都市委市政府授予的"优秀援藏干部"、芒康县委县政府授予的"2018年度先进个人"……

时光飞逝,光荣成昨。怀揣着这些沉甸甸的荣誉,谢君倍感使命在肩,任重道远!

"再见了,芒康,我的第二故乡!"谢君在心里一遍遍地深情呼唤。

是啊,500多个日日夜夜,高原知道,谢君和她的队友们克服了怎样的身体不适,甚至拿命去换取芒康县人民医院的"新生";雪山知道,他们牺牲了多少个人的幸福和快乐,为了藏区人民的幸福和快乐。然而他们又是幸福和快乐的,正如谢君在她的援藏日志中写的——"一次援藏,一生无悔!"

作者简介:梁奕,重庆散文学会副秘书长,高级记者

天使情怀：我想高原盛开健康的格桑花
——记重庆援藏最美白衣天使付显芬

◎龚　会

类乌齐，藏语意为"大山"。位于念青唐古拉山余脉伯舒拉岭西北，他念他翁山东南。这里平均海拔4500米，和人们想象并向往的雪域高原景致吻合：茂密的原始森林，广阔的草原，清澈的高原湖泊，纵横交错的河川，传奇的"神山"。

这儿是旅游者的天堂！每年七八月，不少游客流连于川藏线上，饱览高原风景，感受藏族风情。昌都类乌齐，被称作"藏东明珠""西藏小瑞士"，更是游客向往之地。

可是，类乌齐，这方高原上未被污染之地，除了壮丽奇特的美景，还有不可忽视的现实：经济落后、交通闭塞、物资匮乏，常年低温缺氧。县城所在地海拔3840米，年平均气温2.6℃左右，氧含量只有平原地区的70%。距拉萨947公里，距昌都105公里，距青海省囊谦县230公里！高寒、偏远、地广人稀、贫穷落后……类乌齐这几个字，在没有时间出门旅行的付显芬听来，是那么遥远、陌生和奇怪。

而且，她也没有想过，这个地方，会在她生命历程里留下深深的烙印，她会和高原上的同行在这儿并肩奋斗两年！

付显芬儿时的梦想，就是身穿白大褂，头戴护士帽，成为解除疾苦减轻疼痛的天使。1991年卫校毕业后，她实现了梦想，在长寿区人民医院护理岗位上默默耕耘，尽一个天使的职责。直到2016年，她成长为长寿区人民医院护理部副主任,接到任务:对口支援类乌齐!远赴西藏自治区昌都市类乌齐县人民医院,开展"组团式"援藏工作。

重庆长寿,生养付显芬的家乡,"其地常熟""人多寿考",人称乐温之地。这儿有她挚爱的亲人朋友,有多年关心她的领导同事。可是她想到祖国最需要的地方去,用自己平生所学,用积攒多年的医护经验和全新的管理理念,帮扶遥远的高原藏区,去实现人生价值。就这样,2016年8月,她怀揣着责任与梦想,响应援藏号召,奔赴千里之外的昌都市类乌齐县人民医院。

从此,付显芬的人生与雪域高原相辉相印,她以天使情怀,谱出汉藏情深的动人篇章。

一

"响应援藏号召,让我有幸为当地医院发展建设出力,但环境差异是对我个人的一个挑战。"付显芬说,她刚到类乌齐时,严重的高原反应让她头痛欲裂。她整天都感觉头部被木棒"嘣嘣"敲击似的,痛得无法入睡。每天靠吃安定强迫自己睡觉,失眠、头痛、气短、发绀。

遭罪啊!怎么办?

千里迢迢来到这里,不是来叫苦的,是来援助藏族同胞的啊。类乌齐缺医少药、发展滞后的现状,使她感到自己肩上责任的分量,也让她更加坚定地留下来。强忍身体不适,她迅速到岗,投入到医院的管理工作中。高原反应、饮食习惯、生活习俗,对她来说都是艰难挑战。短短的几个月,她体重骤减20多斤。她说:"平时朋友们说我是'铁娘子',难道现在就让这点困难把我打倒吗?"这个戴着眼镜其貌不扬的重庆妹子,眼里是坚毅、果敢。针对类乌齐县人民医院现有的硬件条件和未来发展目标,她带领医院各科室团队,深入全院摸查详情。她不只听报告、查资料、了解现有医护人员梯队,还深入基层,与当地医护人员交谈,与患者交流,并做详细记录。她忍着身体的不适,组织学习创建"二甲"医院的评审标准和评价细则,梳理核心条款,搭建组织管理框架……类乌齐县人民医院的洛松益西院长说:"小付啊,你这是在为我们拼命啊。你得休息,你还没有适应高原气候,不能劳累,千万别强撑。我们这儿条件差,太对不起你了。"付显芬爽朗地笑了:"放心吧院长,我是来工作的,又不是来旅游做客的。等我们一起把医院建设好了,藏民们看病就医方便,一切就好了。"

付显芬遇到的难题,不仅是身体因"高反"带来的疼痛,生活习俗的差异,还有业务上的困难。她和类乌齐县人民医院的医护人员们互不了解,语言交流也有一定困难。

重症监护专业出身的付显芬,深知医疗卫生环境的重要性,面对还有污渍、尘垢的手术室,她拿着钢丝球半跪在地,沾着清洁剂使劲擦。每一个角落都仔仔细细擦拭,再清洗、消毒。撤掉有污渍的窗帘,换上素洁的布帘,擦拭桌椅、窗户,直到窗明几净。她累得满头大汗,气喘不止。稍事休息,按着疼痛的头,又去整理无序堆放的医院库房。她边做边教护士们分类、存放,指导他们如何科学安全管理好药品、器械。从一点一滴做起,从细枝末叶做起,从理论讲解到实际操作。付显芬亲力亲为,从没有把自己当成领导。

付显芬不仅有扎实的医护理论、管理理论,还有多年的护理和管理实践。为了创建"二甲"医院,设备、制度、科室……在她的努力下,都从无到有。付显芬瘦了、黑了,可是类乌齐县人民医院变了,从人到物都焕然一新。藏胞善良热情豪放,她亲和勤勉扎实,他们很快消除隔膜,成为朋友。医院的所有职工,在付显芬的科学健康理念的潜移默化中,工作态度、思想意识都悄然变化。

人们都说,不到西藏,根本不知道祖国有多大。类乌齐东西宽120公里,南北长110公里,地域宽广,地势复杂。高山、峡谷、河川、草原,分布着百来个行政村,地广人稀。付显芬强烈的职业责任感和天使的博爱情怀,让她时刻心系类乌齐县藏民的健康。为了协助类乌齐县人民医院开展包虫病筛查工作,无论行政村有多远,她都要和当地医护人员一起深入基层,下乡宣传健康知识、筛查、义诊。坐汽车,坐马车牛车,甚至骑马,在深沟大壑、大山草原,给藏民看病、送药。藏民们很喜欢这位来自重庆的能干妹子,对她不停说"扎西德勒""扎西德勒"。不仅是分散的行政村村民,还有寺院的僧人,付显芬也牵挂他们的健康,给他们看病送药。藏区传说中,卓玛是一个美丽的拯救苦难众生的女神,僧人、藏民们把她当做他们心中的"卓玛"。付显芬感动得热泪盈眶,感激质朴的藏民们给了她这么高的荣誉。

二

2017年8月的一天,已是晚上9点过。付显芬拖着疲惫的身子,回到宿舍准备休息。突然接到洛松益西院长电话:"小付,快回医院,囊谦那边求助,有危急病人……"

付显芬以最快的速度赶回医院,准备急救品,救护车载着她与洛松益西院长、科室主任和急诊科医生,飞驰在高原夜色中。车上,洛松益西院长细说详情:"囊谦那边有个女大学生,高原反应引起肺水肿,情况危急。孩子来自中山大学,学校派她到囊谦搞调研,目前只有我们医院距离囊谦最近。"付显芬问囊谦有多远,洛松益西院长摇摇头,没说话。救护车在黑夜里翻山越岭飞奔,付显芬被颠簸得翻肠倒肚,头痛心慌,她觉得"高反"又袭击她了。凌晨两点多,抵达目的地。她定了定神,心疼地看到孩子已奄奄一息。她立马给孩子面罩吸氧,打上点滴,紧急施救。情况不容乐观,救人要紧,时间就是生命!他们决定连夜把病人拉回类乌齐。

这一趟回程,让付显芬终身难忘。一面检查氧气面罩和输液针管,一面承受翻越高海拔地带的身体折磨。翻越海拔近五千米的然代拉垭口和谢尕拉垭口时,付显芬头痛欲裂,呕吐不止。途中遭遇风雪暴雨,车辆轮胎套着防滑链都打滑,险象环生。她一手紧紧压着头部,一手紧紧地护住女孩,心里只有一个念头:"坚持,坚持,保护好病人,一定要守护住这个年轻的生命!"清晨7点多回到类乌齐,相关科室医生都接到通知准备会诊检查、施救。付显芬不敢合眼,一直守护在孩子身边,观察孩子身体状况。下午3点多,孩子病情稍稍稳定。根据孩子的身体各项指标,付显芬提出"必须让孩子返回广东继续治疗"的建议。他们立即与昌都市委联系,由付显芬带一个医疗小组护送到昌都,再由昌都市里派人把孩子送回广东。付显芬看着远去的飞机,才长长舒了一口气,连续十多小时的奔波、颠簸、缺氧、劳累、焦急担忧,让她瘫软在地,但她欣慰。

三

作为援藏专家,付显芬深知责任巨大。她常常思考:"授人以鱼,不如授人以渔。"

建一支带不走的医疗队伍,一支属于类乌齐县人民医院自己的队伍才是长久之计。付显芬发挥"传、帮、带、教"作用,在全院范围内频繁开展业务知识、操作技能的培训。为了让大伙儿学到更多,她坚持在下班时间开展课堂授课、手把手教学,将自身所学毫无保留地教给医院的同事们。一堂课听不懂,她就反复讲,直到大家都懂。通过"师带徒"的形式,付显芬培养了护理部主任、院感科科长、手术室护士长、急诊科护士长等多位医院亟需的骨干人才。同时,她和自己原单位——长寿区人民医院联系,带着类乌齐县人民医院的骨干医护前来学习实践。要"输血"更要"造血",才能真正让藏区的医疗事业健康稳步发展。付显芬说:"援藏时间宝贵而有限,比起'输血式'的援藏,让他们自己'造血'更加重要。我一直在为他们自身'造血'而努力,只有他们成长了,医疗援藏的目标才能实现。"

医者仁心,大爱无疆。2018年8月,她的援藏时间"到点"了。在她临行前夜,类乌齐县里的领导、医院的领导和同事都特意来为她送别。他们以藏族最高的礼遇,为她敬酒唱歌、跳锅庄舞到半夜。献上洁白的哈达,一声声真诚的"扎西德勒",一句句感谢与祝福,让付显芬感动得泪水纵横,几度哽咽。得到过她医治的藏民自行赶来送行,双手合十祝福他们心中的"卓玛",赞美为他们带来健康的美丽"格桑花"。可是她说:"我只想美丽的高原永远盛开健康的格桑花!"

回顾援藏这段日子,付显芬感慨良多:"援藏的经历让我有幸为当地医院发展建设出力,与淳朴热情的藏族同胞结下的深厚情谊,是我这一生宝贵的财富。"这位2008年抗震救灾的勇士,2016年健康援藏的雄鹰,2020年逆行抗疫的英雄,在29年的医护生涯中,谱写了自己的壮美诗篇。她获得了"抗震救灾先进个人""类乌齐县人民医院年度先进个人""最美护士"等殊荣。2020年,付显芬又荣获"重庆五一劳动奖章"。在荣誉面前,付显芬说:"我不想要什么奖项,我希望大家都健健康康。"问她有什么遗憾,她说:"我遗憾的是错过了儿子成长的关键时期:2016年孩子中考,我在援藏;2020年冲刺高考,我在援鄂。"

最美的天使,你的遗憾,人们记得,你的付出,人们记得。你看,雪域高原上,藏胞唱着赞歌,类乌齐的格桑花开得正艳。

作者简介:龚会,重庆市作家协会会员

用爱心书写人生答卷
——记骨科专家柏明晓博士

◎笑崇钟

爱心像鲜花,散发芬芳的清香;爱心似彩虹,架起真情的桥梁;爱心若小河,流淌梦幻的海洋;爱心像太阳,带来无限的温暖。拥有爱心,才能变得高尚,走向人生辉煌,正如但丁所说:"爱是美德的种子。"

骨科专家柏明晓博士积极投身东西部扶贫协作,用青春和智慧点燃了无数贫困家庭的希望,扶他们站起来走上脱贫致富路。他用爱心书写了精彩的人生答卷,生动诠释了人生价值的真谛。

一

扶贫协作,首先要聚焦短板,帮在关键处,扶到点子上。

健康扶贫无疑是打赢脱贫攻坚战、实现农村贫困人口脱贫的重大举措,是精准扶贫、精准脱贫方略的重要实践,是推进健康中国建设、全面建成小康社会的必然要求。

为了破解"因病致贫、因病返贫"难题,提高当地人民群众的健康水平和幸福指数,山东省委、省政府认真贯彻落实习近平总书记关于做好新形势下东西部扶贫协作工作的指示精神,全面加大新一轮扶贫协作重庆市的工作力度,同时要求全省各级各部门加大对口扶贫协作力度。2017年至2020年,山东省日照市财政对口援助黔江区资金10599.4万元,其中髋膝关节置换专项资金845万元。

根据日照市和黔江区"1+1+8"对口扶贫协作工作机制要求,两地卫健部门将日照市中医院与黔江区中医院结成对子。骨科是日照市中医院的优势学科,髋膝关节置换手术每年实施300例以上,具备雄厚的技术支撑。日照市中医院按照三级中医院建设要求,在重点临床专科及技术等方面对黔江区中医院进行帮扶合作,同时加强两地学科建设、技术指导以及医院管理等方面的交流与合作,全面提升黔江区中医院的医疗水平。

自2018年3月28日起,日照市中医院骨科主治医师柏明晓与45名支医人员陆续奔赴黔江区各医疗卫生单位,踏上了健康扶贫的征途。

有梦想,就有追求;有信仰,就有力量。1981年出生的柏明晓从小就纯朴善良、爱心满满,梦想当一名出色的医生。高中毕业时,他毫不犹豫地报考了山东中医药大学,2005年7月参加工作后,刻苦钻研医术,抓住一切机会提高本领。2013年,他到北京大学第一医院进修;2015年,到丹麦奥胡斯大学医院关节外科做访问学者6个月,之后又去香港大学玛丽医院学习,并多次参加国家级关节外科学习班深造,见到了世界上很多"高精尖"的医疗技术。15年的骨科临床及科研工作,使他具备了娴熟的手术技巧和丰富的外科经验。丰富的经历,不仅使他增长了见识、开阔了视野,也增强了他的责任感和使命感。

凡是优秀医生,都有一颗炽热的爱心。柏明晓揣着一颗滚烫的爱心来到黔江后,经常下乡参加一些义诊活动,黔江所有的街道乡镇都去过,土家苗寨留下了他坚实的脚印。

黔江区尽管已经整体脱贫摘帽,但仍然有一个市级深度贫困镇、

29个深度贫困村、1434户5233名建档立卡贫困人口,巩固提升脱贫成果的任务依然艰巨。剩下的这些贫困户多是因病致贫,其中病残户占80%以上,而患有髋膝骨关节病的又占病残户的10%以上。患有髋膝骨关节病的人,多数需要家人照料,严重者有的下不了床,有的靠轮椅代步,不仅生活难以自理,而且拖垮了家庭,成为农村贫困家庭脱贫路上的"拦路虎"。扶贫协作要坚持雪中送炭,不搞或少搞锦上添花。为贫困群众免费实施髋膝关节置换术,是对症下药、靶向治疗,助力协作破解坚中之坚、困中之困的重要举措。

鉴于此,日照驻黔江前方干部管理组在充分调研和论证的基础上,决定利用日照援助资金,免费为黔江贫困群众中的50名髋膝关节病患者进行手术治疗,真正让贫困群众看得起病、做得起手术,让他们彻底摆脱病痛折磨,更好地站起来、走起来,有信心、有动力脱贫致富奔小康。

为了稳步推进这个健康扶贫项目,黔江区中医院为之成立了前期筛查工作领导班子,迅速落实了相关工作人员。自2018年6月23日启动筛查至7月上旬,柏明晓和同事们共筛查了6个乡镇的患者243人,确定了第一批手术患者14人。之后,又对其他未筛查的街道乡镇逐一筛查,并分期分批实施手术。

说到筛查的不易,柏明晓觉得语言是个很大的障碍。当地群众方言很重,往往与他们沟通不畅,有时候还需要找人来翻译。最大的困难是路途遥远、路况艰险。黔江大部分乡镇都在大山深处,要寻找贫困人口中的髋膝关节病患者,往往要翻山越岭。筛查途中,柏明晓和同事们多次路遇泥石流和塌方。有一次,塌方路堵,近在咫尺的目的地,转了3个小时才到达。有的地方山路险峻,必经之路是一条狭窄的单行道,不能后退,而且车始终要小心翼翼地贴着里面走,否则就有掉下悬崖的危险。然而,爱心使人有力量与所面临的困难作斗争,为了神圣的使命,他们没有丝毫畏惧。

二

柏明晓十分清楚，做好第一批 14 名贫困户髋膝骨关节置换手术十分重要，必须保证手术成功、圆满。之前，柏明晓虽然已经为 3 名患者成功实施了手术，可这次时间紧、任务重，必须组团集中开展手术。

日照市中医院派专家火速增援黔江中医院的消息发布后，当地的髋膝骨关节病患者纷纷报名。但也不乏有人质疑，对于他们眼里的难治之症，专家们来了是否就能够治愈？他们拭目以待。

2018 年 7 月 21 日，日照市卫健委王世福副主任、中医院席光明副院长一行抵达重庆。同行的还有该院的骨伤四科主任林庆波、麻醉科医师于鹏、主管护师范丽、手术室护士李申志。

专家们不顾劳顿，立即投入手术准备工作。首先为患者进行术前筛查，仔细看片子、充分研究、反复讨论，通过多学科联合会诊后，为每一位患者精心制订了最佳手术治疗方案。

这次医疗扶贫的专家团队由山东省中医院骨科专家颜冰、日照市中医院骨科专家林庆波主任、支医专家柏明晓等 7 人组成。

2018 年 7 月 23 日上午，黔江区中医院举行了"山东·日照医疗专家黔江健康行暨贫困群众髋膝关节免费置换项目"启动仪式，一场没有硝烟的战役正式打响了。

专家们此次的任务不仅仅是给确定的第一批患者做手术，还肩负着山区百姓对髋膝关节置换手术的信任和认可。如果手术不成功，患者将再次掉入万劫不复的绝望深渊，而且严重影响健康扶贫项目推进。

为了让更多的人能够站起来、自如行走、恢复劳动能力，重拾信心，这次行动只能成功，不能失败！

在山东有资质做这种四级手术的医院门槛很高,审核非常严格,风险也很大。"做关节科医师需要精益求精,不允许犯错。没有正规的培训和指导会走弯路,一旦有问题会影响技术的开展,医生的信心和患者的信心都会受到打击,医院和科室也会面临更大的压力。"柏明晓说,"人工髋膝关节置换手术在发达国家已经实施很多年了,技术非常成熟。国内起步比较晚,学习曲线很长,需要积累经验。做医生必须不断学习充电,做到精益求精。"

每一台手术,都是一场战斗。一台手术的成功,是各个环节医疗工作人员集体智慧和努力的结晶,需要整个团队的密切配合。对于重度患者,一台手术往往需要4到5个小时,专家们的技术和身体都面临着严峻的考验,需要高超的技术、坚忍的毅力。专家们以高度的责任感和使命感,聚精会神,顽强奋战4天,圆满完成了14台贫困户患者的手术,对项目的全面推进起到了良好的示范和引领作用。

黔江区中医院党总支书记何建峰感慨万千地说:"专家们毫无保留地为我们传授经验,把术前评估、手术设计、术后康复等整套理念带过来,非常全面细致。还提出了完整的围术期管理方案,不仅帮助我们提高了认识,还丰富了我们的临床经验。"

黔江区中医院党总支副书记、院长杨建明深有感触地说:"专家们将手术后持续一年可能出现的情况都考虑到了,例如手术后每个阶段病人会出现什么状况,关节周围瘢痕挛缩时,病人会很痛苦,如何及时正确地引导他们进行康复锻炼等。这些经验十分难能可贵。"

7月27日上午,前来增援的日照市中医院专家们返程,柏明晓和战友们依依惜别。

三

有人说，生活的理想是为了理想的生活。只知奉献，不问得失，你自然会获得通透的人生。

柏明晓非常敬业，总有干不完的活儿，手术、下乡义诊、走访患者、学术交流……邀约了几次，我终于在一个星期天见到了这个大忙人。他浓眉大眼，长相英俊，黝黑的皮肤显然经过了暴晒，因为他经常下乡义诊、回访手术患者。

对口扶贫协作，需要无数心中有大爱的人长期、持续地无私付出。柏明晓和他的战友们来到黔江后，用大爱之心为黔江百姓的身体健康保驾护航，积极发挥技术帮扶作用，将日照中医院在学科建设、先进技术应用以及科室内部管理等方面的先进经验带到黔江，推动科室跨越式发展。把"输血援助"升华到了"造血帮扶"，在"授人以鱼"的同时，努力做到了"授人以渔"，创造了东西部扶贫协作的"山东特色"和新的"医疗样板"。

爱心是花朵，孕育累累硕果。柏明晓先后主刀施行手术260余例，指导科室完成3/4级手术100余例，到其他临床科室会诊指导100余次，经常到医院康复科、风湿科等科室开展教学查房，并致力于指导科室建设和技术推广。两年来，柏明晓参加下乡义诊活动12次，为医院及基层医务人员、乡村医生开展学术讲座10次。除此之外，他对骨科已出院的大病、特殊病情等病人进村上门回访50余次，指导术后患者功能锻炼，治愈患者达数百人，受到当地患者和广大干部群众高度评价。

柏明晓真诚地对我说，只要看到患者恢复了行走能力、走上脱贫

致富路,心里就感到特别高兴,成就感也油然而生。他兴致勃勃地给我介绍他前期筛查并做过手术的病例:

黎水镇黄泥村建档立卡贫困户杨凤珍,6岁时因为左髋关节病导致关节短缩、畸形明显,左腿比右腿短缩接近10cm,左腿不能外展,腰部也逐渐出现疼痛,35年的病痛折磨,让她身心疲惫。在经过髋关节置换手术和康复治疗后,两腿长度基本一样了,腰痛也消失了,还新买了高跟鞋穿了起来,对生活一下子恢复了信心。

金溪镇桃坪村41岁的建档立卡贫困户温高财因双侧髋部疼痛跛行5年,母亲双目失明,父亲患有老年痴呆。2018年7月25日做了双侧全髋关节置换术,术后4个月恢复正常行走,在家养了10桶蜜蜂、20只鸡,种了4亩玉米,年收入2万多元,走上了脱贫致富路。

52岁的低保户、贫困残疾人贺冬梅,双膝变形疼痛呈"O"形近15年,长期服用激素和止痛药,双膝功能障碍,靠拄拐杖行走。2019年1月2日入院进行双侧膝关节表面置换术后,一年就恢复健康,不仅能够正常行走,从事洗衣服、煮饭、打扫卫生等日常家务活动,还养了20只鸡,种植了5亩油茶,日子越来越好。

中塘乡建档立卡贫困户、67岁的邹淑荣老人,双膝患病多年,生活无法自理,由老伴和儿子在家照顾,仅靠种地维持生活。柏明晓为他主刀进行右膝关节表面置换手术后,恢复良好,完全可以自己照顾自己,老伴和儿子放心外出务工,大大增加了家庭经济收入,走上了脱贫致富路。

……

一个个鲜活的事例,织成一曲动人的健康扶贫之歌。我怎能不肃然起敬,怎能不为之点赞?柏明晓却谦逊地说:"这是医生应尽的职责。"

四

在黔江两年多的日子里,柏明晓觉得各方面收获都很大。见到了很多复杂的病例,积累了不少应对的经验,还帮助了那么多贫困人口恢复正常的生活,甚至走上致富路,他对人生的价值有了更深的理解。如果说以前是用心做事,现在是更深刻地理解了用情行医。

他知道,病人因病致残失去劳动能力甚至自理能力后,很焦虑,甚至还有厌世倾向。党中央提倡"健康中国"理念,帮助患者提高生活质量,首先要帮助他们改变思想观念,保持良好的心态,确立积极的人生态度。免费髋膝关节置换项目在全国不多见,希望能够更好地推广,使更多的人重拾生活的信心,重获行走的权利,重获创造美好生活的能力。

他发现,当地的关节置换手术水平还不高,以前患者在别的医院做了手术,技术上有欠缺,术后得不到正确、持续的康复指导,恢复效果自然不好,患者受了罪、花了钱,却没有痊愈,他感到非常难过。他觉得,帮助贫困户患者恢复健康是当务之急,帮助当地提高医疗水平,建设一支"永远不走的支医工作队"才是治本之策。

柏明晓的父亲和妹妹都是老师。他很少回家,十分想念家人。妻子是医院的儿科医生,工作也很忙,他很心疼,也很感激。

"很感谢媳妇能支持我出来这么久,我对媳妇和儿女都觉得很愧疚,孩子上学很耗费心力,家庭的重担都落在她身上,也特别感谢父母的支持和帮助。回去以后多补偿吧!"柏明晓眼睛里掠过一丝伤感,"我原计划在黔江工作六个月,后来改为一年、两年……这里的病人很多,既要筛查,又要治疗,任务很重。安顿不好,我很不安心,不忍离开。"

"看到患者扶着东西、拄着拐杖或者躺着进来,治疗完后走着出去。我们的职业成就感太强了!还他们行走的能力,在提高他们生活质量的同时,我也感受到人间的真情,内心非常感动。性命相托,救人一命,很多善良的人会感恩一辈子!"当地医院领导和同事对支医人员很关心,当地群众对他们很尊敬,柏明晓心里充满了感恩,很庆幸自己选择了一份崇高的职业。

他在日记中写道:"生如夏花,花似燃火。我期盼一场轰轰烈烈,我等待一番姹紫嫣红。生命的长度也许很难改变,但是厚度却可以人为增加。这段经历,丰富了阅历,坚定了信念,升华了灵魂,增加了生命的厚度……我愿用感恩心做人,用报恩心做事,献出自己的一片爱心,让自己的心灵充满爱,让世界充满爱。"

"凡大医治病,必当安神定志,无欲无求,先发大慈恻隐之心。"唐代医学家孙思邈早有论述。柏明晓认为,"大医精诚,医者仁心",是行医的最高境界,也是他的毕生追求。

"医者父母心。医师不单纯是手术匠,更需要菩萨心肠。时刻都要换位思考,对患者像对待自己的亲人一样。医生行医需要有追求,就像做人一样,心中要有大爱,各行各业都应该有大爱。"他认为,一个真正优秀的医生不单纯是技术要精湛,还需要有人文关怀,内心有了仁爱,就会视患者如亲人。

每一个病人出院以后,依然牵动着柏明晓的心。这个工作不像别的干完了就告一段落,好的医生需要真正体谅病患的疾苦。

到目前为止,柏明晓已为建档立卡贫困户等贫困患者完成免费置换髋膝关节手术200多例,术后随访效果都很好,让他心里感到很踏实。

历史不会忘记奋斗者和奉献者。2018年,柏明晓被黔江区卫健委评为优秀共产党员;2019年,柏明晓被评为黔江区最美扶贫人、重庆市卫健委支医先进个人、2019年度重庆市脱贫攻坚奉献奖,并作为先进代表受到中共中央政治局委员、中共重庆市委书记陈敏尔亲切接见。

面对这些绚丽的光环,柏明晓深受鼓舞,更加坚定了崇高的信仰,他决心生命不息,奋进不止,用爱心书写更多更精彩的人生答卷。

作者简介:笑崇钟,重庆市黔江区作家协会主席,9次获冰心散文奖

走进大山深处的扶贫医生

◎吴佳骏

> 如果没有对所有生命的尊重，人对自己的尊重也是没有保障的。
>
> ——［德国］阿尔贝特·施韦泽

刘佰万怎么也忘不了2019年6月14号这个日子，那是他来到丰都县青龙乡卫生院支医的第一天。这位来自山东省枣庄市峄城区人民医院内二科的主治医生，从小到大都没有见过如此偏僻的乡镇，也没有走过如此崎岖的山路。他怀疑自己是不是来错了地方。试问，有谁愿意放下安稳的工作和生活，跑到千里之外的异乡去受苦受累呢？但跟即，他又在心里自责起来，怪自己不该这样想。所有的道路都是自己选择的，难道仅仅因为自己选择的道路坎坷，不好走，就要打退堂鼓吗？每个人都有自己的责任和义务，每个人都不能只为自己而活。自私自利的人即使把自己的小日子过得再好，也是不那么光彩和亮堂的。这样一想，他忐忑的心瞬间安静了。他没有忘记到此地来的目的。

众所周知，青龙乡位于丰都县境北部，是该县最偏远的乡镇之一，也是该县最贫困的乡镇之一。由于交通不便，加之自然环境恶劣，该乡村民的经济条件普遍不好。要是到了雨季，还会经常发生山体滑坡，给乡民的生存带来严重威胁。近些年来，因农村的大量劳动力涌向城市,留在乡下的多半都是些老人和孩子。他们每天与青山为伴,与太阳为伍,延续着往昔传统农耕式的日子。倘若他们生了病,便只能选择去乡卫生院就医。可以这样说,一座乡卫生院就是乡民们生病后的希望之所。因此他们对乡卫生院里的医生都很尊重,说句毫不夸张的话,是医生在关键时刻给了他们自己的孩子或父母所给予不了的关怀和爱心。

这一点,刘佰万是深有体会的。他来到青龙乡卫生院的第二天,就受到了住院病人的欢迎。他们听闻这个小小的卫生院来了个医术高超的山东医生,打心眼儿里高兴。当刘佰万走进病房去看望他们时,他们的嘴里一直在叽哩呱啦地说话。尽管他们说的话,刘佰万一句也听不懂,但他知道那是病人在称赞他。病人的热情和友善给了刘佰万另一种温暖。他伫立在病人的床前,眼眶湿润了。那一刻,他更加觉得自己的选择是多么的正确。他没有来错,这个偏远山区的病人需要他,这个简朴的青龙乡卫生院需要他。他在心中默默起誓——在自己支医的这段时期内,一定要尽自己最大的努力,给这个基层卫生院做点什么。

刘佰万到底是个有经验的医生,短短几天时间,他便掌握了青龙乡卫生院的基本情况,也发现了这个卫生院存在的主要问题。在他看来,虽然这个偏僻的卫生院在国家财政的帮扶下,硬件设备和外部环境都得到了极大改善,但医护人员的技术水平却急切地需要提高。之所以这样认为,是他经过观察,发现卫生院现有的医生因受客观条件限制,都充当全科医生,什么病都看。而在给病人看病的过程中,他们要么因专业知识匮乏,要么因临床经验欠缺,在诊断和开处方时,往往缺乏一定的严谨性。比如治疗某种疾病,原本采取简单、直接的治疗方案就可以解决,他们有时却采取了另一种比较复杂的治疗方案。这既延迟了治疗周期,也增加了病人的痛苦。刘佰万觉得,医生是任何一所医院的灵魂。如果医生的技术到位,那这所医院就能给病人送去福音。反之,假使这所医院的医生技术不到位,那带给病人的注定是失望。

于是,他到青龙乡卫生院后做的第一件事,就是制订人才培养计划,进行"传帮带",建立每周一次的学习制度,定期开展讲座,成立病历质量管理中心。刘佰万是个心思缜密的人,在做这些事的时候,他担心卫生院的医生不接受,说他好为人师。他采取跟医生做朋友的方法,以心交心,先取得他们的信任,再将技术传授给他们。这招委实奏效,一个星期之后,青龙乡卫生院的医护人员都跟他亲如一家了。刘佰万见时机成熟,便循序渐进地教医生们更新理念,使他们懂得看病应该从病理、生理入手,而不能单单头痛医头,脚痛医脚,解决临时问题。

为让医生们更好地理论结合实践,快速提高业务能力,刘佰万常常让他们观摩自己是如何给病人治病的。2019年7月12日夜间,他正准备入睡。卫生院突然来了一位名叫向丹秋的老大娘。这位向大娘已经84岁了,一进门就喊自己心里不舒服,闷得慌。刘佰万赶紧扶向大娘坐下,为她做检查。这时,同住在卫生院里的另外两名医生见有病人来,也都从房间里走了出来,站在旁侧认真观看刘佰万给病人做检查的每一个细节。刘佰万见向大娘脸色不对,气喘吁吁,他意识到病人可能心跳有问题。果然,经过检测,向大娘的心跳速度每分钟高达150次左右。刘佰万赶紧采取措施,在极短的时间内,就让向大娘的症状得到缓解,这让两位观摩的医生赞叹不已。

只要一有机会,刘佰万就会给卫生院的医生传授他的治病经验,以此扩大他们的视野。他曾多次给医生们讲,遇到不同的病症,要学会综合分析,拓展治病思路,不能思维固化,老朝一个方向想问题。他举例说,比如治疗哮喘病,不能动不动就给病人打抗生素,那样副作用会很大,换成雾化治疗,效果会更佳。又比如治疗高血压,有些病人在吃了治疗高血压的药物后,会出现不停咳嗽的症状。如果医生经验不足,多半会再次给病人使用消炎药,但这其实是吃降压药引起的,只要稍做调理即可。再比如治疗某些疼痛病,有些病人经常喊自己身体疼,不少医生都会开镇痛的药来为其治疗,但这有可能是病人骨质疏松引起的……他的这些经验之谈,让青龙乡卫生院的医生们受益匪浅,成长很快。他们都很感激他。

做人都需要有一颗公心,一颗无私奉献的心。你向社会传递了爱,社会才能回报给你爱。刘佰万无疑便是这样一位有公心的人,他总是善于利用自身资源为青龙乡卫生院服务。他的妻子董云女士是一名超声医生,2019年7月,董医生来丰都探亲。按理说,久别重逢的爱人见了面,他应该好好陪她说说话,或随处走走。但刘佰万没有这么做,他意识到,不能让妻子白来,应该将她的医术也传授给青龙乡卫生院。于是,在没有跟妻子商量的情况下,他提出让她手把手教卫生院的医生做颈动脉血管彩超检查技术。董医生跟她的丈夫一样善良,她理解丈夫的苦心,二话没说,便投入"传帮带"的义务活动中。同时,刘佰万还建立了一个"支医微信群",将自己在山东枣庄峄城区人民医院的同事拉入群中,组建多人参与的诊疗模式。每遇病情复杂的病人,他就在微信上跟同事们交流,开展远程会诊,这更加提升了青龙乡卫生院医生的业务水平。

刘佰万有一句名言:"教一项技术很容易,培养一名合格的医生很难。"或许正是因为难,他才甘愿默默奉献,从一点一滴做起。他相信再难的事,只要坚持做下去,就一定能做成功;再容易的事,假使不去做,也会变易为难,甚至难上加难。

对于一个有能力和担当的人来说,他做一件事就会爱一件事,爱一件事就会成一件事。慢慢地,刘佰万完全适应了青龙乡卫生院的生活,他爱上了这个地方,他也将自己真正当作了一名基层卫生院的医生。这种角色的转换,使他全心全意,心无旁骛地投入自己的工作中去,成了整个卫生院的领头羊和排头雁。

责任使他时刻没有忘记自己的职责,不是以往在大医院工作时的职责,而是一名普通乡镇医生的职责。这职责有项最重要的工作任务——下乡义诊。因此,除了在卫生院负责临床工作外,刘佰万有一半的时间都穿着白大褂走乡串户,普及医疗知识,做慢性病的登记管理。这位从小在山东走惯了平坦道路的白衣使者,生平第一次走在了凹凸不平的西南山野之地上。他的足迹也许并没有踏遍青龙乡的每一寸土地,但他却把爱的甘露遍洒在了青龙乡这块土地上的每一个角落。

一天下午,天空中飘着小雨。刘佰万坐在青龙乡卫生院里,静静地抬头看着雨中的山脉。突然,同事范小东医生接到一个高血压病人的急救电话。他来不及多想,便挎起红十字药箱,跟随范医生匆匆向病人的家里赶去。到达目的地时,他们发现病人的血压已高达200多,呼吸已经不畅了,这是一个典型的不按时吃降压药引起的"脑出血"事件。任何一个有良知的医生,只要目睹此种情况,心里都是十分难受的。刘佰万为此受到很大的刺激,一直心怀愧疚。那天过后,他带领卫生院的医生一起,深入青龙乡下属的黄岭村、龙井村、黄泥村、青天村等开展义诊,为村民讲授医学知识,并叮嘱患病者按时服药,以避免类似事件再度发生。

日子一天天重复着,刘佰万的身影就这样在青龙乡的山村间出没。有时实在太疲累了,他就随便坐在路旁的一棵树底下,或坐在草地边的一块石头上歇一歇。但只要一歇下来,他的腿就像灌了铅,再也不想起身走动。然而,一想到那么多病人的期待的眼神,他又不得不继续起身赶路,将劳累和疲惫统统抛在脑后。病人的需求成了刘佰万忘我工作的最大动力。

扶贫到家,工作到户,是对每一个下乡支医人员的基本要求。这一点,刘佰万是不折不扣地做到了。不仅如此,对于特别贫困的家庭,他还会尽自己的微薄之力,给点钱或买点日常物品奉献爱心。在支医期间,刘佰万先后帮扶过好几户因病致贫的家庭。其中,易大金、彭正权、向宗树就是他帮扶过的对象。每次他们一见到刘佰万，都会紧紧地拉住刘佰万的手，久久不愿松开，泪花在眼眶里打转。

刘佰万就是这样一个顾大家舍小家的人民医生。2019年国庆节，按规定本可以回山东探望父母和妻儿的刘佰万，依然选择了留在青龙乡卫生院继续坚守岗位。他的女儿打电话给他说："爸爸回来吧，我刚上高中，有好多东西不适应啊！"刘佰万听到女儿的声音，哭了，但他没有让卫生院的同事看到他掉下的泪水。他心里明白，这是女儿想他了。可身为父亲，他又何尝不想念女儿呢？他强忍住自己的思念，过了好一会儿，才在电话里对女儿充满歉意地说道："爸爸还有好多病人的病历需要修改，走不开呢。"他的女儿一听，也哭了。父亲在电话的这头哭，女儿在电话的那头哭。那泪水穿过的，不只是重重的大山和遥远的距离，还有一个父亲对孩子的亏欠和一个女儿对父亲的呼唤。

但很快，刘佰万就又把自己的女儿给忘了，把自己的家庭给忘了，他的心中只有青龙乡卫生院，只有青龙乡的病患。2019年年底，他的母亲因心脏病住院，当时检查怀疑是急性心肌梗死，情况十分危急。但他的妻子为了不让刘佰万担心，隐瞒了这件事。直到他母亲的病情转危为安后，他的妻子才将此事告诉了他。刘佰万听后，眼泪止不住地往下流淌。他责怪自己是一个不孝的儿子，在母亲最需要他的时候，他却不在她的身边，让她独自承受痛苦。他从医几十年来，曾给过不少病人以温暖，却唯独给了自己的父母和妻儿以亏欠。

好在善人终归是有善报的。2019年医师节，刘佰万被丰都县工会和卫健委联合授予"突出贡献奖"荣誉称号。这是他应该得的荣誉。作为一名扶贫医生，他没有辜负党中央的信任，没有辜负丰都人民的信任，他以实际行动跟丰都人民一起，共同打赢了"脱贫攻坚"这场战斗！

作者简介：吴佳骏，《红岩》文学杂志社编辑部主任

"平原客"情系大巴山
——记第三批鲁渝扶贫合作支援开州医疗队队长刘珣和他的同事们

◎苏发灯

这支来自山东的队伍,犹如一座移动医院,浩浩荡荡从平原开往高山,从海滨开往三峡,为渝州大地播下健康和希望的种子,从此生根发芽,四季常绿。这个由风湿免疫科、口腔颌面外科、神经外科、康复医学科、神经内科、胃肠外科、耳鼻喉科、骨科、眼科、中医科、儿科、护理等多个专业的资深专家组成的14人扶贫小组,个个技艺精湛,人人都是能吃苦耐劳、独当一面的好汉。他们用实际行动,践行了奔赴开州前,医疗队队长、眼科专家刘珣曾说过的那句话:"想当年,开州人刘伯承元帅为救民众于水深火热,甘愿忍受72刀割眼之痛而拒绝使用麻醉药,如今,你我学得一身医术,遇到这千载难逢的机会,能为他的家乡人出点力,有什么可犹豫的呢?"

初入深山辨乡音

2019年6月23日傍晚,辗转一天一晚,从飞机到高铁,再到汽车,从快到慢,从舒爽到闷热,家乡的一马平川早已远远甩在身后,脑子里思量多次的起起伏伏逐渐显山露水。

"山城,我来啦!"

"开州,我来啦!"

"大山,我来啦!"

一半是兴奋,一半是好奇。

这支平均年龄40岁,正值壮年、生龙活虎的队伍,向着越来越近的远方,奋力呼喊、报到!

车子穿过万开高速最后一个收费站,开州区,这个位于重庆市东北部,地处长江北岸、大巴山南麓,拥有1800年历史的故地,终于向这14位远道而来的平原客们露出了真容,向这座活力四射的移动医院敞开了热情的怀抱。

最先将他们揽入怀的,是开州区人民医院、开州区中医院、长沙镇卫生院、大德镇卫生院、大进镇卫生院。队长、36岁的眼科博士刘珣被安排在区人民医院眼科,担任科室副主任。眼科是他的老本行,业务方面,他早已轻车熟路。该坐诊坐诊,该查房查房,但例行的交接刚刚完成,基本情况还没完全摸透时,他了解到大巴山下的群众"眼病患者较多,病变率较高"的实际情况后,当即要求:"不慌坐诊了,与其坐等群众来,还不如我们主动上门服务!"

开州区是刘伯承元帅的故乡,素有"帅乡""举子之乡"的美誉。近年来,区委、区政府团结带领全区人民打好脱贫攻坚战,但目前仍有不少乡镇担负着脱贫任务,仍有一定数量的群众因病致贫、因病返贫。的确,即便抛开经济上的顾虑,上了岁数、得了病、行动又不便的老人进一趟城非常不易。第一站,他们选择了离城最远的雪宝山镇,又选了海拔2200米的上华村。

同眼科同事一起的,还有耳鼻喉科、骨科等科室的同事,当天天气还算不错,车子一路颠簸,三个半小时后,终于在上华村村办公室前停了下来。此时城里气候炎热,虽然他们都准备了外套,但从车上下来仍然感到一阵寒意。特别是刘珣,从凉爽宜人的潍坊,到炎热的开州城区,又到海拔两千多米的高山,巨大的温差,让他这个壮实的山东大汉抱着膀子,不由自主地哆嗦了几下。

他们这一来就是五天,五天的义诊,是他们下乡扶贫的第一站,也成了他们在开州扶贫工作中记忆最深刻的行动之一。这一次,他们走遍了开州区北部山区雪宝山镇、关面乡、满月镇、大进镇四乡镇。整个北部山区道路崎岖、地势险要、交通不便,其中雪宝山镇全部处大巴山南坡,1500 米以上的山峰有 69 个,最高峰海拔达 2626 米,为开州区最高点。开州区城区已经酷热难耐,但当地山上却异常寒冷,夜间睡觉需要盖厚棉被。大进镇为重庆市 18 个深度贫困乡镇之一,自然条件差,当地海拔落差 1000 米左右,山高坡陡,土地贫瘠,涵养水源能力差。

在上华村,大热天里村民大多还穿着夹层衣服,裹着已看不出颜色的头巾。还有一些上了年岁的老人,嘴里咬着叶子烟管,一年四季都穿着棉袄。

尽管很不适应,从未到过山区的刘珣,对大山、对山里人充满了好奇,然而好奇之下,更多的,却是责任和担当。村民们听说这些城里来的白大褂要给他们免费看病,帮助他们解决多年的老顽疾,他们比家里来了稀客还高兴,又像终于等到救星,深藏的"坚强"终于"绷"不住了,他们有的张开了嘴喊牙疼,有的挽起了裤腿捂住膝盖,有的仰起了头摩挲眼睛……

不用说,除非病痛紧急难耐,否则对于他们来说,一般病痛他们都是能拖则拖,能耗则耗。也往往就是这样的拖和耗,让他们的侥幸满含心酸和遗憾,多少人在毫无抵御力的情况下,被伤病夺去了健康,甚至生命。

大家支起台桌,摆好家什,迅速进入状态。半个小时不到,同行医生已有人开始给病人开药,刘珣却急得不知所措。

"他们说的方言我听不懂,我说的普通话他们更是一头雾水!"

领路的村干部经验丰富,早年曾在外打过工,见多识广。在他"翻译"下,病患双方总算有了初步的交流。但这,仍然让刘珣很沮丧,难道自己的第一仗,就要败在这"多姿多彩"的乡音上了吗?

走村入户结远亲

刘珣是"超级学霸",当年高中毕业以全班第一的成绩考上中国医科大学,顺利完成研究生学业后,作为山东大学的博士研究生,被潍坊市人民医院成功引入。

短短几年时间,这个刚满36岁的年轻人,凭其过硬的业务水平被吸纳进中国微循环学会眼微循环专业委员会,并被委任为眼底病学组委员。语言上的障碍,肯定没有理由成为他扶贫路上的绊脚石!

只要有一点空,他就会往山上跑,往农户家里钻。两个月后,刘珣已熟知当地方言,虽然不能流利说出,但已能轻松听懂,还能听懂乡亲们用方言讲出的笑话,乡亲们也渐渐习惯了刘珣夹杂着普通话的开州语言。

当他们看到这个来自远方的大博士,经常因为走田坎、蹚泥泞搞得灰头土脸的时候,终于露出了赞许的笑容。这个以前只吃馒头和大饼的一米八的山东大汉,入乡随俗,跟着老乡们喝起了原汁原味的玉米糊糊,吃起加了油辣子和山胡椒的干拌小面。

在满月镇,一位常年往返于城口县拉货的司机,因一次意外的单方面交通事故,右眼遭到碰撞。但因为没有外伤,当时并没有感到特别厉害的疼痛,这位司机没有重视,依然在跑货,直到近几天,实在睁不开眼,稍微见到一点光亮就疼痛难忍,只能一直闭着眼,才不得不跑来医院求救。

"大哥啊,眼睛受伤应该当天来就诊的,你这个起码延误了半个月!"

司机哭丧着脸承认:"我到过几家医院,人家有的说眼球已经坏死,要立马摘除我的眼球,有的要带我去国外治疗,还说眼睛保不保得住还不一定,这不是要我命嘛!"

刘珣说:"你不要急,我们先来看看。"

刘珣为他做了细致检查,的确没有明显外伤,但由于虹膜堵住了眼内的伤口,导致其黑眼仁都已经不见了。情况非常紧急!

检查完毕,刘珣对这位"马大哈"司机进行了细致的清创和缝合。一个月后,为他做了白内障手术。因为研判准确、手术及时,这位四十多岁的家庭顶梁柱,终于保住了眼睛,得以重返运输旅程。

后来,每次跑完货,这位性情直爽的司机都要打个电话和刘珣拉拉家常,有一次还专程来到城里,为刘珣带来一块自家熏得焦黄的老腊肉,他说不为别的,就为来看看这位年轻的恩人。"你是大知识分子,不管你看不看得起我这个大老粗,我都认定了你这个兄弟!"

潍坊医疗队支医的大德镇卫生院周院长与该镇的贫困户钟大姐结成帮扶对子。8年前,钟大姐丈夫意外去世,她本人又身患糖尿病,在基本完全丧失劳动力的情况下,还要供应两个孩子读书、照顾88岁老母亲的饮食起居……得知情况后,刘珣和支医队队员们对周院长说:"周大哥,你的帮扶对象就是我们的医疗队的帮扶对象,剩下的事儿,让我们大家来想办法吧!"

于是,只要有空,他们就会相约一起去钟大姐家,要么带药品,要么做吃的,更多的时候不能亲自去她家里,他们就你凑一点,我出一点,希望能从经济上为这个雪上加霜的家庭尽一份绵薄之力。

你的钟大姐就是我们大家的钟大姐!后来钟大姐和医疗队的弟弟妹妹们都以兄弟姐妹相称。

8月的一个傍晚,刘珣和一同安排在人民医院的王承胜、陈九章一起,在医院附近的月潭公园附近散步时,一位在公交站台旁等车的大妈突然倒在了地上。管还是不管,扶还是不扶?

没有犹豫,没作细想,他们立即拨打"120",迅速将老人扶到了救护车上,直到将老人送进急救室。

这样的事迹枚不胜举,这些不远千里而来的好汉们,在开州结交了一个又一个亲戚,他们对这片土地的情谊,就像随处可见的丝茅草和野菊花,在这广袤的山川和大地上恣意生长。

近亲远亲都是爱

儿子还小,不到6岁。

临近春节,已有半年不见。儿子只能抽晚上时间在视频里向刘珣撒撒娇、扮扮鬼脸。但更多的时候,因为工作忙,父子俩只能通过电话,简单地寒暄、问候几句。

"爸爸,你在哪儿啊?"

"爸爸在山上呢!"信号微弱,他断断续续地听到儿子的羡慕,"有山啊,有机会了你一定带我去看看!"

……

"爸爸,你在哪儿啊?"

"爸爸在工作呢!"

次数多了,儿子就不想给他打电话了。儿子的理由是,打了电话后会更想他,每次都说不够。

对此,刘珣也满心歉意和心酸。其实,他何尝不理解儿子对自己的想念,其中肯定包含了不少的抱怨,甚至"怨恨"。他又何尝不了解在城市投资公司上班的妻子的辛苦,每天往返于公司和家里,还要照顾老人和小孩。他又何尝不了解退休在家的父母对他的牵挂和担忧,每次和儿子视频的时候,老母亲都要在一旁偷偷抹眼泪,却被老父亲赶紧制止。

所以他给儿子定了一个小目标,等胜利打完这一仗,一家人一定好好聚聚!

他对自己的家人依依不舍,一同来到开州扶贫的其他队友又何尝不是呢?来自诸城,在开州区人民医院耳鼻喉科挂职副主任的王承胜挂职耳鼻喉科副主任,他的孩子正面临高考;来自高密,在开州区人民医院骨科挂职副主任的陈九章母亲腿部受伤,不得不做手术;来自青州,在开州区中医院胃肠外科挂职副主任的杨焕东父母年老多病……但他们舍小家为大家,开州大巴山南麓的多个乡镇都留下了他们支医的足迹。

身为队长,刘珣深知责任重大,他又和这些同在异乡、协同作战的亲人们定了一个小目标:每周搞一次交心,每半月一次聚餐……事实上,由于工作繁忙,有时候大家一个月都见不了一次面,但每次见面,他们都会开心地包饺子、卷大葱、蒸馒头,这亲亲的一家人分工明确、忙得不亦乐乎。

当然,除了和老乡们相聚,更多的时候,他们都坚守在各自的岗位上。坐诊、查房、学术交流,是他们永恒的主题。刘珣与科室带头人谭德文主任医师等人一起,带领年轻医生们通过同台手术、协同查房、分析案例,共同促进开州区的眼科业务水平有了突破性的提升。

由于地理位置相对偏僻,开州区内基层医生外出学习交流的机会较东部省份偏少,目前一些先进的技术和治疗理念较东部沿海省份相对滞后。眼看着离扶贫期结束的日子越来越临近,科室的年轻同事们已有了隐隐约约的不舍:"现在你在就好说,到时候走了,我们怎么适应哦!"

刘珣总是面带微笑:"谭主任才是我们大家的师傅嘛,再说我们同台做过手术,重要技能都已牢牢掌握在你们手里,妥妥的啦!"

以前只钟情于面食的刘珣,现在吃起火锅和麻辣烫也已经像模像样。想家了,他就让妻子给他寄来一些母亲亲手烙的大饼,他再给家里寄上几根开州同事们送给他的香肠。

斩断贫病共奋进

短短一年时间，刘珣和队友们的足迹遍及开州的山山水水，深入开州区的10个镇乡街道开展义诊、查房并和贫困户交心谈心、送温暖达20余人次。同时，针对开州基层医院实际，他们还对基层医护人员以集中授课、重点示范、病例讨论等形式开展培训工作，将本专业的新成果、新信息、新技能传递到基层。

在完成上述工作任务的基础上，刘珣本人则积极参与手术示教、危重病人抢救、疑难病症讨论等工作，完成白内障超声乳化术、玻璃体切割术、眼外伤瞳孔成形术、眼内异物取出术、青光眼小梁切除术等手术40余次，协助开州区开展了眼科晶体脱位的手术治疗、复杂眼外科的手术治疗、高硬度高龄病人白内障摘除加晶体悬吊手术，参与了开州区人民医院市自然科学基金项目"自噬相关基因在唾液腺腺样囊性癌中的生物标志物研究"的申报，主导了心理护理在脑卒后动眼神经麻痹患者中的应用价值分析的研究。

俗话说"授人以鱼，不如授人以渔。"刘珣及队友协作帮扶的成果，正在潜移默化中悄然转化。基层医生和新医生每一项技能的提升，老百姓每一个健康好习惯的养成，都让他们倍感欣慰。贫困户记住了他们，患者记住了他们，领导和同事们舍不得他们。

打赢脱贫攻坚战是以习近平同志为核心的党中央对全国人民作出的庄严承诺，也是实现中国全面建成小康社会目标的重大任务。东西部扶贫协作是打赢脱贫攻坚战的关键之举，也是必须坚决高质量完成的政治任务。能参与这个伟大的历史进程，虽然辛苦与劳累在所难免，心酸与感慨在所难免，但每一个参与扶贫支援的队员都感到由衷的光荣和自豪。就如歌唱家王宏伟在《口碑》中唱的那样："别问我为谁微笑/别问我为谁流泪/别问我为谁总是无怨无悔/我也向往成功/我也追求完美/可我知道什么在我心中最宝贵/功名利禄不过是过眼烟云/霓虹美酒只能是一时陶醉/金奖银奖不如咱老百姓的夸奖/金杯银杯不如咱老百姓的口碑"。这既是对开州刘珣及开州支医队的剪影和缩写,也是对参与鲁渝健康扶贫协作山东支医队伍每一个人初心的真实写照。

2019年,以刘珣为队长的这支医疗队被重庆市卫生健康委表彰为年度鲁渝健康扶贫协作山东支医先进集体,刘珣本人荣获鲁渝支医先进个人、重庆市开州区人民政府脱贫攻坚先进个人荣誉称号。

让我们铭记这些普通而又可爱、可敬的"平原客",铭记他们对三峡儿女无私的爱吧!他们是:

山东省立医院风湿免疫科副主任医师胡乃文,

山东省立医院口腔颌面外科副主任医师刘俊杰,

山东省立医院神经外科副主任医师韩韬,

山东省中医药大学附属医院康复医学科主任医师林远,

山东省潍坊市人民医院眼科副主任医师刘珣,

山东省潍坊市妇幼保健院儿科主治医师郭辉,

山东省潍坊市益都中心医院胃肠外科副主任医师杨焕东,

山东省青州市人民医院主管护师范瑞杰,

山东省诸城市人民医院耳鼻喉科主治医师王承胜,

山东省寿光市人民医院骨外科主治医师王洪光,

山东省安丘市人民医院神经内科主治医师李晓东,

山东省安丘市中医院中医外科主治医师姜元顺,

山东省高密市人民医院骨外科主治医师陈九章,

山东省昌邑市人民医院主管护师韩秋燕。

作者简介:苏发灯,重庆市作家协会会员、鲁迅文学院第五届西南班学员、开州区作家协会副主席

从巅峰抵达巅峰

◎唐文龙

一

面前是峡谷,峡谷的岩壁上有黄栌、乌桕,在这个十月,叶子正红如火焰。

峡谷的对面还有枫树,也是漫山的红色,一直延伸到峰顶。

峡谷是有着"重庆第一深谷"之称的兰英大峡谷,位于重庆市巫溪县的双阳乡、兰英乡,平均深度1500多米,最深处达2400多米。

山峰是神农架山脉在重庆境内的延伸,最高峰阴条岭2796.8米,属于重庆市最高峰,有"重庆之巅"的美誉。

在这样的悬崖边站立,触目所及,是深的谷,是高的峰,是白云飘过,是山风吹动。

漫山的红叶如火焰燃烧,胸中的火焰也在燃烧。

在这样的巅峰之下,王薇自然会想起另一座巅峰。

那是家乡的巅峰,也是内心的巅峰。

山东泰安长大的女孩,自小对登临号称"五岳之首"的泰山并不陌生,王薇知道那里是山东的巅峰,更是文化的巅峰。

2019年的国庆假期,王薇终于抽出时间来到兰英大峡谷,用仰望的方式望向重庆之巅阴条岭。

这天阳光明媚,望向巅峰的眼神有些迷离。

无人知道的是，这时的王薇开始想家了，想泰山之下的儿子、丈夫、父母，还有两位姐姐和侄子们，那些都是自己的亲人，那是千里之外的牵挂。

特别是两位母亲，妈妈和婆婆，她们都已七十多岁，一位不辞劳苦，代王薇照顾孩子，一位体弱多病，常需住院治疗。

从6月25日来到重庆市巫溪县，已经三个多月了，王薇总算在这个国庆假日里有了一点儿属于自己的时间，来这里看看漫山的红叶，吹吹峡谷中飘来的风。

早在四月份的假日里，王薇和家人来神农架景区旅游，当车在崇山峻岭中盘旋时，从导游的介绍中，从随身携带的书本里，从那远方茂密的森林和不知名的鸟叫中，她对这块神秘的土地，就产生了隐隐向往。

旅行结束回家还不到两个月时间，王薇就在医院公告平台，看到了山东省卫健委发布的援渝申请通知，为响应习近平总书记作出的东西部扶贫协作和对口支援伟大战略，按照国家脱贫工作的有关要求，山东省将选派300多名优秀医疗人才组建"鲁渝健康扶贫协作医疗队"，到重庆的14个有扶贫协作任务的区县开展医疗支援工作。山东省泰安市，对口支援重庆市巫溪县。王薇打开手机地图软件，发现自己4月旅游地在神农架山脉北麓，而巫溪县就在南麓。于是在征得丈夫同意后，她向组织递交了援渝申请。

王薇作为泰安市中心医院有着13年重症医学临床经验的主治医师，熟悉多系统多脏器功能衰竭病人的救治，自然成了医疗队的最佳候选人之一。

申请得到了泰安市中心医院领导的同意，也得到了家人的全力支持，而她心里还是产生了一丝担忧，儿子正是小升初的时候，自己这时候远行，是否会对他产生影响？

军人出身的丈夫林洪波，转业后就在泰山风景区从事网络和视频监控系统的技术工作,长期奔波在泰山之巅,理解妻子的内心,懂得她内心的巅峰,一直在远方。

"日暮苍山远,天寒白屋贫。"

在这样的峡谷边看着远山,王薇开始思念丈夫了,她想起了从山东出发前,特意让他陪自己去了一趟老家泰安市东平县。东平西临黄河、东望泰山,因同时承担移民避险解困、易地扶贫搬迁、黄河滩区迁建"三大工程"建设任务,被山东省确定为20个脱贫任务比较重的县之一,脱贫攻坚难度大。

而前往的巫溪县在大巴山深处,是重庆市最偏远的县之一,位于重庆、湖北、陕西的交界地,是国家扶贫开发工作重点县、国家重点生态功能县、三峡库区移民县,还是重庆市贫困程度最深,脱贫难度最大的区县之一。

这样的王薇,对贫困有自己的理解,对于医疗扶贫,更有自己的独特感受,所以对于前往巫溪进行医疗扶贫支援,她内心的火如这漫山的红叶般在燃烧。

6月25日前往重庆的飞机上,王薇一直从窗子里俯视着大地,从巍峨泰山到巍峨巴山。

那日山上的风,和今日的风一样凉爽。

二

"王医生,8床引流管堵了!""王医生,3床烦躁了!""王医生,1床血压降下来了!""王医生,4床血糖又高了!"……

呼叫声一个比一个急,好消息和坏消息也在不断地出现。

作为在重症病房,也就是我们常说的ICU工作了13年的王薇来说,每一次护士焦急的呼喊都是她工作的日常,第一时间冲过去,查看病人状态,提取仪器数据,分析病情,下达医嘱,所有的过程一气呵成。

很多人认为,重症病室的医生看惯了生死,所以对死人那些事儿已经变得比较麻木。

其实,每个重症救治的医生首先是人,是人就会有柔软的内心,就会为每一个生命的逝去而难过、痛苦。

在送走一位病人后,王薇在自己的微信朋友圈写道:

无限接近于死亡的那刻,我们能做什么?
让血液回流?让时间静止?让凋亡的脏器重聚支撑力?
无数惨烈,也是医生的噩梦。

每次,王薇都会悄悄让自己尽可能地单独待一会儿。

这一刻,她是情绪激动的;这一刻,她也是内心平静的。

在巫溪县人民医院一报到,王薇就自然而然地被分配到了重症医学科,8张床位担负着全县54万人口的危重病救治工作。

让王薇没想到的是,上岗的第二周,也就是7月9日下午,在这个原本在自己印象中是边远贫困的县医院的小小病房里,自己被震撼了。

患者李兴海是一名退伍老兵,突发大面积脑卒中,很快变成脑死亡。按照老兵生前签署的器官捐赠协议,家属决定按照他的遗愿进行器官捐赠。

这个下午,病房里一片寂静。

王薇和医生们安排家属进病房对病人做最后的送别。

家属拉着病人的手,低声哭泣。

王薇和重症医学科的所有医生护士们,和赶来的重庆红十字会移植组专家一起,深深地向老兵和家属们鞠躬致谢。

弯下腰时,王薇眼睛湿润了。从医十多年,看了很多器官捐赠,但在这个全县没有一个火葬场、入土为安的土葬风俗之地,举行这样的捐赠,更体现了山里人对生命的另一种诠释。

淳朴善良,胸怀大爱,让王薇感受到这次医疗扶贫支援活动,会让自己的内心抵达另一个巅峰。

而这样的抵达内心深处的思考,还在王薇的工作中不断出现。

作为医疗扶贫项目进行支援的医生,王薇开始更多地关注医疗费用带给病人家庭的影响,一次重症病房救治出来,怎么也得十多万元,对于贫困家庭来说,这就是几年的全部收入。

"虽然按照政策,建档立卡贫困户的医疗费用可以全部报销,但毕竟报销的只是在医院产生的这部分,这背后还有护理费、营养费等另外一大笔隐形的开支。"经过几个月的走访调研,王薇还发现了另一个问题:如果患者的康复期缓慢,或者有后遗症而丧失劳动能力,那么这个家庭可能就失去了重要经济支柱,之前脱贫了,之后也容易返贫。所以我们的医疗扶贫背后的意义在于,你救助的不仅仅是患者一个人,而是一个大家庭。

所以每一次救治,王薇都要求自己和团队能最大限度地从经济上减轻治疗对于患者的影响。

2019年12月9日,急促的电话铃声响起,一位29岁的年轻妈妈陈某驾驶皮卡车,和自己的老父亲一起坠入河中,被三位陌生人救起,"120"急救车飞奔而来直接将其送进了ICU。

此时的陈某心肺复苏已经做了接近10分钟,心跳微弱,满肺血水。这样的肺,呼吸机已经无法吹入氧气,死神似乎已决定不给她生还的机会了。

王薇带领着同事们整装上阵,和死神的拉锯战开始了。

"这样的寒冬季节,陌生英雄跳入冰冷的寒冬中把她救起,'120'急救车和消防员争分夺秒地把她送到我们手里。考验我们的时候到了。"王薇和自己的战友们用尽一生所学,不敢丝毫懈怠。

这时病房外是老父亲撕心裂肺的喊叫,是两个宝宝不知所措的哭泣。

这时病房内是王薇冷静而又急切的指挥。

血水不断地往外喷涌，手术服、床单已经完全染红，王薇让护理人员连续负压吸引，两小时肺内就引出 1000ml 血水。呼吸机已经无法协同患者呼吸，王薇站在床边，一个值一个值地找寻极限边缘的技术参数，让呼吸机能工作，让氧气尽量能吹入；这时的血与水已经混杂成血水流失了，血压难以维持。按照经验，王薇沉着应战，果断使用大静脉置管道补液，提升血供，让心脏能继续跳动；身体开始冰冷，就盖上三层棉被复温，而这时候头上却要戴上冰帽，因为要低温保护脑细胞。

每一个环节都必须拿出最佳决断，每一个细节治疗都必须做到精准。

奇迹终于在努力中降临，从下午 2 点多抢救到晚上 7 点多，患者终于呼吸平稳。

王薇又给患者做了电子气管镜吸痰和各种肺复张技术，以尽量减少溺水后对身体的影响。

让病人活下来，醒过来，是医生的最高使命，而让患者避免成为植物人，能恢复健康的生活，却是王薇和战友们的共同信念。

陈某家境一般，靠自己和丈夫经营一家加工防盗网的手工作坊维持生计，如若成为植物人，一家人将重新跌进贫困的深渊。

而此时陈某只能靠呼吸机进行呼吸，大脑无任何意识，成为植物人的机率高达 90% 以上。

王薇一刻也不敢放松，不断地和同事们根据情况调整治疗方案，一个数据一个数据进行修正，一个点接一个点地找寻生机。

功夫不负有心人，几天后陈某逐渐开始意识清醒，顺利摘除呼吸机，带着劫后余生的微笑，转出了 ICU。

不但让患者活下来，还恢复了不错的生活自理能力，是一名重症医生的最高成就。

这样的抢救，在重症监护科就是平常，王薇笑称，我们不仅是和死神赛跑的人，而是要让时光倒流，让生命延续。

在她的微信朋友圈里，抄录着香港中文大学戴畅的诗歌《你还在我身边》。

瀑布的水逆流而上，
蒲公英种子从远处飘回，聚成伞的模样，
太阳从西边升起，落向东方。
子弹退回枪膛，
运动员回到起跑线上，
我交回录取通知书，忘了十年寒窗。
厨房里飘来饭菜的香，
你把我的卷子签好名字，
关掉电视，帮我把书包背上。
你还在我身旁。

又一次抢救开始了，王薇，希望时光能倒流，让每一个人都能健康地回到自己身边。

一位少女突发休克昏迷。

虽然是周末，但王薇一接到求援电话，就立即赶回科室。

病人持续高热，全身花斑，这是脓毒性休克表现，是医学上十分棘手的病症。除了休克昏迷，她的血液也是严重酸中毒，医学上只要高乳酸血症超过 10 小时，几乎必死无疑。

巫溪没有昂贵的血液滤过净化机器，只能请求转往上级医院，但患者已经命悬一线，到重庆主城医院近 500 公里，没有转院可能。

花季少女将要枯萎，任谁都会无比心痛，于是王薇和她的战友们决定从死神手里抢回时间，创造出转入上级医院的机会。

和同事们一起，王薇不断在病床和仪器边穿梭，升压保心、抗菌纠酸,一个指标一个指标地纠正,一个指标一个指标地维持,终于死神的手松了一下,患者的病情指标不再继续滑落……

一个白天过去了,一个夜晚过去了。

新的一天到来,患者具备了转院条件。

送走病人,王薇马上针对这次抢救暴露的问题,给科室全体人员做了《如何做好脓毒性休克的抢救》的讲座,介绍标准化抢救流程,倾囊传授自己多年的救治经验:"医疗支援不仅仅是救几个病人,更是要带出一支能打硬仗的团队,所以一定要让科室的救治水平达到国内同质水平。"

世间几多美好,都是恰逢其时。

三

路弯情长,远山含笑。

2019年11月7日,巫溪的天才刚刚放亮,山东省驻巫溪县人民医院支医的队员们,乘车前往长桂乡进行义诊。

"看到屋,跑到哭。"从齐鲁大地来到秦巴山脉的医疗援助队员们,开始感受到这句俗语背后的艰辛。

60多公里的山路,却要行驶两个多小时,车在山路中依山就势,盘旋而上。

不时还有落石横亘在道路中间,王薇和同事们双手紧握扶手,两个小时下来,手心里全是汗水。

在长桂乡金桂村的院坝里,乡亲们早已翘首以待。

一位老太太,靠儿媳妇骑摩托车跑了半小时山路赶过来;而另一位老大爷,自个儿从深山里步行一个多小时走过来。

血糖血压测量,消化道不适,风湿性关节炎,慢性劳损,各种妇科问题……劳作的辛苦、交通的闭塞,限制了很多村民平日里的寻医问药,常因舍不了山里的活儿,对病痛一忍再忍。

在这样的乡亲们面前,王薇想起了自己家乡泰安的父老。

他们虽然相隔千里,却如此相似。

为赶来的乡亲们检查完毕,王薇开始搜集数据统计:本次义诊共48人次进行了血压血糖检查,平均年龄65岁,血压高者竟有30余人,从未参加过正规治疗的就有20多人,血糖高者约10余人……这些数据,远高出2018年中国高血压人群普查60%的未控制率。

在通城镇,在红池坝镇,王薇都把这样的数据进行搜集整理:"我们的医疗支援最终会结束,但这样的数据统计会给这里的同行们带来帮助。"

每到一个地方,王薇还会把检测者的各种监测指标,专门誊写一份,塞到他们手里,希望引起其家人重视,或遇见突发状况时给接诊医生以提示。

车窗外忽然明亮,太阳从薄雾浓云里出来了,正慷慨地把光和热洒向这碧水青山。

阳光下,路旁的崖壁石缝里,竟然有野花在开放,向阳而生,随风摇曳。

但这样美好的下午,不是经常能拥有的,2020年初的严寒里,一场席卷全世界的灾难开始了。

新冠疫情来得突然,本已回到山东休假的王薇,接到了巫溪县人民医院的请援电话。

巫溪和湖北、陕西接壤,而且有大量在武汉务工的农民工已经回到巫溪过春节,形势严峻。

订完机票,王薇才想起还没有和家人交代。

2月6日一大早,泰安的天空中就飘起了薄雪,地上也结了冰,全城一片白色,这是和身上的白大褂一样的白色,是王薇心里圣洁的白色。

赶去泰安市区另一边和父母匆匆告别，丈夫驾车把王薇送到了济南遥墙机场。

行李箱里装着泰安市中心医院重症医学科护士长赵蕾特意送来的 N95 口罩和医院人力资源部开具的出行证明。

身后是巍峨的泰山，两千多公里的危险疫途，王薇一路奔波。

到了巫溪，发现情况比想象中更严重。

大量病人在发热门诊候诊，老院区的隔离病房也住满了疑似患者，医院领导和一线医护几乎 24 小时工作。

有疫情的地方就是一线。

王薇写下了请战书：

……

我作为一名重症专业医生，有义务站在抗击疫情的最前线。

我请战，是为救危扶困贡献一分力量！

我请战，是为与全国重症同行、前辈站齐一条战线！

我请战，是为前方战士已疲惫需要休息！

我请战，是让全国人民放心，还有大批力量摩拳擦掌，枕戈待旦！

自愿请战，不辱使命，不计报酬，无论生死！

经医院批准，王薇作为治疗组组长，带领队员进入巫溪县人民医院新冠隔离病房工作。治疗组来自多家医院，都是临时抽调而来，如若人员组织无序、工作程序不清，面对大量的临床工作，容易出现混乱。

王薇根据自己的经验和防控工作要求，快速分析出各岗位的工作性质，排出了值班表格，制订了工作职责，做出了工作流程，把繁复细琐的救治内容，变成简洁明了的图表。

她和潘俊、谭金锐等几位医生一起，已经连续 5 天工作到凌晨了。

穿着厚厚的防护服，行走困难，双层手套让皮肤出汗、长湿疹，防护口罩把脸勒出深深的红色印痕,更难受的是防护眼罩,呼吸的热气让镜面很快起雾,严重遮挡视线,常常查房回来,已经看不清电脑屏幕。

新冠病区内的患者,有疑似,有确诊,有无症状感染者,医护人员随时都面对着无差别传染和攻击的新冠病毒,王薇又想起了请战书上自己亲笔写上的"无论生死"。

女本柔弱,为医则刚!

不仅自己战斗在防疫一线,泰安市驻巫溪扶贫办还为巫溪带来了1.2万个KN95口罩助力医院防疫和70万个医用口罩助力贫困学生复学。

巫溪所有确诊病人安全出院,解除危险等级,王薇又回到她的重症监护科。

日子又是忙碌的,但也是安静的。

若晴天和日,就静赏闲云;若雨落敲窗,就且听风声。

又是春和日丽,又是微风习习。

王薇再次来到兰英大峡谷的山崖之上,看着远处的巅峰,轻轻吟诵起自己喜欢的海子的诗歌——

我无限地热爱着新的一日,
今天的太阳,今天的马,今天的花楸树,
使我健康、富足,拥有一生,
从黎明到黄昏,
阳光充足,
胜过一切过去的诗,
……

作家简介:唐文龙,中国散文学会会员,中国新闻摄影学会会员

精准"月老"陈高潮

◎朱一平

没有全民健康,就没有全面小康。

——习近平

一

陈高潮是繁忙的,作为鲁渝卫生健康扶贫协作队领队、山东卫健委中医处副处长。我约他采访,他说要三天后才能从区县回来,山东有关方面的同志前来调研健康扶贫工作,他正在带队去乡镇实地考察的路上。

虽然是疫情期间,但我们还是决定见一面。当他向我快步走来,给我的第一印象是正值壮年的他并不高大但矫健精干。采访过程中,他神情坦荡、思维清晰,对自己做过的事情如数家珍。无疑,他对自己的工作充满了自信与热情。他是一个有格局的人,谈到工作,很少说我做了什么,而是说我们做了什么。虽然在鲁渝之间上传下达,在重庆市区与国家级深度贫困区县、与乡镇村寨、与医护人员等事无巨细的工作中来回穿梭、牵线搭桥的,都是他。他总是在具体操作并亲力亲为。

面对面采访时,陈高潮接的电话都是有关工作的:万州区中医院新购的核磁共振设备需要业务方面的指导，陈高潮就与山东济宁医学院附属医院联系，请专家过来"传帮带"半年。过几天专家就要起程直飞万州。他通知万州医院去机场迎接，他之前已经去落实了工作、生活、住宿等一系列琐事。之后，他还要去万州看看山东医生工作生活得怎么样。

这就是陈高潮在重庆三年的工作常态。琐碎、具体且重要。重庆14个深度贫困区县乡镇时常都能看见他风尘仆仆奔波的身影。

三年前的7月，正值重庆酷暑。作为重庆山区"站立行动"牵线搭桥的山东汉子陈高潮来到山城。他下了飞机走出机场，顿觉一股潮湿的热浪席卷全身，让来自山东的他瞬间感到全身黏糊糊的。来之前，他知道重庆热，但不知道是这种热法；知道重庆是北方语系，但他听不懂；知道重庆美食遍地，但他吃不惯；他设想过扶贫的乡镇山高路不平，但是没有想到会如此险峻……特别是刚来重庆时，他没有一个朋友，没认识一位山东老乡。上班时间还好，繁忙的工作让人忘掉所有不适。到了双休日，两天的日子对精力充沛的他来说，太长了，先与妻子女儿视频聊天，家长里短问了个遍；再打电话问候山东乡下的父母。余下的时间里他只好不时地拖地，据说有一天竟拖了六次，一是为了降温，二是消磨时间。他还自己做馒头、包子、饺子，安抚自己的胃，安抚对亲人、对家乡的思念之心。

一切都难不倒参加过解放军，读过军事院校并且有25年党龄的陈高潮。16年的军营生活，犹如经历了革命大熔炉的千锤百炼，把他淬炼成一个意志坚定的共产党干部。他喜欢有挑战的工作和生活，他积极与14个区县卫健委的同事联系，深入区乡卫生院、农家考察情况；他尝试吃有辣椒的菜甚至火锅；他努力学重庆话；他认识了山东老乡并交上了朋友……

陈高潮在这里已经坚守了三年，把健康扶贫工作做得风生水起。

二

"精准结对，精准惠民，精准帮带，精准施策，精准宣传"是陈高潮给自己制订的工作准则。

山东与重庆的"结亲"是源远流传的。2010年底，中央发布了"东西部扶贫协作工作的意见"，将黄河之滨的山东与长江上游的重庆连接在了一起，从那时起，山东老大哥就向重庆进行了多方面的协作支援；2016年习近平总书记在银川召开了东西部扶贫协作座谈会，强调进一步深化对口扶贫协作工作。山东老大哥更是加大力度，无私地向重庆开展了全方位的扶贫攻坚。2017年初，重庆市卫健委与山东省卫健委共同牵手，签署合作协议，共同改进重庆贫困山区的医疗条件，保障老百姓的医疗健康，促进患病群众与全国人民一道，在2020年全面脱贫，携手共进小康。

陈高潮服从组织的安排来重庆挂职，为山东的医疗扶贫当排头兵。为了一切"精准"，他下沉到基层搞调研，常年一人一司机跑区县，然后与区县同志一道，来回奔赴黔江、巫溪、城口、丰都、石柱、万州等14个区县及乡镇医疗机构。有的山村坐落在高山或峡谷，不通公路，山路又狭窄崎岖，如同挂在崖壁上，陈高潮他们便步行攀越。来自富饶的齐鲁大地走惯了平坦的他，坎坷山路走得艰难辛苦。在这些经历中，他深切理解到了封闭山区对脱贫致富的限制；真切感受到了老百姓患病的根源和痛苦。就这样，他跑遍了需要扶贫的14个区县的18个藏在深山老林、崇山峻岭的深度贫困乡镇，全面了解了病人患病状况和医疗条件差的卫生院，分门别类整理好情况，向山东省卫健委汇报。由于他的工作做得扎实，情况了解详细，山东方面就有针对性地派出医护人员来到各个区县乡镇给病人诊断并治疗，有针对性地运来医疗设备,补充加强区县和乡镇医疗机构的医疗实力。

经过陈高潮的穿针引线,山东对重庆的医疗扶贫达到"精准"水平,有针对性地给缺医少药的贫困山乡送医送药,给身患重病的老百姓精心治疗,还以"传帮带"、送到山东学习、建立长期协作等形式,将健康扶贫做到有源头活水,从而源远流长。

三

脱贫致富身无力,精准谋划梦欲圆。山区的人民是能吃苦耐劳的,也是期望能够过上好日子的。无奈连绵高山阻隔,沟沟坎坎凶险,出入不易,加之土地贫瘠,勤劳的百姓再怎么起早贪黑,勤耕苦作,仍然生存艰难。如果家里再添个病人,那就是雪上加霜了。这个家庭就会下滑到贫困线下,日子便过不下去了。

陈高潮在深入秦巴山区和武陵山区的调研中发现,由于高山峡谷常年多雨多雾,日照少,整个山区潮气氤氲,湿气重让人容易得风湿性关节炎;老百姓出门便是爬坡上坎,且常常负重,髋关节、膝关节等磨损厉害,路不平又容易摔坏膝盖……而这几个关节是支撑人行动劳作的重要部位,一旦受损,轻者致使人行动不便,严重者只能长期卧床,纵然有脱贫致富的宏大愿望,也是心有余而力不足,只能望着房梁悲叹。

陈高潮走村串户,深入病人家庭,看到有的家徒四壁,有的房屋四壁呲牙漏缝,夏天酷暑难挡,冬天寒风飕飕……出身农家的他,从小就体会过农村生活的艰辛,但没有想到重庆山区农民的生存更加艰难困苦,具有共情力的他,越发悲悯,工作越发细致,决心要把最好的治疗用在最需要的病人身上,让他们重新站起来,重拾生活能力,回归正常生活,大步走在脱贫致富的道路上。

陈高潮的努力是值得的、有成效的。他面对面检查过的病人,都得到了来自山东医护人员的精心治疗,都重新站立起来,回到正常生活中,重圆致富梦。他真正实现了"扶贫扶身扶志"的初心。

四

"谢谢这些山东来的医生,把我这条疼了8年的腿治好了!"65岁的陈明建是石柱县农村贫困户,8年前,他的左侧髋部开始疼痛,吃药包药均无效,偶尔出门还得借助拐杖,后来越来越严重,只能躺在床上。医院检查出是髋关节坏死,需要两万元置换人工髋关节。两万对于陈明建就是个天文数字。而且要将金属的假体放入自己体内,他接受不了。他只好认命,任病情恶化,艰难地活着。家里的男劳力倒下了,等于房屋的顶梁柱断了,要支撑起来千难万难。地里四季的庄稼、家里的老人小孩、还有鸡鸭猪等,所有的事情全部落在家人身上,真是不能承受之重啊!日子是越过越凄凉。同样的情况,在石柱县乡镇还不少。

根据陈高潮反映的情况,山东省卫健委派出山东省名医、山东第一医科大学第一附属医院骨科主任张明团队来到石柱县人民医院,当天就给陈建明等病人进行诊断,并耐心地科学地向病人解释置换手术,让病人无思想负担开心接受手术。当置换了人工髋关节的陈建明站起来独立行走时,感觉自己重生了!他双眼流出了欣喜的泪水,双手紧紧握着张明医生的手不肯放,口里的"谢谢,谢谢"停不下来。

张明教授带领的团队,在石柱成功救治了23名因骨关节病变失去劳动力的贫困户,其中大部分已经痊愈,投入正常的生产生活中。

黔江地区的27个乡镇、街道的2879人中,陈高潮了解到,因病致残的病人竟然达到200多个。这些病人不仅让家庭失去劳动力，常年看病吃药需要的钱也不少，这对本就清贫的家庭无疑是雪上加霜。

陈高潮将情况如实汇报上去，山东省日照市先后派来医护人员，并拿出专项资金440万元，援助黔江贫困患者进行髋膝关节置换手术。先后对这些患者成功进行了200多台髋膝关节手术，这些病人都成功地站立并开始行走。

中塘镇农民李长文被髋膝关节病折磨了10年，长期被困在床上的他，做梦都没有想到还有站立行走的一天，面对给他做置换手术的山东医生柏明晓，他感激不尽。如今，李长文不仅能下地走路，还能干些力所能及的农活，他在自家地里种上了200多株脆红李，修枝浇地都是他自己。赵四菊是金溪乡岔河村的贫困户，多年的膝关节疼痛让她失去劳动力，整个家庭都长期生活在阴影中。山东医生先后对她的左右膝关节进行了置换手术，如今她已经能够正常行走，并且还能够从事简单的劳动了。

一个病人的康复，给整个家庭都带来了希望的光亮，他们又充满了脱贫致富的信心。

"对于李长文、赵四菊这类患者，我们从术前查访、手术实施，到术后康复、随访，都会全程参与，以确保髋膝关节手术质量。"山东医生柏明晓道出了他们团队对工作精益求精的一贯作风。

……

三年过去了，重庆扶贫致富中的"站立行动——髋膝关节置换项目"，免费让重庆14个贫困县的近700名贫困患者重新站立起来了，并开始了健康正常的生产生活。每次看到这些患者感谢医生，感谢护士，在一旁的陈高潮也很开心，觉得自己也是尽了一份绵薄之力的。

陈高潮在调研中，发现各区县乡镇的群众白内障、乳腺癌、肝癌、脑癌、心肺功能等方面的病症也不可忽略，汇报上去后，山东省派来了医疗专家,在双休日赶场天,身穿白大褂,上街摆台义务为群众看病。同时在黔江区、城口县免费实施"光明行动",让39名白内障患者重获光明。并协调山东润中制药厂向贫困区县捐赠了价值1400万元、用于治疗风湿性关节炎等慢性病的药品。

山东汉子也心细如发,陈高潮在病人家里看到药物摆放随意凌乱,觉得这样容易丢失,吃起来也不方便。于是在他的建议下,山东省联合重庆市委组织部,为区县4893户65岁以上的贫困老党员配备了家用医药箱,得到大家的交口称赞,大家称他为"山东贴心人"。

三年来,先后有1000多名山东医疗卫生人员,分别深入重庆14个区县乡镇,实施了2000多台手术,为50多万人次提供了诊疗服务。

五

古话云:"授人以鱼,不如授人以渔。"陈高潮他们深谙这个亘古不变的道理。

根据常年奔波在重庆基层的陈高潮的工作汇报,三年来,山东省卫生健康系统有针对性地累计投入资金一亿多元,重点精准地解决了贫困区县基本医疗保障难题。山东医疗机构优势与重庆贫困区县医疗机构短板精准"对接":山东省14个市区医院与重庆14个国家级深度贫困区县签订了"一对一"帮扶协议,分别确定至少一所以上三级甲等医院与区县医院结成协作对子;46家省市级医院与重庆14家市辖县级医院结成帮扶对子;14家市辖区县级医院与重庆贫困区县54个乡镇卫生院结成协作对子;帮助建设重点专(学)科36个,有效提升贫困地区医疗技术水平,构建起省市帮扶区县、市区县协作乡镇的医疗帮扶网络。投资1800万元为深度贫困乡镇配备"120"救护车和医疗设备,旨在提升基层医疗急救和技术服务能力;实施了 15 个乡镇卫生院标准化国医堂建设项目、三个区县中医院特色专科建设项目。

有精准的调研,就有精准的对接,通过健康扶贫协作,我市 14 个区县综合医院建起了上连山东省省立医院、下接重庆乡镇卫生所的远程诊疗医治和远程教学,借助现代化手段,实现了医疗资源共享。

一个专家带动一个科室,成熟一个团队。来自山东省德州市人民医院的专家张强,擅长心脏疾病介入治疗。在重庆秀山县人民医院担任心血管内科副主任期间,张强发挥所长,帮助医院新设置了心脏介入治疗中心,并指导制订了介入治疗的规范流程,让秀山患者就近就能获得专业治疗服务。

"山东的医疗专家我们要请进来,本地的医务人员我们也要送出去,增知识长本领。"为解决基层卫生技术人员能力薄弱问题,重庆市武隆区先后派出 20 名医务骨干到济南市对口医疗机构进修学习,涉及急救、儿科、妇科等多个科室。

2019 年 6 月 30 日,在山东省中医院的小儿推拿技能培训基地结业考试现场,来自重庆市石柱县人民医院的马净洁和马亚顺利毕业了。石柱县是山东省对口帮扶的国家级贫困县,为了提高医院的中医服务能力,更好地开展小儿推拿项目,半个月前,经陈高潮协调,马净洁和马亚来到山东参加小儿推拿技能培训基地的第 20 期培训。为期 20 天的培训里,除了小儿推拿之外,还有很多中医的拔罐、贴敷、艾灸等外治技术,都传授给了石柱县的医务人员。

山东自古以来有闻名天下的扁鹊、淳于意,之后,山东中医中药师承前辈,青出于蓝而胜于蓝,在中医中药方面的造诣极深,享有口碑。在鲁渝健康扶贫行动中,作为中医管理部门的陈高潮深知人才的重要性,推动并实施中医药人才"十百千"工程:用三年左右的时间,选拔培养 10 名重庆市中医药领军人才;培训 100 名中医药高级管理人才和中医临床骨干;培养1000名基层中医药实用型人才。

为了帮助重庆实现这一计划,山东中医全力以赴,毫无保留。只要看看重庆基层中医药的发展,就不难感受到鲁渝健康扶贫给重庆带来的变化。仅在半年时间里,山东中医药大学第二附属医院康复医学科副主任医师冷军,就帮助丰都县妇幼保健院成立了中医门诊,将该院的中医药服务从无到有地发展起来。并通过该院的"妇孺国医堂"建设项目,使该院的中医服务在半年内实现了从零散到正规、从小到大的嬗变。她还将中医药适宜技术整合,针对医院分科较细、科室相对独立的特点,筛选确定中医适用技术,把与之相适应、疗效可靠、操作简便的中医适宜技术整合到各科室,从而实现了"中医药全覆盖"。山东省中医院帮助打造中医肛肠、中医妇科,聊城市帮助彭水县人民医院建立了中医科……目前该县的各类中医专科有30余个,基层中医药服务能力达到90%以上。在万州区中医院,山东中医王本军医生对口支援肛肠科以来,肛肠科业务范围不断拓展,业务量持续增长。同2018年相比,肛肠科住院人次增长约180%、门诊人次增长35%、手术台次增长约160%、中药饮片占比增长32%,业务收入增长超过150%,社会影响力日渐扩大,获得了患者的一致好评。又如,万州李河镇卫生院本土中医张春雷经过山东专家的传帮带,思想理念和医术精进,他用中医针灸配合中药治疗植物人王承全,让其苏醒了过来。成功的疗效让老百姓对中医的信任倍增。如今,张春雷的中医诊室里,每天等待治疗的群众排起了长龙。

六

陈高潮的人生格言是:"凡事干就干好,否则不如不干。"三年来,他积极努力地践行着。

山东医生柏明晓来到黔江扶贫已经两年多，几乎是见证了陈高潮所做的一切。他说，每个医护人员刚来时，陈高潮都会去当地与他们见个面，看看住宿情况怎么样，日常生活用品齐备否。然后开个座谈会，介绍当地的风土人情、饮食习惯、天气情况……听听医护人员对生活、工作方面的诉求。生活方面的，他就与当地医院协调；医疗方面的，他就与山东方面协调。比如，柏医生刚来时，根据当地医院提供的情况，分析发现当地髋膝关节病变的病人比较多，于是告诉了陈高潮，陈高潮经过深入调研，分别向山东、重庆两省市卫健委汇报，然后确立了"站立计划——髋膝关节置换项目"这个有的放矢的计划，收到了非常明显的效果。计划落实了，技术也没有问题，只是在当地医院做髋膝关节手术医疗设备有欠缺。陈高潮得知后，马上与山东联系，很快便补足了相关的技术支持设备，为手术的顺利进行打好了基础。又比如偏远乡镇的医生技术与医疗设备都比较落后，山东赠送了先进的设备，但怎么帮助当地医生使用设备做好一台急需的手术呢？陈高潮想到了远程诊疗，于是积极联系山东，积极搭建平台，建成的上联山东省立医院、中到重庆区县医院、下接乡镇卫生院的远程诊疗系统，先后诊疗了群众5万余人，实现了信息多跑腿，群众少走路的愿望。

山东医生王伟是从事胃肠镜检查的，刚刚来到彭水县高古镇医院时，陈高潮便去看望他，发现来乡镇做胃肠镜的病人少，38岁的王伟感到有劲无处使，情绪有些低落。陈高潮看在眼里记在心中。他及时来到县医院，找到有关负责人，反映了王伟的现状，并建议将王伟调到县医院工作，然后每周两天到镇医院上班。合理解决了王伟的问题，王伟的胃肠镜技术也得到有效充分的发挥。

陈高潮不仅精准医疗扶贫，还精准关爱来自山东的医护人员，受到上下好评与肯定，连续三年被挂职单位评为优秀等次和优秀共产党员。

陈高潮和所有中年人一样,上有老下有小。在重庆挂职期间,女儿刚上高中,本应该在山东省实验高中总校就读,由于妻子工作繁忙无法照顾,只好把她送到几十公里外的省实验中学东校区就读。陈高潮的老父亲在他挂职期间突然去世,得知这个噩耗,陈高潮一路奔丧一路哭泣,为自己忙于工作而很少回老家看望年老的父母而自责不已。在父亲下葬后第二天,陈高潮就返回了工作岗位。他想,一贯教导他要好好工作的父亲,会理解他这个儿子的。

如今,陈高潮依然奔波忙碌在重庆全面脱贫的最后一段路上。

作者简介:朱一平,《重庆日报》报业集团高级编辑